LE VOL DU CORBEAU

DU MÊME AUTEUR
CHEZ POCKET

CHRONIQUES DES CHEYSULIS

1. LES MÉTAMORPHES
2. LA BALLADE D'HOMANA
3. L'ÉPÉE DU DESTIN
4. LA PISTE DU LOUP BLANC
5. UNE NICHÉE DE PRINCES
6. LA FILLE DU LION
7. LE VOL DU CORBEAU

SCIENCE-FICTION

Collection dirigée par Jacques Goimard

JENNIFER ROBERSON

CHRONIQUES DES CHEYSULIS

LE VOL DU CORBEAU

POCKET

Titre original :
Flight of the Raven

Traduit de l'américain par
Rosalie Guillaume

Ouvrage proposé par Marc Duveau

ISBN 2-266-06588-2

OCEAN DE THULE
BORTALL
RHEGHED
FALIA
ANDEMIR
RONDULE
KILORE
ATVIA
ERINN
HOMANA
MUJHARA
ELLAS
LESTRA
TUSSALAY
OCEAN IDRIEN
SOLINDE
HONDARTH
NONA
MER SEPTRE
ÎLE DE CRISTAL
CALEDON

LA MAISON D'HOMANA

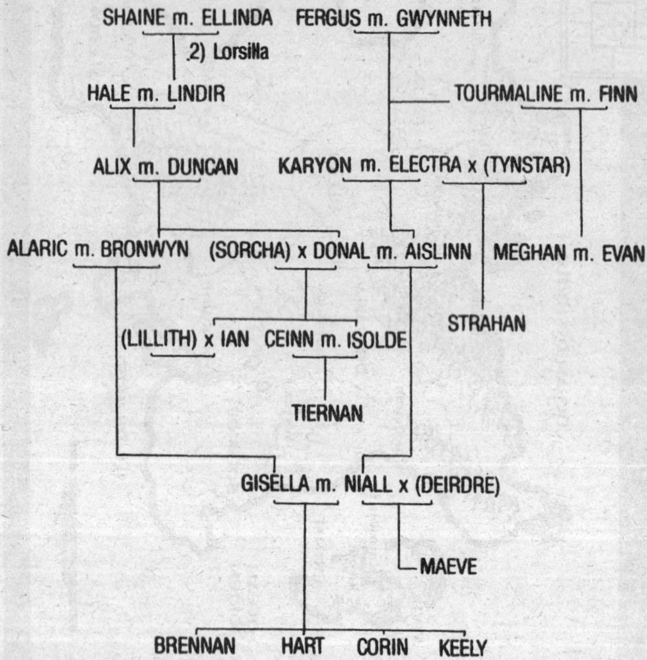

Je dédie cet ouvrage à S.J. Hardy,
grand amateur de livres,
qui a épousé une femme partageant ses goûts.
Ils engendrèrent quatre enfants, qui passèrent le
gène de la lecture à la génération suivante.
Quand mon tour viendra,
j'essaierai de faire de même.
Merci, grand-père !

PROLOGUE

Il était trop petit, mais le *besoin* était plus fort que sa peur. Il poussa de toutes ses maigres forces la porte d'argent martelé.

Le battant s'entrouvrit.

Il s'arc-bouta et parvint à se glisser dans l'entrebâillement de la porte avant qu'elle se referme. Sa chemise de nuit se déchira, mais il n'y prêta pas attention.

La salle d'apparat était plongée dans d'épaisses ténèbres qui lui donnèrent l'impression de l'écraser sous leur poids.

Il ne se laisserait pas faire. Et pourtant, de quel droit était-il venu en ce lieu affronter le trône du Lion ?

Et la *chose* qui l'appelait ?

Il tortilla une mèche de cheveux roux foncé entre ses doigts menus. La pierre du sol était froide sous ses pieds. Sa mère lui aurait dit de mettre des chaussures. Il n'y avait pas pensé, trop absorbé par son besoin d'affronter le Lion et la chose qui reposait dans son giron.

Il frissonna. De peur, pas de froid.

Aidan gémit, poussé par une force qu'il ne comprenait pas. Il aurait préféré quitter la salle, tourner le dos au Lion, cette immense bête qui attendait l'occasion de le dévorer.

Les chandelles avaient toutes été éteintes ; les tisons du foyer émettaient une faible lueur. La lune créait des ombres fantomatiques à travers les vitraux des fenêtres.

Si seulement il y avait mieux vu...

N'aurait-il pas eu encore plus peur du Lion en plein jour ?

Aidan se mordilla un doigt. Il aurait tant voulu partir ! Mais il était un prince cheysuli : il ne déshonorerait pas le sang qui coulait dans ses veines.

— *Jehana*, murmura-t-il.

Dans les ténèbres, le Lion attendait.

La *chose* faisait de même.

Aidan avança lentement vers le monstre. Il était fait de bois, se dit le jeune garçon. Il ne lui serait pas difficile de le maîtriser quand son tour viendrait...

Aidan leva les yeux vers le giron du Lion. Quelque chose brillait sous la maigre lumière.

Une chaîne en or martelé. Plus que la fortune ou le pouvoir, elle symbolisait son héritage. Son passé et son futur. Le don des dieux. Eprouvant de nouveau le *besoin* qui l'avait tiré de son lit, il tendit la main, sachant que l'objet lui appartenait. Quand ses doigts tremblants se refermèrent sur un maillon aussi épais que le poignet d'un homme, la chaîne se transforma en poussière.

Il poussa un cri de terreur. Sa vessie se relâcha, et la honte l'envahit, mêlée de désespoir. La chaîne avait été là, devant lui. Il n'en restait rien. Même la poussière avait disparu.

Il ne voulait pas pleurer, mais des larmes montèrent à ses yeux. Honteux de ses émotions et de sa perte de contrôle, il en pleura de plus belle.

Les guerriers cheysulis ne pleuraient pas.

Toutefois, il n'était pas qu'un Cheysuli. Et personne ne le lui laissait oublier.

Il manquait seulement une lignée pour accomplir la Prophétie. Au cours de ses six ans d'existence, Aidan avait souvent entendu dire qu'elle ne serait jamais réalisée.

Aucun guerrier cheysuli ne couchera avec une Ihlinie pour lui faire un enfant.

Mais c'était faux. Il savait que deux guerriers l'avaient déjà fait : le frère de son grand-père, Ian, et son propre père, le prince d'Homana, qui monterait un jour sur le trône.

Le chagrin déferla de nouveau en lui.

Je veux ma chaîne !

Mais elle avait disparu.

Je veux ma chaîne !

La porte s'ouvrit. Aidan sut qu'il s'agissait de sa mère : qui d'autre chercherait un enfant ayant déserté son lit ? Elle allait *voir*, comprendre...

— Aidan ? Que fais-tu là ? Tu devrais être au lit depuis longtemps !

Livide et effrayée, elle essayait de cacher ses sentiments. Mais Aidan savait ce qu'elle ressentait : il le percevait comme si le corps de sa mère avait été le sien.

Tu es venu rendre hommage au Lion ? demanda la voix à l'accent érinnien. Il sera à toi un jour, tu n'as pas besoin de venir le voir en pleine nuit !

Elle avait de bonnes intentions, comme toujours. Mais il sentit la peur et l'angoisse qu'elle tentait de dissimuler sous un rire forcé.

Elle vint vers lui. Un serviteur la suivit, tenant une torche. La salle s'illumina.

Le Lion jaillit des ombres.

Aidan recula, levant un bras pour se protéger. Puis il comprit que la bête était, comme toujours, un simple morceau de bois sculpté.

Sa mère approcha de lui et vit sa chemise de nuit tachée d'urine. Il sentit la panique s'emparer d'elle, comme si une main de feu s'était enfoncée dans son esprit. Pourtant, elle n'en parla pas.

— Aidan, pourquoi es-tu venu ici ? Ta nourrice a dit que tu avais eu un cauchemar... Quand je suis arrivée, tu n'étais plus là...

— Elle a disparu, dit-il en levant les yeux vers elle.

— *Qu'est-ce* qui a disparu, petit ?

— La chaîne, expliqua-t-il, sachant qu'elle ne comprendrait pas.

Personne ne comprenait.

Il avait aussi besoin d'être rassuré. Ça, il pouvait l'obtenir. Ses larmes redoublèrent. Il se réfugia dans les bras de sa mère.

Elle appuya sa joue sur la tête de l'enfant, le serrant contre elle.

— Aidan, ce n'était qu'un mauvais rêve. Tu ne dois pas t'inquiéter. Ce n'était pas réel.

— C'était *réel*, affirma-t-il en se blottissant contre son épaule. C'était réel, je le jure. Et le Lion voulait me dévorer...

— Aidan, non ! Le Lion n'est rien qu'un peu de bois à moitié pourri...

— C'était vraiment *là*, insista l'enfant. Ça m'a réveillé. Ça m'appelait...

— Le Lion ?

— Non. La chaîne.

— Oh, Aidan...

Elle ne le croyait pas. Elle, qui était le centre de sa vie. Il *fallait* qu'elle le croit...

Elle le consola de son mieux, murmurant en érinnien. Il avait besoin de sa chaleur et de son amour. Mais il savait qu'il lui manquait quelque chose. La chaîne. Elle était son *tahlmorra*. Il devinait, sans comprendre pourquoi, que les maillons d'or étaient un lien aussi puissant que celui de son sang.

— Ta nourrice est venue me prévenir, dit une voix derrière Aileen.

Aidan jeta un coup d'œil par-dessus l'épaule de sa mère. C'était Brennan, son père. Grand, les cheveux noirs et les yeux jaunes, il ressemblait à un fauve traquant sa proie dans les ténèbres.

Aileen se tourna vers son époux.

— Oh, rien qu'un cauchemar, qui avait quelque chose à voir avec le Lion...

La voix de sa mère était pleine d'un calme forcé. Aidan n'eut aucun mal à en interpréter les nuances. Pour lui, c'était aussi facile que respirer.

— Autrefois, j'avais peur du Lion aussi..., dit Brennan, son visage se détendant.

— Je voulais la chaîne, *jehan.* Elle m'a appelé. Elle désirait que je vienne... Et j'avais besoin de l'avoir.

— La chaîne ? dit Brennan en fronçant les sourcils.

— Celle qui est dans le Lion. Je suis venu la chercher, parce qu'elle m'a appelé. Mais le Lion l'a avalée.

— Oui, le Lion a parfois faim... Mais il ne mange pas les chaînes, ni les petits garçons.

— Il me dévorera...

— Aidan, ça suffit ! dit Aileen. Tu as trop d'imagination. Nous ne t'écouterons pas plus longtemps.

Brennan tendit la main à l'enfant.

— Viens, petit prince. Il est temps que tu retournes te coucher.

Ils ne me croient pas. Aucun des deux.

Son père et sa mère, si sages et si avisés, ne le croyaient pas. Il regarda la main tendue sans la voir, puis leva les yeux sur le visage anguleux de son père.

Aidan sentit le froid l'envahir.

Et une sorte de vide étrange...

Ils sont persuadés que je leur ai menti !

— Aidan, dit Brennan, agitant les doigts. Viens-tu avec moi ?

Je ne dois plus rien leur dire. Comme ça, ils ne penseront pas que je mens.

— Brennan, dit soudain Aileen, emmène-le se coucher, puisqu'il est incapable de le faire tout seul.

Aidan frissonna.

En lui le sentiment de vide augmenta.

Trouverai-je quelqu'un qui me croira ?

— Aidan, s'impatienta Brennan, vais-je être obligé de te porter ?

Il aurait aimé être en sécurité entre les bras de son père. Mais la découverte qu'il venait de faire était trop pénible. Il ne connaissait pas encore le mot « trahison », mais il comprenait trop bien le sentiment.

Aidan prit la main tendue et suivit son père. Sa mère leur emboîta le pas. Derrière eux, le Lion d'Homana montrait ses crocs de bois.

Accroché à la main de son père, Aidan avança docilement. Intérieurement, il se rebella. *Je veux ma chaîne.*

— Ce n'était qu'un mauvais rêve, souffla Aileen en lui effleurant les cheveux.

Un pressentiment lui noua l'estomac. Il ne dit pas à sa mère qu'elle avait tort. Ainsi, elle pourrait dormir en paix, même si lui n'en était plus capable.

PREMIÈRE PARTIE

CHAPITRE PREMIER

Au fil du temps, le solarium de Deirdre était devenu un refuge pour toute la famille, un endroit où le rang et l'origine n'avaient pas d'importance. Aux yeux d'Aileen, ils partageaient tous le lourd fardeau du trône.

Keely aurait affirmé que les femmes n'avaient pas de place dans la succession au trône du Lion, dominée par les hommes. Pourtant, Aileen savait qu'elle se trompait : tant que les rois auraient besoin de reines pour porter des héritiers, les femmes auraient leur place. Peut-être pas celle que Keely souhaitait, mais c'était toujours ça.

Même si l'importance des femmes se mesurait à leur matrice et pas à leur cerveau...

Aileen avait donné un seul fils à Homana : Aidan, un garçon à la santé fragile. Elle avait perdu les jumeaux qui auraient consolidé la succession. Désormais stérile, sa situation était précaire et son avenir menacé. Brennan ne la répudierait pas de son plein gré, il l'avait dit. Mais il n'était que le prince d'Homana. Niall ne semblait pas décidé à intervenir. Hélas, il n'était pas le seul en cause. Il ne fallait pas oublier le Conseil... Fille de roi, Aileen comprenait les exigences du pouvoir.

Elle n'avait donné qu'un seul fils à Homana. Et il était... différent.

Aileen frissonna. Elle était venue voir Deirdre car elle se sentait profondément troublée. Depuis vingt-quatre ans qu'elle était princesse d'Homana, Aileen avait toujours trouvé du réconfort auprès de sa tante, la seule personne de son sang qui partageât son exil.

Elle croisa les bras et se tourna vers Deirdre d'Erinn.

— J'ai essayé de comprendre, de me dire que ça lui passerait... A présent, il est impossible de me voiler la face plus longtemps. Ça a commencé quand il était tout petit. Il croit que nous ne savons rien, mais les serviteurs m'ont dit la vérité. Ils sont au courant de tout, et ne se privent pas de jacasser. L'héritier du trône d'Homana dort rarement une nuit entière. Il va parler au Lion, il invective un *fauteuil*... Qu'allons-nous faire ? J'ai peur qu'il ne devienne jamais... normal. (Sa voix se brisa.) Comment pourrait-il monter sur le trône si tout le monde le croit fou ?

A soixante ans passés, Deirdre accusait son âge. Sa chevelure autrefois cuivrée devenue argentée, les rides autour de ses yeux verts et la chair plus relâchée de ses joues avaient rongé sa beauté, mais pas son humanité. Elle savait ce que c'était de s'inquiéter pour un enfant.

Elle avait donné une fille au Mujhar. Maeve, malgré tous ses problèmes, n'avait jamais causé autant de souci qu'Aidan. Les craintes de sa nièce étaient justifiées. Tous savaient que l'héritier n'était pas comme les autres.

Deirdre ne s'était jamais embarrassée de lieux communs. Elle parla franchement à sa nièce.

— Aidan n'est pas près de monter sur le trône. Il y a Brennan avant lui, et Niall est toujours en pleine forme. Inutile de te faire du souci à l'avance.

— Je sais... Si les dieux le veulent, Aidan sera vieux quand il héritera. Mais ai-je vraiment tort de m'inquiéter ? C'était une chose de faire ces *rêves* quand il était petit, mais il est désormais adulte, et les choses ne font qu'empirer !

— T'en a-t-il parlé ? Vous étiez proches, autrefois...

Aileen poussa un soupir plein d'amertume.

— Autrefois, oui... Maintenant, il ne me dit plus rien. Il ne dit *jamais* rien. Ni à moi, ni à Brennan. Comme s'il n'avait pas confiance en nous. Quand je lui demande ce qui le tracasse, il me ment, prétendant que tout va bien. Il sait que je sais, mais cela ne change rien à ses réponses.

— Il n'a que vingt-trois ans. Les jeunes gens sont souvent secrets.

— Non. Pas comme Aidan. Tout le palais est au courant. Certains disent qu'il est aussi fou que Gisella.

— Bêtises ! s'écria Deirdre. Tu sais aussi bien que moi que ces rumeurs ne sont pas fondées. La folie de Gisella n'était pas héréditaire. De plus, il n'est pas seulement cheysuli, mais érinnien. Qui peut dire s'il n'a pas hérité un peu de *notre* magie ?

— Oh, je sais ! Mais le sang cheysuli est si fort que je doute que *notre* magie se manifeste chez lui...

Deirdre leva un sourcil.

— Je n'en serais pas si sûre, alors qu'il a ta chevelure...

Aileen porta une main à ses boucles éclatantes. Les cheveux d'Aidan étaient d'un roux plus foncé que les siens, mais sa seule caractéristique cheysulie était ses yeux.

— Il n'a rien d'érinnien dans son comportement. Il est même pire que les autres !

— Par là, tu veux dire les Cheysulis ? demanda Deirdre avec un léger sourire.

— Oui. Par moments, ils semblent humains... Et à d'autres, ils deviennent si *étranges*.

— On pourrait dire la même chose à notre sujet.

Deirdre ramassa la tapisserie à laquelle elle travaillait depuis des lustres. Son habileté diminuait d'année en année, mais pas son désir de la terminer.

— Nombre de femmes ont le même problème, que l'homme qui partage leur couche soit métamorphe ou pas, dit-elle.

Pour la première fois, Aileen sourit. Elle n'avait jamais été jolie, mais ce n'était pas la beauté physique qui faisait d'elle ce qu'elle était. Les aiglons de l'aire d'Erinn se distinguaient par leur vivacité d'esprit et leur robustesse.

— Tu ne dirais pas ça du Mujhar.

— Oh si ! Et il dirait sans doute la même chose de moi. Les hommes ne comprennent pas les femmes !

— Une mère comprend-elle son fils ?

— Je ne prétendrais pas que tu n'as aucun souci à te faire en ce qui concerne Aidan, mais je ne vois pas de folie en lui. Un homme peut faire pire que rêver. Et un rêveur n'est pas le plus grand danger pour le trône.

— Je me demande, fit Aileen.

— Qu'en dit Brennan ?

— Rien. Il s'inquiète autant que moi, mais il refuse de l'admettre. Quand Aidan était malade dans son enfance, Brennan et moi partagions tout. Puis Aidan s'est renfermé en lui-même et Brennan aussi. Quand nous en parlons, il dit seulement : « Le *tahlmorra* d'Aidan est de monter un jour sur le trône du Lion. »

Deirdre soupira.

— Ainsi en a décidé son héritage. Pourtant, je pense que ces hommes mettent parfois trop l'accent sur les choses auxquelles ils croient, au détriment de ce qu'ils ressentent.

— Ils servent tous la prophétie. A part, bien entendu, Tiernan et ses *a'saii*.

— Tiernan est un imbécile.

— Tu dis ça parce qu'il a séduit ta fille. Peu t'importent ses opinions, vu la façon dont il l'a traitée. Mais Maeve est désormais en sécurité et heureuse à Erinn. Mon fils n'est ni l'un ni l'autre.

— Ton fils s'en sortira bien. Qui aurait cru que Maeve trouverait le bonheur, après ce que Tiernan lui a fait ? Rory Barberousse est un homme bien, et un bon époux pour elle.

— Il désirait Keely, sais-tu ? Même si elle était destinée à Sean... Maeve ne lui ressemble en rien...

— Quand Keely et Sean sont partis pour Erinn, seul un imbécile aurait pu penser avoir encore une chance avec elle. Je crois qu'il a épousé Maeve pour elle-même, après la naissance du bâtard de Tiernan. Il ne l'a pas considérée comme un substitut de Keely.

— Ça vaudrait mieux. Personne ne peut remplacer Keely !

— C'est pareil pour Aidan ! Ce garçon deviendra ce qu'il est destiné à devenir.

Aileen sentit une vague d'irritation la submerger. Elle enviait la sérénité de Deirdre, consciente qu'avec un fils tel qu'Aidan, elle ne la connaîtrait jamais.

— Je ne sais pas quel est son problème. Mais quelque chose ne va pas. Regarde-le dans les yeux, et demande-toi s'il est heureux. S'il est sain d'esprit.

— Jamais je ne ferai une telle chose ! se récria Deirdre.

— Alors mieux, demande-le-lui, insista Aileen. Mais n'écoute pas ce qu'il répondra. Cherche la réponse dans ses yeux. Cheysuli ou pas, c'est là que tu trouveras la vérité.

CHAPITRE II

Il se réveilla et se leva sans savoir qui il était ni ce qu'il voulait, poussé par le *besoin.* Une compulsion ressemblant un peu au premier appel de son *lir.*

Cette fois, ce sera réel. Je pourrai la toucher... Je le sais.

La certitude s'effilocha alors qu'il reprenait lentement conscience de ce qui l'entourait. Nu, car il dormait toujours ainsi, détestant le contact des vêtements et la chaleur excessive des couvertures, en sueur, il était appuyé contre la porte de sa chambre.

C'était arrivé une fois de plus, comprit-il, frissonnant.

Il se força à respirer plus lentement, se pressant étroitement contre le bois de la porte, comme s'il espérait neutraliser les rêves qui le hantaient.

En vain.

— Pourquoi ? murmura-t-il enfin, désespéré. Pourquoi cela m'arrive-t-il ?

Quelque chose s'agita dans les ténèbres. Mais il ne reçut aucune réponse. Après tant d'années, il ne l'espérait plus.

Les battements de son cœur se calmèrent. Il se gratta la tête nerveusement, haïssant les démangeaisons provoquées par la peur éprouvée en rêve.

Il s'attarda un moment, se demandant ce qui se passerait s'il retournait simplement se coucher. Inutile, se dit-il. Il savait qu'il ne connaîtrait jamais un sommeil paisible comme tout le monde. Il tituba jusqu'à son coffre à vêtements et en sortit des braies de cuir souple.

La nuit d'été était fraîche, mais il n'aurait pas supporté davantage de vêtements. Ses rêves le laissaient toujours mal à l'aise et brûlant de fièvre.

Si au moins je rêvais de femmes, pensa-t-il. *Cela justifierait un réveil inconfortable !*

Suivant la définition classique du terme, il était devenu un homme depuis près de huit ans. Comme tous les jeunes gens, il avait rêvé des femmes et répandu sa semence dans son lit solitaire, ou dans la chaleur accueillante d'un corps féminin. Mais ce n'était pas d'elles qu'il rêvait quand les songes lui étaient envoyés par les dieux.

Un serviteur laissait toujours une chandelle allumée près de son lit. Il la soufflait avant de se coucher. Mieux valaient des yeux accoutumés à l'obscurité qu'aveuglés par trop de clarté. Malgré tout, sa chambre n'était pas sombre, car elle restait éclairée par les rayons de la lune et les torches de la cour. Une pâle lumière se reflétait sur ses bracelets-*lir.*

Torse nu, il s'arrêta devant la porte, les yeux fermés.

— N'y va pas. Ignore son appel, gémit Aidan. Qui est le plus fort, toi ou un morceau de bois ?

Dans sa tête, le Lion rugit. Aidan se crispa.

— Laisse-moi tranquille. Par les dieux, laisse-moi tranquille !

Il est temps d'y aller, dit une voix dans son esprit. *Tu ne peux pas renoncer maintenant. C'est désormais un rituel. Et tu n'es pas du genre à changer les choses...*

Aidan se rebiffa.

— Et que devrais-je changer ? Comment sais-tu que ce n'est pas mon *tahlmorra* ?

La présence tapie dans les ténèbres ricana.

Tu n'as pas la plus petite idée de ce qu'est ton tahlmorra !

Je le connais parfaitement ! cracha-t-il à travers le lien mental.

Crois-tu ?

Je l'ai toujours connu. Que penses-tu que je sois ? N'es-tu pas la preuve que mon tahlmorra *est en marche ?*

Parce que j'existe ? Non, dit froidement la voix. *J'existe parce qu'il en est ainsi. Parce que les dieux m'ont créé.*

Pour devenir mon lir.

Ou toi le mien, dit la voix avec une pointe de suffisance.

Aidan jura. D'un ton moqueur, il demanda :

— Un guerrier a-t-il jamais répudié le lien-*lir* ?

Aucun guerrier vivant.

— Ou demandé aux dieux un autre *lir* ? dit Aidan, se souvenant de la précarité des pouvoirs de sa race.

Je ne doute pas que d'aucuns aient essayé. Mais ce n'est pas à moi de te dire comment les dieux traitent leurs enfants ingrats.

— Ingrat..., murmura Aidan. Comment ne pas imaginer à quel point ma vie serait plus tranquille si mon *lir* était un autre que toi ?

Comment un guerrier peut-il penser à la tranquillité quand il est prêt à se battre contre un fauteuil de bois peint ?

— Par les dieux... Inutile de me suivre, Teel. Reste ici à ressasser tes griefs. Je trouverai mon chemin sans toi.

Aidan ouvrit la porte et passa le seuil sans la refermer. Un instant, il pensa qu'il irait seul. Puis le corbeau quitta les ombres et vint se percher sur son épaule.

Aidan tendit le bras.

— Pose-toi plutôt sur ma main. Comme tu es installé là, tu m'égratignes la chair.

Tu es douillet, reprocha le *lir,* changeant tout de même de perchoir.

Aidan ne prit pas de lampe. Les couloirs étaient toujours éclairés. Et il avait, après tout, des yeux jaunes de Cheysuli qui voyaient même dans les ténèbres les plus profondes.

— Je suis un imbécile, marmonna Aidan.

Mais ignorer le *besoin* servirait seulement à lui imposer une nuit d'insomnie supplémentaire.

Depuis toujours, il savait qu'il était *différent.* Les rêves de son enfance s'étaient dissipés à l'adolescence, quand le besoin de créer le lien mental avec son *lir* s'était emparé de lui. Mais ils étaient revenus en force dès qu'il avait atteint l'âge adulte.

A vingt-trois ans, il était un guerrier au sein des clans et un homme aux yeux des Homanans qui l'appelaient prince. Mais les rêves le hantaient toujours.

La chaîne, sa réalité...

Jusqu'à ce qu'il tende la main pour la toucher et que ses maillons se transforment en poussière.

Enfant, cela l'avait effrayé. Plus tard, il avait cru que les rêves étaient l'expression d'un désir qu'il ne comprenait pas complètement.

Récemment, ils s'étaient fait impératifs, le désir se muant en exigence. Aidan était persuadé d'être anormal.

— Anormal..., murmura-t-il.

Peut-être, dit le corbeau. *Mais pourquoi les dieux choisiraient-ils un outil défectueux ? A moins qu'ils n'y aient pas prêté attention...*

Ce n'était pas précisément ce qu'Aidan avait envie d'entendre. Certes, les *lirs* étaient des dons des dieux, mais il préférait se considérer comme un être humain, non un outil.

Ça suffit, fit-il mentalement.

Alors ? Pourquoi les dieux feraient-ils une telle chose ? insista le corbeau.

Nous ne parlons pas des dieux.

Nous devrions. Tu discutes de tout le reste, mais pas de ce qui compte.

Aidan ne répondit pas. Il avança dans les couloirs qu'il connaissait par cœur, jusqu'à la salle d'apparat.

Parfois, dit le corbeau, *même les Cheysulis se comportent comme des imbéciles.*

C'est la faute de mon autre ascendance, fit Aidan, cherchant à soulager sa tension par l'ironie.

Teel réfléchit.

Je ne pense pas, dit-il enfin. *C'est simplement ton caractère.*

Jurant à voix basse, Aidan ouvrit la porte.

Retourne te coucher, suggéra Teel. *Tu sais comment tu te sens après une nuit passée à poursuivre tes chimères. Et de quoi tu as l'air...*

— Tu n'ignores pas pourquoi je ne tente plus de dédaigner les rêves. Ça aggrave seulement les choses.

Parce que tu leur confères ce pouvoir.

Aidan laissa le lourd battant se refermer derrière lui. La peur reparut. Il se souvint de la première nuit où il était venu, à six ans, quand il avait trouvé la chaîne dans le giron du Lion. Il se souvint de son humiliation, de la peur qu'il avait éprouvée à cause d'une fauteuil de bois incrusté.

— Il est toujours là ? demanda-t-il d'une voix rendue coupante par la tension nerveuse.

Probablement, dit Teel. *Où pourrait-il aller ?*

Aidan soupira et s'approcha du foyer où les braises rougeoyantes, éclairaient faiblement la salle immense. Des ombres dansaient sur les murs, soulignant les épées ornementales disposées en cercle, les lances et les piques fichées dans des blocs de bois. Derrière le foyer, sur l'estrade, se tapissait le Lion d'Homana.

Le corbeau ne pesait presque rien sur la main d'Aidan. Il était beaucoup plus léger que les aigles ou les faucons de la plupart des autres guerriers.

Aidan pensait qu'avoir un corbeau pour *lir* faisait partie de sa *différence.* Même s'il n'était pas totalement inconnu dans les clans, un tel *lir* était très rare. Aidan considérait cela comme un tour joué par des dieux capricieux. Ils ne s'étaient pas contentés de le tourmenter avec des rêves. Ils lui avaient envoyé un *lir* au caractère impossible.

Teel lui picora le pouce.

Hâte-toi un peu ! J'ai connu des rochers se déplaçant plus vite que toi !

— Dans ce cas, descends de ma main et va te percher sur un rocher.

Le corbeau s'envola et alla se poser sur la tête du Lion.

Aidan leva les sourcils.

— C'est certainement un sacrilège. Tu profanes le trône du Mujhar.

Teel ébouriffa ses plumes.

Comme le Mujhar fut couronné grâce à un lir *comme moi, je pense que ce que je fais est permis.*

Aidan détourna lentement son regard du corbeau et posa les yeux sur les coussins sur lesquels son grand-père s'asseyait quand il occupait le trône.

Ainsi, dit Teel, *le rêve reste constant.*

Aidan ferma les yeux, sentant des émotions familières tourbillonner en lui : l'oppression, le sentiment d'avoir perdu quelque chose d'irremplaçable...

Il s'agenouilla avec raideur. Il attendit, conscient du froid du marbre à travers ses braies.

Laissez-moi la toucher, supplia-t-il. *Faites que je sache que la chaîne est réelle.*

Quand il tendit la main vers elle, les maillons se transformèrent en poussière.

— Dieux ! Pourquoi m'infligez-vous cela ? Qu'ai-je fait pour le mériter ? Qu'attendez-vous de moi ?

Malgré son exclamation, il savait qu'il était inutile de questionner les dieux.

Il l'avait compris dès la première fois. Et, comme alors, il avait seulement envie de pleurer. Mais il était un adulte, un guerrier cheysuli ayant son propre *lir*, plus un enfant de six ans. Il ne pleura pas.

Parfois j'aimerais avoir encore six ans. Je pourrais recommencer ma vie.

A quoi cela te servirait-il ? Les dieux ont fait l'enfant. Le reste dépend de l'homme que tu es devenu.

— Arrête ! déclara Aidan.

Quand tu le feras, toi.

— Je jure que tu me rendras fou en me harcelant comme ça !

Le ton de Teel passa de l'ironie à une étrange douceur.

Je te permets de garder ta santé mentale, alors que tu te tracasserais volontiers à mort.

Aidan abandonna la conversation. Il était trop fatigué, trop usé. Et il était venu pour le rituel.

Il soupira, se maudissant comme toujours. Il savait ce qu'il trouverait. Il posa pourtant la main sur les coussins, effleurant le velours râpé. Il ne sentit rien d'autre que le tissu. Pas même les grains de poussière.

— Pourquoi ? hurla-t-il, emplissant la salle de son cri. Pourquoi dois-je toujours revenir alors que je sais d'avance ce qui se passera ?

— Parce que les dieux, quand ils ont décidé de jouer des tours aux humains, font parfois preuve de cruauté et non de gentillesse.

Aidan se redressa en titubant et se retourna. Il n'avait rien entendu.

Il pensa à son apparence, à demi-nu, décoiffé, parlant à un animal de bois sculpté. Il rougit d'humiliation. Il aurait voulu dire à l'homme de s'en aller, de le laisser seul. Mais il n'en fit rien.

Son grand-père sourit.

— Je sais ce que tu penses, Aidan. Mais tu as autant le droit d'être ici que moi, quelle que soit l'heure.

Le corbeau perché sur la tête du Lion se rengorgea.

Ne t'ai-je pas souvent dit la même chose ?

Aidan ignora le *lir.* Son embarras n'avait pas diminué, au contraire. Il avait seulement envie de s'excuser et de s'enfuir, mais il parvint à s'en empêcher.

— J'ai le droit de venir ici, mais pas de perturber votre repos.

— Quand tu auras mon âge, tu comprendras que le sommeil ne vient pas toujours lorsqu'on le souhaite.

Aidan commença à se sentir un peu mieux. Il n'avait pas le Mujhar devant lui, mais son grand-père.

— Je le sais déjà, dit Aidan avec un demi-sourire.

Niall avança vers lui, une chandelle à la main.

— Pourquoi ne m'as-tu rien dit de ces rêves ? Crois-tu que je n'ai pas de temps à consacrer à mon petit-fils ?

Aidan regarda l'homme qui occupait le trône du Lion. Il avait dépassé la soixantaine, mais l'âge n'avait pas altéré son air royal. Ses cheveux roux foncé avaient grisonné. Il y avait des rides sur sa peau claire d'Homanan. Un de ses yeux était bleu et brillait comme toujours. L'autre, une orbite vide portant la trace des serres qui l'avaient lacéré, était dissimulé derrière un bandeau.

— Comment pourriez-vous en avoir le temps ? Vous êtes le Mujhar.

— Je suis aussi le *jehan* de cinq enfants qui lui ont donné plusieurs petits-enfants. Je te connais mieux que les autres, puisque tu vis à Homana. Mais parfois, j'ai le sentiment de ne pas te connaître du tout !

— Il n'y a rien à savoir, grand-père, dit Aidan en souriant.

— Rien ? Je souffre de constater que mon petit-fils ne veut pas se confier à moi.

— Non, grand-père, ce n'est pas pour cette raison. C'est... (Aidan haussa les épaules.) Il n'y a rien à raconter.

— Je ne suis pas idiot, ni aveugle. Même si je n'ai qu'un œil !

Aidan sentit la sueur de la honte perler à sa lèvre supérieure.

— Ce ne sont que des rêves. Rien de plus.

— Dans ce cas, les serviteurs racontent des histoires, dit Niall d'une voix douce mais ferme. Je pense qu'il est temps que tu parles à quelqu'un. A moi, si tu ne veux rien dire à Aileen ou à Brennan. J'ai un intérêt dans tout ça !

Aidan serra les mâchoires.

— Ce sont des rêves, sans plus. Comme en fait tout le monde. Des idées tordues qui nous visitent la nuit.

Niall s'assit sur l'estrade et posa sa chandelle à côté de lui.

— Parle !

Il veut que je lui raconte ? Comme ça ?

— Se taire sert seulement à aggraver le problème. Crois-moi, je le sais. J'ai passé tant d'années à me tourmenter parce que je me croyais indigne de la créature tapie derrière moi.

Aidan jeta un coup d'œil au Lion. Puis il s'assit sur l'estrade, à côté de Niall. Il sentit l'énervement le gagner. Comment pouvait-il parler de ce que personne ne croyait ?

Il essaya quand même de satisfaire en partie la requête de son aïeul.

— Cela n'a rien à voir avec un sentiment d'incompétence, je vous l'assure, grand-père. Je sais qui je suis et quelle sera ma tâche : gouverner Homana. (Il fit le signe du *tahlmorra*, indiquant ainsi son acceptation.) J'ai reçu l'enseignement adéquat de mon père et de vous. Et je pense que je m'en sortirai correctement, le moment venu.

Il se tut, pensant en avoir assez dit.

Niall attendit.

— Personne ne peut comprendre, reprit Aidan après un long silence. Pourquoi devrais-je en parler ? J'ai essayé quand j'étais enfant... Nul ne m'a cru.

— Qui ne t'a pas cru ?

— Mon *jehan* et ma *jehana*. Ils m'ont dit tous deux que ce que je rêvais n'était pas réel, et que j'oublierais tout ça quand je serais grand... Parleriez-vous à quelqu'un qui vous tournerait en ridicule ? Que doit penser un enfant quand ses parents le traitent de menteur ?

— Aileen et Brennan ne feraient pas une telle chose.

— Pas directement, non. Mais il y a des façons d'insinuer... J'aimerais trouver un moyen de vous expliquer ce que je ressens. Ce que je crains.

— Essaie, suggéra Niall. Dis-moi la vérité telle que tu la perçois. Raconte-moi ce qui trouble ton sommeil.

Aidan se frotta les yeux. Il avait désespérément besoin de dormir.

Mais encore plus besoin de la chaîne.

— Ce que je crains, c'est la signification de mon rêve. Je fais toujours le même. Depuis toujours. J'ai peur qu'il finisse par me rendre fou.

Niall ne dit rien, attendant patiemment.

Aidan soupira, repoussant les cheveux qui lui tombaient sur le visage. Sous l'éclairage chiche de la salle, ils devenaient roux foncé. La chevelure et la peau claire d'un Homanan faisaient un contraste frappant avec ses yeux jaunes de Cheysuli.

— Je vois une chaîne, continua Aidan. Elle est en or, posée dans le giron du Lion.

Aidan se leva d'un bond et s'éloigna de l'estrade. Il s'arrêta devant le foyer, puis se retourna vers son grand-père.

— Je sais ce que vous pensez...

— Peu importe. Ne te soucie pas de ce que je pense. Raconte simplement ce que tu ressens.

Aidan serra les dents. Comment quelqu'un d'autre que lui pouvait-il comprendre ?

— Je dois avoir cette chaîne, dit-il enfin. Sinon, le monde sera perdu.

— Perdu ? fit Niall, surpris.

— Oui. Du moins pour moi. Je sais, cela semble irrationnel de croire que le sort du monde dépend de moi. Mais c'est ce que je rêve. Nuit après nuit.

Niall fronça les sourcils, et ne dit rien.

Les mots traversèrent l'esprit d'Aidan.

La folie existe dans ma famille...

Aidan n'en parla pas. Il savait que Niall aurait objecté que la folie de Gisella, la grand-mère atvienne d'Aidan, avait été provoquée par une naissance prématurée et traumatique. Parfois, Aidan se demandait si c'était vrai. Il était souvent la proie d'impulsions qu'il arrivait toujours à réprimer. Et il avait entendu dire qu'il en allait de même pour Gisella, à ce détail près qu'elle se laissait aller aux siennes. Il savait aussi que sa *su'fala*, Keely, n'avait jamais été totalement convaincue que sa folie n'était pas héréditaire.

— Tout le monde rêve, dit enfin Niall. Mes propres songes sont parfois assez bizarres...

Pour la première fois de sa vie, Aidan interrompit son grand-père.

— Je *dois absolument* l'avoir, grand-père. Comprenez-vous ? C'est un désir aussi fort que celui qu'un homme ressent pour une femme, ou un guerrier pour son *lir.* Chaque fois que je fais ce rêve, il me force à venir ici.

Niall le regarda, surpris par son ton passionné.

— Il te perturbe à ce point ?

Aidan eut un rire amer.

— On peut le dire comme ça... Imaginez que vous vouliez prendre Deirdre dans vos bras, et qu'elle se transforme en poussière devant vos yeux.

Aidan vit l'expression de son grand-père changer. Il sut, comme toujours, quelles émotions le traversaient. De l'étonnement, un peu de colère que son petit-fils ose comparer une chaîne imaginaire à sa *meijha* bien-aimée...

Le Mujhar se leva et monta les marches de l'estrade. Puis il s'assit sur le trône du Lion. Aidan sut que ce n'était pas pour l'impressionner. Le vieil homme avait seulement envie de s'asseoir sur quelque chose de plus souple.

— Que se passe-t-il quand tu viens ici à la recherche de cette chaîne ?

— Je tends la main pour la prendre et elle se transforme en poussière. J'ai besoin d'elle, grand-père. Je dois l'avoir à tout prix. Mais quand j'essaie de la saisir, il ne reste qu'un peu de poussière, qui disparaît avant que je puisse l'effleurer.

— As-tu parlé aux prêtres ? demanda Niall.

— Ils sont homanans. Ils se moqueraient de moi.

— Nul prêtre n'oserait rire de l'homme qui montera un jour sur le trône.

— Peut-être pas. Mais ils raconteraient des histoires. Les gens jasent déjà. Les serviteurs sont intarissables sur le sujet du fils du prince d'Homana, le garçon bizarre qui passe la nuit à arpenter le palais parce qu'il n'a pas besoin de sommeil.

— Pourtant, tu en as besoin ! Il suffit de regarder l'air que tu as...

— Ainsi, ça se voit...

Il avait espéré que personne, sauf lui, ne s'en était aperçu.

— J'ai tout essayé pour me débarrasser de ces rêves. D'abord, j'ai adressé des suppliques aux dieux. Puis je me suis tourné vers les femmes. J'ai trouvé de la satisfaction auprès d'elles, mais pas le soulagement que j'espérais.

« J'ai aussi essayé l'alcool. Combien de nuits me suis-je endormi ivre mort, espérant bannir ainsi les rêves ? Mais au petit matin, ils revenaient en force. Je vous le dis, grand-père, ils sont encore pires quand j'ai bu la veille.

— Sais-tu que tu as le même accent que ta mère quand tu es troublé ?

— Ou le même que Deirdre.

— Non, elle est à Homana depuis trop longtemps. Il n'y a plus grand-chose d'Erinn en elle. Revenons à notre conversation, Aidan. Si tu ne veux pas aller voir les prêtres homanans, pourquoi ne pas t'adresser aux *shar tahls* ? Ils ont peut-être la réponse que tu cherches.

— Ou pas de réponse du tout.

— Aidan...

— J'y ai pensé. A chaque fois, j'ai trouvé de bonnes raisons de ne pas y aller.

— Pourquoi pas ? La Citadelle est ton foyer, tout comme Homana-Mujhar.

— Homana-Mujhar est *mon foyer*. La Citadelle n'est qu'un lieu parmi d'autres.

— Ainsi, cela a fini par arriver... Tiernan avait raison, après tout. Il avait dit que nous serions supplantés par les Homanans. Es-tu le premier à penser ainsi ? Peut-être est-ce la revanche d'Homana : transformer les Cheysulis en Homanans...

Aidan le regarda, déconcerté.

— Grand-père...

— Non, je ne suis pas fou. Je parle de Tiernan, le cousin de ton *jehan*, le fils de ma défunte *rujholla*. L'homme qui a renié la prophétie et fondé son propre clan.

— Je sais qui est Tiernan. Ou qui il *était*. Il est peut-être mort. Il y a quinze ou vingt ans que nul ne l'a vu.

— Il a conduit son clan au cœur d'une forêt d'Homana. Il est toujours quelque part, complotant pour s'approprier le Lion.

Aidan ne pensait pas que son grand-père fût trop vieux pour gouverner, mais il estimait qu'il accordait sans doute trop d'importance à quelqu'un qui avait disparu depuis des années. Tiernan n'était pas un Ihlini, pour attendre si longtemps de prendre sa revanche.

— Grand-père...

Niall ne l'écouta pas. Il se leva et se pencha pour récupérer sa chandelle.

— Va à la Citadelle, Aidan. Découvre ton véritable héritage avant qu'il soit trop tard.

Stupéfait, Aidan laissa le passage à son aïeul et le regarda partir. Puis il se tourna vers son *lir.*

— Qu'a-t-il dit ?

Je ne savais pas que tu étais sourd.

— Je ne le suis pas, ricana Aidan. Mais quel bien peut me faire la Citadelle ?

Te donner des oreilles pour entendre et des yeux pour voir. Retourne te coucher, mon lir *sourd. Tu n'auras pas d'autre rêve cette nuit.*

Aidan n'eut pas la force de répliquer, pensant à son lit et au plaisir d'un sommeil paisible.

— Tu viens ? dit-il d'un ton acerbe.

Je pourrais te demander la même chose, fit Teel en s'envolant.

CHAPITRE III

Malgré son âge, l'étalon n'était pas toujours facile à diriger. Les garçons d'écurie d'Homana-Mujhar avaient appris à laisser son maître s'occuper de lui.

Brennan entra donc seul dans l'écurie de bois et de brique. Terreur avait la plus grande stalle.

Non loin de là, un autre bâtiment abritait les montures favorites du Mujhar.

Le prince ouvrit la porte de la stalle. L'étalon aplatit les oreilles et leva un sabot. Il changea de position et s'appuya brièvement sur Brennan, le poussant contre la paroi. Puis ses oreilles se redressèrent. Terreur souffla bruyamment et posa sa tête sur l'épaule de Brennan, attendant les doigts qui savaient exactement où le gratter.

Terreur ne pouvait pas comprendre les paroles murmurées à son oreille, mais il était sensible à leur ton, à leurs nuances et à l'affection qu'elles véhiculaient.

Le cheval ne sentit pas l'angoisse sous-jacente de Brennan. N'étant pas humain, il n'avait aucun moyen de comprendre ces sentiments. Et s'il l'avait été, les émotions de Brennan lui seraient probablement restées tout aussi étrangères. Ceux que les dieux n'avaient pas bénis étaient insensibles aux subtilités du non-dit.

Ian était un Cheysuli. Il faisait partie du peuple élu et il avait connu sa part d'angoisse et de désespoir. Même si le temps lui avait permis de les vaincre, il comprenait ces émotions quand elles touchaient son neveu.

Il s'approcha de la porte de la stalle, regarda Brennan s'occuper de son étalon, et remarqua la tension de ses épaules et son air soucieux. Il avait appris à repérer ce type de signes en étant l'homme lige du Mujhar.

— J'ai passé une bonne partie de ma vie à offrir mon assistance, ou simplement une oreille attentive, aux membres de ma famille qui en avaient besoin, dit Ian. Tu t'es toujours tenu à l'écart à cause de ta réserve naturelle. Mais je n'ai jamais connu un enfant du Lion qui n'ait pas un jour besoin de réconfort.

Brennan sursauta et se raidit. Puis il se retourna, une main toujours posée sur le dos de Terreur comme si ce contact lui donnait de la force. L'or de ses bracelets étincelait sous un rayon de soleil jouant à travers les volets.

— Es-tu envoyé par mon *jehan* ?

Ian posa les coudes sur le haut de la porte de la stalle et sourit avec sérénité. Ses bras, comme ceux de Brennan, portaient l'or cheysuli.

— Je ne suis pas toujours à ses ordres, tout comme toi. Fais-moi la grâce de croire que je me suis aperçu de ta souffrance indépendamment du Mujhar.

Brennan grimaça et détourna le regard. Perdu dans ses pensées, il lissa la robe noire du cheval,.

— Tu allais toujours voir mon *jehan*, ou Hart, puis Keely, après le départ de Hart. J'ai parfois eu envie de venir vers toi, mais tant d'autres réclamaient ton attention. Je pensais que ta compassion ne pourrait pas en supporter plus.

Les yeux de Ian se posèrent sur l'étalon.

Tout comme Terreur, l'homme était d'âge mûr. Ses cheveux, plus gris que noir, tournaient rapidement au blanc. On lui aurait donné une cinquantaine d'années, alors qu'il en avait près de soixante-dix. L'âge rattrapait les Cheysulis comme les autres races, mais il le faisait plus lentement pour eux. Rien dans l'attitude de Ian ne montrait un affaiblissement de son esprit ou de ses facultés.

— Les enfants de Niall ne peuvent échapper au fardeau parfois trop lourd de leur *tahlmorra* à part Maeve, peut-être... et je me demande souvent si nous ne nous trompons pas à son sujet. Comment affirmer qu'elle n'a aucune magie en elle ? Le sang de Niall est fort... même en Aidan.

Brennan grimaça. Ian, ayant soigneusement préparé l'appât, regarda son neveu avaler l'hameçon.

— Oui, soupira Brennan, le sang de la famille est puissant en Aidan... Y compris celui de Gisella. Tout le monde se pose des questions à ce sujet, quelle que soit la vérité. Tu sais et je sais que la folie de ma *jehana* n'est pas héréditaire, mais les Homanans s'en fichent. Ils voient qu'Aidan est *différent*, et ils jacassent au sujet de Gisella.

— On ne peut pas demander à un homme de dissimuler sa vraie nature, dit doucement Ian. Pourtant, Aidan le fait.

— Tu fais référence à ce que mon *jehan* m'a dit, concernant les rêves d'Aidan ?

— Il y a eu une époque où il t'en aurait parlé lui-même.

L'expression de Brennan s'assombrit.

— Pas depuis très longtemps. Il a changé, *su'fali.* A un moment, il a changé...

— Peut-être s'est-il senti obligé de le faire.

— Je ne voulais pas qu'il change ! Pourquoi ? Après toutes ces années de maladie... Après tant de soucis et de craintes...

Brennan soupira et ferma les yeux.

— Nous pensions qu'il mourrait, *su'fali.* Quand il était fiévreux, il parlait sans cesse. Nous avons appris à ne pas l'écouter.

— Parce que ses paroles n'avaient aucun sens.

Brennan hocha la tête en silence.

— Et maintenant, il ne parle plus du tout. Aidan n'est peut-être pas ce que tu attendais... Mais essayer de reforger une épée ne sert qu'à rendre l'acier cassant.

— Est-ce donc ce que j'ai fait ? s'écria Brennan. Il est un guerrier au même titre que nous. Il n'y a rien en lui que je souhaiterais changer. Malgré son enfance maladive, il est clair qu'il vivra et héritera du trône. Mais je suis incapable de deviner ce qu'il pense...

Brennan s'interrompit. L'étalon frémit, dérangé par le désespoir de son maître.

— L'as-tu déjà vu regarder *à travers* quelqu'un, *su'fali* ? Comme s'il était ailleurs...

Ian sentit sa sérénité s'éroder. Habituellement, les gens trouvaient facile de se confier à lui, ce qui n'était pas courant chez les Cheysulis. Traditionnellement, les guerriers ne montraient pas leurs émotions, pour ne pas révéler une faiblesse à un ennemi. Mais ces jours étaient passés. Les choses changeaient dans les clans — trop de choses, pensaient certains. Brennan, qui n'avait jamais eu besoin de personne, se tournait vers lui pour comprendre son fils.

Et Ian n'avait aucune réponse à lui fournir. Il hocha la tête.

— Ainsi, tu l'as vu, toi aussi.

Ian soupira.

— Que puis-je te dire ? Aidan est très différent de nous sous certains aspects, et très semblable sous d'autres. Je retrouve Aileen et toi en lui. Peut-être avons-nous tort de chercher les ressemblances. Aidan est peut-être simplement *Aidan*...

— Et cet oiseau, dit Brennan. Ce corbeau...

— Teel est un *lir*, dit Ian avec un sourire.

— Il est plus que ça, je t'assure. As-tu vu l'expression des yeux d'Aidan quand il se plonge dans le lien mental ?

— Si Keely était là, elle pourrait sans doute nous dire de quoi ils parlent. Mais je doute que leurs conversations soient très différentes de celles que tu tiens avec ton *lir*. Et tu devrais voir *ton* expression quand Sleeta te parle mentalement.

— C'est vrai, elle est souvent difficile. Aidan m'a dit que Teel le harcèle parfois sans merci.

Ian se poussa quand Brennan ouvrit la porte pour quitter la stalle.

— Aidan a été malade pendant si longtemps. Il est passé si près de la mort. Cela marque un homme, Brennan. Comme ton père ou toi avez été marqués. Pensais-tu que ton fils échapperait au sort commun ?

— Le Lion réclame un homme capable de gouverner avec son intellect, pas avec des rêves.

— Est-ce pour cela que tu ne t'en es autorisé aucun ? murmura Ian.

Brennan ferma la porte de la stalle. Son expression se durcit.

— Tu sais ce que sont les responsabilités, *su'fali*. Quand il s'agit de faire la guerre, comment un roi pourrait-il se plonger dans ses rêves ?

— Quelle guerre livres-tu, *harani* ? Homana est en paix, tout comme Solinde, Erinn et Atvia.

— Personne ne comprend ce que c'est que de regarder Aidan et de se demander quel homme il deviendra. Quel homme il *est* !

Ian ne répondit pas tout de suite. Même si les Cheysulis prônaient le contrôle de soi, il savait combien il était dur de garder son équilibre quand les circonstances devenaient difficiles.

Son royal neveu, en dépit de sa maturité, était tout aussi capable de colère que Corin, son frère, ou sa sœur à la langue acérée, Keely. Ian pensa préférable de ne pas provoquer Brennan. De plus, faire entendre raison à un homme furieux était presque impossible.

Il regarda Brennan, soupesant sa tension.

— T'es-tu jamais demandé pourquoi il ne te dit rien ? Pourquoi il vient parler au Lion ? Si tu lui as donné des raisons de penser qu'il était... *anormal*..., pourquoi te ferait-il confiance ?

— Par les dieux, Ian, c'est un adulte ! Un guerrier !

— Tout ça a commencé quand il était enfant. Les enfants ont une vue différente des choses.

— Les enfants ont trop d'imagination. Souvent, ils se font peur à eux-mêmes. Crois-tu que je ne sache rien à ce sujet ? Encore maintenant, quand j'entre dans la stalle de Terreur, j'ai peur d'être enfermé.

— En as-tu honte ?

— J'ai été reclus dans la Matrice pendant très peu de temps. Pourtant, j'aurais juré que des jours avaient passé. J'ai pris des *lirs* de pierre pour de véritables animaux. Mon imagination m'a plongé dans la terreur. Et maintenant, il suffit qu'on m'enferme dans l'obscurité, et je perds la tête !

— C'est pour cela qu'un *jehan*, voyant les peurs de son fils nourries par son imagination, lui a répété qu'elles n'étaient pas réelles. Jusqu'à ce que l'enfant juge préférable de les garder pour lui.

— Ce n'étaient que des *rêves*, Ian ! Qu'aurais-je dû faire ? Le laisser se terroriser lui-même ?

— Je l'ignore, dit Ian en haussant les épaules. Mais Aidan continue de rêver. Quoi qu'il en soit, *quelque chose* est réel pour lui.

— Et je ne l'ai jamais accepté, dit Brennan en se laissant glisser contre le mur. Je ne suis pas le plus éclairé des hommes !

— Aileen comprendrait sans doute ce que tu ressens. L'avenir d'Aidan la concerne au même titre que toi.

— Elle ne m'en a jamais parlé.

— As-tu pensé à lui poser la question ?

— Aileen prend tout de suite sa défense. Elle ne tient pas compte de mes inquiétudes et n'accorde aucun poids à mes paroles. Il est son fils unique. Elle ne veut pas entendre de critiques à son sujet.

— Aileen n'est pas aveugle. Elle le défend vis-à-vis des autres. En est-il besoin avec toi ?

L'étalon passa la tête par la porte de sa stalle. Brennan l'écarta pour continuer à voir son oncle.

— J'ai le droit de m'inquiéter.

— Nul ne te le conteste. Mais Aileen pourrait t'aider à porter ce fardeau.

— Il faudrait qu'Aidan ait un fils.

Ian se figea.

— Pourquoi ? Tu crois qu'il vaudrait mieux remplacer ton fils par un petit-fils ?

— Non ! dit Brennan, trop vite. Mais il a vingt-trois ans. J'avais un fils à cet âge-là. Mon *jehan* en avait trois, plus deux filles.

— As-tu jamais pensé cela : si on vous en avait laissé le temps, Aileen et toi auriez pu avoir une union plus profonde ? Semblable à celle de Niall et de Deirdre ?

— Veux-tu dire que je devrais laisser du temps à Aidan ?

— Oui. Tu sais quel prix Aileen et toi avez payé. Pourquoi le faire payer aussi à ton fils ?

— Les rois doivent engendrer des fils, dit Brennan.

Ian perdit patience.

— Le roi actuel est bien vivant. Son héritier est en parfaite santé, et il a lui-même un fils. Pour le moment, le Lion n'a pas besoin d'autre chose.

Brennan ferma les yeux un instant.

— Et si mon fils était fou ? Aileen ne peut pas me donner d'autres enfants, et je refuse de la répudier. J'ai *besoin* qu'Aidan ait un héritier.

— Il n'est pas fou, dit Ian. Seulement... différent.

— Les rois ne peuvent pas être différents. Cela effraie les Homanans.

— Pas autant que cela t'effraie, *toi*, dit l'oncle de Brennan, de la compassion dans le regard.

Le ciel plombé ne montrait aucun signe d'amélioration. Aidan, parti de Mujhara après un petit déjeuner tardif, sentit son irritation augmenter proportionnellement au mauvais temps. Il en fit part à son *lir*, qui volait au-dessus de lui.

Certaines choses valent de supporter un peu d'inconfort, répondit Teel.

— Mais nous sommes en *été*, protesta Aidan. On se croirait au cœur de l'hiver !

Hier, tu te plaignais de la chaleur... Tu n'es jamais content !

Peut-être, se dit Aidan. Mais la veille, il crevait de chaud, et maintenant il tremblait de froid. Assez pour lui faire regretter de n'avoir pas emporté un manteau.

Le vent changea de direction, soufflant des mèches rousses dans ses yeux. Son cheval, dérangé par la bourrasque, fit un écart violent. Aidan s'y était attendu et le retint.

— Du calme. Il vaut mieux que tu me laisses décider si nous irons au trot ou au galop !

Lir, dit la voix de Teel, *l'orage menace.*

Aidan s'en était aperçu, mais il ne répondit pas, occupé à empêcher sa monture de s'affoler. Il ne lui en voulait pas : eût-il été un cheval qu'il serait volontiers parti au galop.

— Et c'est l'été, marmonna Aidan. Je me demande comment sera l'hiver...

Il n'y avait rien d'autre à faire qu'à avancer, afin d'atteindre l'orée de la forêt, qui lui fournirait un abri. La piste, bordée d'arbres et de buissons, serait isolée du vent et lui permettrait de rallier la Citadelle en évitant le pire de la tempête.

Des débris de feuilles et de la poussière volaient partout. Aidan baissa la tête et plissa les yeux, poussant le cheval à aller un peu plus vite.

— Vas-y, dit-il au cheval louvet. Si tu as envie de courir, nous arriverons d'autant plus vite.

L'animal ne demandait pas mieux. Aidan fut presque déçu quand ils atteignirent l'orée des bois. Il aurait eu envie de continuer à galoper, mais il se retint. La bête avait besoin de repos et la piste, jonchée de débris, était dangereuse.

— *Shansu,* dit-il en tapotant le col de l'animal. Nous recommencerons une autre fois. Pour le moment, nous continuerons au pas.

Le cheval louvet était une bête d'âge moyen, habituellement calme. Mais l'orage l'avait énervé, car il se dressa sur les pattes arrière et agita la queue, manifestant son déplaisir.

— Par là, dit Aidan en lui montrant le chemin.

L'animal recula et se retourna vers l'endroit d'où ils arrivaient.

— Non, fit Aidan. Nous sommes allés à la Citadelle plus d'une fois. Tu n'as aucune raison de te conduire comme ça. S'il y avait du danger, mon *lir* m'aurait prévenu. J'ai davantage confiance en lui qu'en toi.

La bête ne bougea pas, frémissante.

Lir... *Y a-t-il un danger devant nous ?* demanda Aidan, intrigué.

Je croyais que tu me faisais confiance ? dit Teel, acide. *Il n'y a rien que l'orage.*

— Allons, mon garçon, crois-tu que je te voudrais du mal ? Avance !

Après avoir refusé obstinément de bouger, le cheval démarra d'un coup. Vers l'est, comme Aidan le voulait. Sans l'orage, il l'aurait laissé aller à sa guise, mais la piste était pleine de débris. Si la bête trébuchait et tombait...

Il tira sur les rênes pour tenter de ralentir l'animal.

Il avait dompté plus d'un poulain et gagné la confiance de nombreux chevaux, car il partageait le don de son père quand il s'agissait de s'occuper d'eux.

Mais celui-là ne voulut rien entendre.

Aidan sentit que le mors avait glissé et s'était logé entre les dents du cheval, n'offrant plus de contrôle à son cavalier.

*Je pourrais prendre ma forme-*lir *et laisser cet idiot continuer à galoper sans moi...*

L'idée de mettre l'animal en danger le retint. Son père lui avait enseigné à faire passer l'intérêt de ses bêtes avant le sien.

Sans ralentir, la bête quitta la piste et plongea dans le sous-bois, évitant de justesse un tronc d'arbre. Aidan évita aussi le tronc, mais pas la branche épaisse qui sembla se matérialiser devant lui.

Il leva un bras, sachant que c'était trop tard.

Lir...

Il n'eut pas le temps d'en dire plus. La branche le frappa à la poitrine et le fit tomber à terre.

CHAPITRE IV

Il rêva qu'il n'était pas fait de chair et d'os, mais de fumée et de flammes. Son âme brûlait d'une clarté aveuglante. Il aurait voulu pleurer de joie, mais il n'osait pas.

L'eau éteint les flammes. J'en mourrais.

Il se vit lui-même en rêve. Mais il était différent, comme fait de fumée. Puis l'être éthéré se reforma, devint un corbeau et s'envola vers l'azur pour une quête effrénée de liberté.

Il alla vers le sud, loin d'Homana-Mujhar et des Citadelles cheysulies. Le corbeau s'arrêta seulement quand il trouva une nouvelle demeure parmi des pierres anciennes, froides et grises. Il se percha sur un autel en ruine où étaient gravées des runes.

L'autel était renversé. Au-dessous, quelque chose brillait d'un éclat d'or terni. Le corbeau, sentant le *besoin*, quitta son perchoir.

Il y avait une chaîne sous l'autel, étincelante et parfaite. Sa beauté était telle que le corbeau ne put s'empêcher de la désirer.

Mais les oiseaux n'ont pas de mains...

Il se métamorphosa en homme et s'agenouilla pour ramasser la chaîne.

Il la toucha. Elle resta intacte. Il la souleva, puis l'emmena vers la lumière, le souffle coupé.

Ses maillons, de la taille du poignet d'un homme, étaient faits d'un or sans défaut et gravés de runes trop complexes pour être déchiffrées.

Il laissa son souffle effleurer la chaîne. Un maillon se brisa.

Le chagrin l'envahit.

Pourquoi l'ai-je détruite, alors que je désire tant qu'elle reste intacte ?

Une moitié de la chaîne tomba au sol, l'autre resta dans ses mains.

Il entendit un bruit, se retourna et vit une silhouette se dresser à l'entrée du temple.

— Tu me tiens entre tes mains. Qu'attends-tu de moi ? demanda une voix.

D'où venait l'inconnu ? Et, maintenant qu'Aidan y pensait, en quel lieu étrange se trouvait-il ?

— Qui êtes-vous ?

— Le Mujhar, dit l'homme en haussant ses sourcils noirs.

Il semblait penser qu'Aidan aurait dû le reconnaître.

Aidan le comprit, mais quelque chose sonnait faux à ses oreilles.

L'homme avait un port royal. Vêtu d'un pourpoint fait du cuir noir le plus fin, un lion rampant brodé sur la tunique, il était entre deux âges. Ses longues mains étaient celles d'un guerrier. Ses yeux gris perçants indiquaient qu'il n'était pas cheysuli.

— Qui êtes-vous ? répéta le jeune homme.

— Je te l'ai dit : le Mujhar.

Qui est-il pour prétendre une telle chose, et à moi, *entre tous !*

— Le Mujhar, dites-vous ? Et moi, j'affirme que vous mentez.

— Une telle accusation est passible de la peine de mort.

— Vraiment ? Alors, tuez-moi, Mujhar. Eliminez l'homme qui montera un jour sur le trône du Lion.

— Toi ? fit l'apparition en fronçant les sourcils.

— C'est ce qu'on m'a toujours dit. Je suis le fils de Brennan, le petit-fils de Niall.

— Ah. Là où je demeure, le temps n'existe pas. En sommes-nous déjà à Niall ?

Cet homme est fou. Et moi, je suis encore plus fou de l'écouter.

— Vous me pardonnerez si je ne vous montre pas la déférence due au Mujhar, dit Aidan d'un ton condescendant. Je la réserve à mon grand-père, qui la mérite. Je ne vous connais pas.

— Je pense que si. L'histoire des Cheysulis cite souvent mon nom et mon titre.

Aidan se força à la patience.

— Pourquoi ne pas me les révéler ?

— Tu connais mon titre : Mujhar. Mon nom est Shaine.

Shaine ?

— Je vous serais reconnaissant de ne pas utiliser le nom de mon ancêtre.

Les yeux gris scintillèrent.

— Pourtant, c'est *mon* nom.

— Shaine est mort.

— Depuis longtemps. Voudrais-tu savoir de quelle manière ?

— Je le sais. Nous l'avons tous appris. Shaine s'est tué quand il a annulé les protections ihlinies prévues pour éloigner les Cheysulis d'Homana-Mujhar.

— Ce fut une mort douloureuse et inattendue. Mais déjà alors cela n'importait plus. Finn était venu pour me tuer... Le fils métamorphe de Hale. Dieux, que je les haïssais ! La pire était Alix, qui ressemblait tant à Lindir, en brune au lieu de blonde. Karyon l'aurait faite reine d'Homana, je le sais. Je l'ai vu dans ses yeux.

— Mais elle a épousé Duncan.

— Oui. Ton arrière-arrière-arrière-grand-père. C'est une longue histoire qui m'ennuie...

Ce n'est pas possible. Rien de tout ça n'est réel. Suis-je mort ? se demanda Aidan.

Une boule se forma dans sa gorge.

— Si vous êtes vraiment Shaine..., commença-t-il. Cela signifie-t-il que je suis mort ? Dieux, est-ce la réponse ?

— Mort ? Non. Tu as encore du temps à vivre.

Aidan se demanda combien, mais ne posa pas la question.

Il s'essuya les mains contre ses braies.

Il lui fallait se concentrer sur quelque chose pour ne pas perdre le contrôle de lui-même.

— Si vous êtes vraiment Shaine, vous êtes mort.

L'être ne répondit pas.

Aidan sentit la peur l'envahir. Il eut envie de vomir. Un mal de tête pointa derrière ses yeux.

Je suis devenu fou.

Puis une autre pensée le frappa.

Où est Teel ? Où est mon lir ? *Dieux, faites que ce ne soit qu'un cauchemar...*

Shaine le Mujhar reprit la parole.

— Il ne s'agit pas de moi. Nous sommes là pour parler de toi.

— De moi ? Que me voulez-vous ?

— Lève-toi, dit l'homme.

Aidan obéit. La moitié de chaîne qu'il tenait toujours cliqueta.

— Cheysuli, dit l'homme, du dégoût dans la voix. Je savais que Karyon lèverait la malédiction dès qu'il monterait sur le trône. Mais il a sacrifié cinq ans de sa vie pour le reprendre à Bellam, et encore plus pour mettre fin à l'extermination. Le *qu'mahlin*, comme vous l'appelez. Mais rien ne dure éternellement, pas même les Cheysulis... Tu es roux à la peau claire... Peut-être ton accoutrement est-il simplement une question de mode...

— Une mode ?... fit Aidan.

Puis il comprit ce que l'homme voulait dire. Il sentit une colère sauvage l'envahir.

— Les bracelets-*lir* et la boucle d'oreille m'ont été remis lors de la Cérémonie des Honneurs. Je les ai gagnés de la façon traditionnelle. Je suis cheysuli et héritier du trône d'Homana, mon seigneur fantôme !

— En es-tu si sûr ?

— Bien entendu ! Si je ne suis pas mort, comment ne serais-je pas l'héritier ?

— Tu pourrais ne jamais accepter le trône.

Aidan ravala le cri qui lui montait à la gorge.

— Je suis né pour ça. Le Lion sera à moi.

Shaine montra la chaîne que tenait toujours Aidan.

— Les hommes sont des maillons de la chaîne forgée par les dieux. Ils créent un maillon, le soudent ici ou là, changent sa disposition pour convenir à leur humeur du moment... Certains maillons sont solides et ne cèdent jamais, d'autres sont défectueux et cassent. Mais ils sont remplacés par des maillons plus forts afin que la chaîne ne soit jamais en danger. Le but des dieux est de forger une chaîne sans défaut. Ils éliminent les maillons les plus faibles afin de ne pas nuire à l'ensemble.

Aidan ne dit rien, regardant la chaîne brisée.

— Le maillon défectueux porte un nom : Aidan d'Homana.

Aidan maîtrisa sa colère. Il ne servait à rien de discuter avec quelqu'un qui n'existait pas.

— Vous êtes un rêve ! Les songes n'ont aucune substance. Cette chaîne n'est pas réelle. Rien de ce que vous dites n'est réel.

— Dans ce cas, pourquoi m'as-tu appelé ?

— Je n'en ai rien fait ! Un homme ne peut pas invoquer les morts, ni plier un rêve à sa volonté !

— Pourtant, je suis là, dans ta main, dit Shaine en montrant la chaîne. Ce maillon-là. Je te l'ai déjà expliqué.

Si le maillon était Shaine, qui étaient les autres ?

— Partez, dit-il à la vision. Je ne veux rien avoir à faire avec vous.

Les yeux gris étincelèrent.

— Mais je fais partie de toi, Aidan. Comme nous tous.

Aidan jeta la chaîne sur le sol.

Shaine disparut.

Son corps se convulsa tout entier, puis s'immobilisa, épuisé et faible. Il gisait sur un entremêlement de branchages brisés.

— *Shansu*, dit une voix. Laisse-toi le temps de récupérer. Je ne te veux aucun mal.

Qui... ?

Aidan se força à ouvrir les yeux. Il regarda le ciel plombé et les branches au-dessus de lui. Cela lui rappela qu'il était dans la forêt.

Pas dans une chapelle en ruine en train de converser avec un Mujhar mort.

Sa première pensée cohérente fut pour son *lir.*

— Teel !

Il ne parvint pas à le joindre dans le lien mental familier. Il n'y avait rien qu'une *absence.*

— *Teel !*

Une main se posa sur son front.

— *Shansu.* Ton *lir* est en sûreté. Je l'ai envoyé en avant, à la Citadelle. Elle ne devrait pas être très loin, à moins que mon estimation ne soit fausse. C'est possible, car je n'ai pas l'habitude de la façon humaine de diviser le temps ou les distances. Mais, à vol d'oiseau...

— Qui êtes-vous ? dit Aidan, fronçant les sourcils.

— Peu importe pour le moment. J'ai un nom, mais nous ne le révélons pas aux humains, incapables de supporter le pouvoir contenu dans un nom véritable. Tu peux m'appeler le Chasseur. Cela correspond assez bien au sens de mon vrai nom.

Encore un..., pensa Aidan. *D'abord Shaine, et maintenant celui-là...*

Il tenta de rassembler ses esprits.

— Je suis tombé de cheval.

— Exact. L'animal ne s'est pas fait mal, lui.

La vision d'Aidan s'éclaircit. Il vit l'être agenouillé près de lui. Un homme d'âge moyen, brun de la tête aux pieds, y compris ses vêtements.

Comme s'il faisait partie de la forêt...

— Vous êtes un Cheysuli ? demanda Aidan. (Il se reprit aussitôt.) Non, c'est impossible...

Le Chasseur sourit.

— Il y a du Cheysuli en moi. Ou, plus précisément, il y a une part de *moi* chez les Cheysulis.

Sans doute, pensa Aidan, cette rencontre était-elle du même ordre que la précédente, avec Shaine... Créée de toutes pièces par son esprit secoué par la chute.

Il essaya de s'asseoir. La douleur le rejeta sur le sol. On eût dit qu'un démon lui défonçait les côtes.

— Ai-je les os brisés ? demanda-t-il d'une voix faible.

— Tu es endolori... rien d'irréparable. J'aurais pu te guérir, mais ce n'est pas mon rôle. Je suis le Chasseur, pas le Guérisseur.

— Que chassez-vous ? fit Aidan, intrigué malgré lui.

— Les hommes.

— Vous n'êtes pas... Ce n'est pas possible...

— A ta poursuite ? Bien entendu !

— Qu'avez-vous fait de mon *lir* ? demanda Aidan.

— Je l'ai envoyé à la Citadelle, comme j'ai dit. Crois-tu que je serais capable de faire du mal à un *lir* ? Ou à un Cheysuli ? J'ai si peu d'expérience avec les humains, même ceux de mon sang... J'aurais peut-être dû me manifester sous une autre forme. Mais celle-ci me paraissait si *inoffensive...*

Aidan perdit patience.

— Qui êtes-vous vraiment ? Et pourquoi me pourchassez-vous ?

— Pour découvrir ce que tu as appris.

— Ce que j'ai appris ? Que suis-je censé savoir ?

— En vingt-trois ans d'existence, tu as dû apprendre *quelque chose*, dit le Chasseur avec un sourire ironique.

— Et mon *lir* ? insista Aidan. Qu'avez-vous fait de lui ?

Le sourire de l'homme s'évanouit. Il se massa la mâchoire.

— Je vois que le lien est encore plus fort que prévu... Nous aurions peut-être mieux fait de rendre le guerrier et le *lir* moins dépendants l'un de l'autre. Pourtant, sans la force du lien, il y aurait eu des problèmes. Non, je crois que cela vaut mieux ainsi.

— Qu'est-ce qui vaut mieux ? s'énerva Aidan.

— Ce que vous appelez le lien-*lir*. Ce qui vous distingue de tous les autres êtres que nous avons créés, à part, bien entendu, les Ihlinis. Nous ne réussissons pas toujours. Donner le libre arbitre a eu pour résultat les Ihlinis. Et maintenant, ajouta-t-il avec une grimace, les *a'saii*.

— Vous n'avez pas répondu à ma question.

— Au sujet de ton *lir* ? Si. Je l'ai envoyé à la Citadelle.

Teel n'obéit à personne, protesta Aidan.

— Les *lirs* se plient à un pouvoir supérieur à celui des Cheysulis. Nous pouvons leur faire faire ce que nous voulons.

— Il existe un seul pouvoir supérieur au nôtre..., commença Aidan.

Il s'interrompit.

— Commences-tu à comprendre ? demanda le Chasseur.

Je suis fou, pensa Aidan. *Je suis tombé sur la tête et j'ai perdu l'esprit. Tout cela n'est qu'un rêve... Ou plutôt, un cauchemar. Si je regarde mieux...*

Il vit un homme qui prétendait être un dieu.

Autour de lui, le printemps se transforma en automne, puis en hiver. Vêtu d'habits légers, il frissonna. Le sol gela, les arbres perdirent leurs feuilles. L'herbe mourut et les fleurs disparurent.

Puis tout redevint comme avant.

Aidan se racla la gorge.

— Pourquoi avoir envoyé Teel au loin ? Si vous l'avez créé...

— Non. Je ne *fabrique* pas. D'autres s'en chargent, même si nous avons tous notre mot à dire. Quant à savoir pourquoi je l'ai envoyé à la Citadelle, c'est simple : cette affaire doit rester entre toi et moi. Même les *lirs* ne sont pas informés de tout ce que nous faisons.

Les saisons continuèrent à changer discrètement. L'herbe poussa et mourut de nouveau, les fleurs s'épanouirent puis se flétrirent. Le jour et la nuit se succédèrent rapidement.

Tout cela sans un mot de l'homme brun.

— Pourquoi les *lirs* ne sont-ils pas au courant de tout ? demanda Aidan.

— Ils sont bien assez arrogants comme ça ! Ce ne sont pas des dieux, seulement des familiers. Ils ne peuvent pas tout savoir, sous peine de devenir insupportables.

Aidan eut un faible sourire.

— C'est vrai. Teel n'a pas besoin d'une dose supplémentaire d'arrogance...

— Je m'attendais à ce que tu sois d'accord. Teel est *différent.* J'ai pensé qu'il te conviendrait bien.

Le Chasseur s'assit sur une souche d'arbre mort.

Au même moment, un arbrisseau jaillit près de sa base et grandit.

Je ne mentionnerai pas les miracles qu'il effectue. Peut-être ne suis-je pas supposé m'en apercevoir ?

Pourtant, comment aurait-il pu ne pas remarquer ces prodiges ?

— Pourquoi Teel me convient-il particulièrement ?

— Parce que toi aussi, tu es différent. Et tu passeras beaucoup de temps à te poser des questions. C'est ta façon d'être. Ton don particulier est de réfléchir aux choses avant d'agir. Tu feras des erreurs, bien entendu, comme tout homme. Cependant, tu es prudent. D'aucuns diraient « peureux », mais la couardise n'est pas ta malédiction.

Aidan s'humecta les lèvres.

— Quelle est-elle ?

Le dieu regarda la pousse qui s'efforçait vaillamment de devenir un arbre. Il se pencha vers elle, l'effleura et murmura quelque chose dans une langue inconnue d'Aidan, puis ajouta en homanan :

— Pas si vite, petite ! Tu as le temps de grandir. (Il lâcha la pousse et regarda Aidan.) Tu es simplement toi-même. Essaie de ne laisser personne te forcer à être quelqu'un d'autre.

— Mais... Est-ce tout ? demanda Aidan.

— Tout ? Etre soi-même, qu'on soit homme ou femme, comme Keely l'a appris, est une des tâches les plus difficiles d'un être humain.

— Je dois devenir Mujhar.

— Cela aussi est une tâche. Chacun ne réussit pas la sienne. Je ne suis pas là pour t'en dire plus. Il n'est pas dans la nature des dieux de tout révéler à leurs enfants. L'être humain n'apprend pas de cette façon, il doit *faire* les choses pour comprendre. Tu verras.

Il haussa les épaules.

Aidan ne s'en sentit pas éclairé pour autant.

— Etes-vous vraiment ici ?

— Et toi ? rétorqua le Chasseur.

Aidan ne put retenir un sourire.

— Vu le mal de crâne dont je souffre, je pourrais difficilement en douter !

— Les chevaux sont faits pour qu'on les chevauche, pas pour qu'on en tombe. Maintenant, tu dois payer le prix. Tu aurais pu prendre ta forme-*lir*...

— Oui, reconnut Aidan. Mais monter un bon animal a quelque chose de magique.

Le Chasseur éclata de rire.

— Ma foi, nous t'avons donné le libre arbitre. A toi de choisir si tu veux voler ou chevaucher...

— C'est tout ? demanda Aidan. Vous êtes venu seulement pour me dire d'être moi-même ?

— Ce ne sera pas une tâche aisée. Mais tant que je suis là, tu peux me parler de ton rêve.

— Vous êtes au courant ? Pour la chaîne aussi ?

— Je parlais du rêve que tu as fait juste avant de reprendre conscience. Tes yeux étaient grands ouverts, mais tu ne voyais rien.

— J'ai mal à la tête, dit Aidan. Pour l'instant, je ne peux penser à rien d'autre.

— Nous vous avons donné le libre arbitre parce que nous désirions avoir des enfants, pas des esclaves. Nous apprécions le respect et la dévotion, mais nous ne voulons pas de fanatiques. Vois-tu, nous n'avons pas créé les hommes pour ça. Maintenant, parle-moi de ton rêve.

Aidan n'en avait pas envie, tout comme il n'avait pas voulu parler à Niall. Mais il pouvait sans doute faire l'effort de révéler la substance de son rêve à un dieu.

— Shaine..., commença-t-il.

Puis il lui raconta tout.

Aidan s'attendait à des reproches visant son imagination débordante.

Mais le Chasseur ne dit rien de tel.

— Ce qui est arrivé était réel. Celui qui jugerait autrement n'aurait pas d'yeux pour voir.

— Mais Shaine est mort depuis près de cent ans !

Le Chasseur hocha la tête.

— Vous n'avez pas d'explications ? demanda Aidan, effrayé.

— Il y a des épreuves, répondit le Chasseur. Je ne suis qu'un dieu parmi cent. Je ne peux savoir ce que les autres ont prévu pour toi. Le *tahlmorra* ne s'accomplit jamais sans douleur, sinon il n'y a ni croissance ni évolution. Sans évolution, l'univers mourrait.

— Evolution ? demanda Aidan.

— Un mécanisme de changement. D'amélioration du monde.

Aidan regarda le dieu sans savoir quoi répondre.

— Je t'ai dit ce que j'avais à dire. Il reste simplement cela. (Il prit quelque chose dans sa bourse.) C'est pour toi, et pour toi seul. Quand tu auras appris sa signification et son utilisation, tu seras plus près de trouver les réponses aux questions que tu te poses dans le cœur de la nuit.

L'être lança l'objet. Aidan l'attrapa au vol. Il sut aussitôt de quoi il s'agissait, grâce à la texture de l'or formant un maillon parfait.

— Ainsi, vous *saviez*..., commença-t-il.

Le Chasseur avait disparu, remplacé par un arbre majestueux.

CHAPITRE V

Aidan traversa la Citadelle, se dirigeant vers le pavillon bleu orné d'une panthère noire. N'ayant pas de pavillon, il utilisait celui de son père. Brennan ne s'en servait pas souvent. Il en avait laissé l'usage à son fils, même si celui-ci passait la plus grande partie de son temps à Homana-Mujhar.

Il attacha son cheval, puis fronça les sourcils en apercevant son *lir*, tranquillement perché sur le poteau de la tente.

Tu savais, accusa Aidan, avec de l'exaspération dans le lien mental.

Teel agita les plumes.

Je ne savais rien du tout, répondit le corbeau, sarcastique.

— Vraiment ? Est-ce la première faille dans ton arrogance ? Tu reconnais avoir *ignoré* quelque chose ?

Teel réfléchit.

Je savais ce qu'il était, admit-il, *mais pas ce qu'il voulait.*

— Pourquoi est-il venu me voir ?

Teel se tourna, puis regarda son *lir*.

Tu es en colère.

— Il y a de quoi ! Je viens de passer une partie de ma vie — et j'ignore exactement combien de temps — à parler à des morts et à des dieux.

La colère est positive, dit Teel. *Elle vaut mieux que la peur. La peur peut détruire un homme.*

— Tu n'as pas répondu à ma question. Pourquoi est-il venu me voir ?

Je suis certain qu'il te l'a dit.

— En partie, admit Aidan. Pas assez pour que cela ait un sens. Je suis encore plus troublé qu'avant.

Teel inclina la tête.

Les dieux se comportent souvent comme ça.

Aidan inspira à fond pour se calmer et poussa un cri de douleur quand ses côtes se rappelèrent à son bon souvenir.

— Je dois donc croire que tu ne donneras pas de réponse aux questions qu'il me reste à poser.

Notre rôle n'est pas de répondre à toutes vos questions, dit Teel brusquement. *Seulement à certaines.*

— Et tu choisis lesquelles...

Nous répondons à ce que nous pouvons, en tenant compte de votre intérêt. Tu sauras le reste quand le moment sera venu.

Aidan grinça des dents.

— La dissimulation... Je n'aime pas beaucoup ce jeu-là.

Mais j'y excelle, dit le corbeau, amusé.

Aidan abandonna et s'employa à descendre de cheval. Ses côtes le lui firent regretter aussitôt. Il devrait sans doute les faire bander. Mais cela indiquerait qu'il avait eu un accident. Son père, qui n'était jamais tombé de cheval, ne manquerait pas de se moquer de lui.

— J'ai faim, marmonna Aidan, mais si j'essaie de mâcher, ça me fera mal à la tête.

Tu n'es pas en grande forme, n'est-ce pas ?

Non, répondit mentalement Aidan. *Et j'en ai assez de tout ça ! Je suis venu voir le* shar tahl. *Il aura peut-être des réponses à me donner, lui !*

En es-tu digne ? demanda le corbeau.

Aidan attacha son cheval à un poteau.

Un guerrier t'ayant reçu comme lir *ne vaut sûrement pas grand-chose.*

Pour une fois, Teel ne sut que répondre.

Le pavillon du *shar tahl* était de grande taille, car il l'utilisait aussi pour conserver les archives du clan. Aidan s'assit près de l'entrée, comme le demandait la coutume. Le *shar tahl* avait été prévenu de l'arrivée du petit-fils de Niall, mais il n'était pas encore là.

Aidan se demanda s'il avait pris la bonne décision. Le Chasseur ne lui avait pas dit de cacher le maillon. Aidan ne pensait pas devoir le dissimuler au *shar tahl*, un serviteur des dieux.

Il attendit, le maillon entre les mains. Teel n'était pas avec lui.

Il pensera que je suis fou... Que je tiens de Gisella...

Ou il connaîtra les réponses, et m'en fera part. Il saura peut-être ce qu'est ce maillon et ce que je dois en faire.

— Pourquoi tout ça m'arrive-t-il ? dit Aidan à voix haute. Ces rêves, et maintenant ces fantaisies à base de Mujhar mort et de divinité ?

— Aidan.

Il se raidit, puis s'inclina. Une main toucha le sommet de son crâne.

— Non, Aidan. Tu n'as pas besoin de faire ça.

Le *shar tahl* était étonnamment jeune pour son rôle, trente-cinq ou trente-six ans. Vêtu de cuir, il portait les bracelets-*lir* et la boucle d'oreille d'un guerrier.

Ce n'est pas seulement une question d'âge. Certes, je suis habitué à des shar tahls *plus âgés, mais celui-ci est un guerrier. Peut-être est-ce la différence.*

— Tu nous rends visite si rarement, m'a-t-on dit, que la raison de ta venue doit être très importante.

— Oui, admit Aidan, se sentant un peu coupable. La voilà.

Il montra le maillon qu'il tenait.

L'homme ne regarda pas tout de suite. Il dévisagea Aidan.

— Tu ne sais pas qui je suis.

— Le *shar tahl*, bien entendu. Celui de la Citadelle.

— Tu as choisi la voix de la facilité, dit le *shar tahl.* Ce n'est pas ce que tu fais habituellement, si j'en crois ta réputation.

— Les gens disent nombre de choses sur mon compte.

— J'ai entendu parler de toi dans ma Citadelle d'origine, au nord de la rivière DentBleue. Mon nom est Burr. Je suis arrivé ici depuis peu. J'ai pensé qu'il conviendrait que je me rapproche du Lion.

— Vous en rapprocher ? dit Aidan, alarmé. Pourquoi ? Pour être aussi *proche* que Tiernan le souhaiterait ?

Le *shar tahl* sourit.

— Tiernan a été banni, comme tu le sais. Il refuse les enseignements des *shar tahls*, et par conséquent le mien.

— Mais vous le connaissez.

— Tout le monde le connaît.

— Je veux dire *personnellement.*

— Oui. Jc l'ai connu. Jc l'ai rcncontré unc fois.

— Mais vous n'avez pas jugé utile d'en informer le Mujhar.

— Tiernan a bien d'autres soucis que ce que le Mujhar pense ou fait.

Aidan se sentit irrité et choqué par l'attitude de cet homme. Mais il se força à surmonter ces sentiments.

Ce dont ils parlaient pouvait affecter l'avenir d'Homana et la prophétie.

— Quoi d'autre ? Vous savez ce qu'il a fait.

— Il en a payé le prix. Tiernan a perdu son *lir.*

— Perdu son *lir* ? (Aidan fit le signe du *tahlmorra.)* Dans ce cas, il est mort. Nous n'avons plus à nous inquiéter à son sujet.

— Je n'ai pas dit qu'il était mort.

— Mais... S'il a perdu son *lir...*

— Le rituel de mort n'est pas obligatoire.

— Voulez-vous dire que Tiernan a rejeté même *cela* ? Dans ce cas, il est sûrement devenu fou. Aucun guerrier cheysuli n'accepterait une telle infamie. Il n'y a pas d'autre choix que la mort.

La même chose m'arrivera-t-elle ? Suis-je promis à la folie, comme Tiernan ? Est-ce pour cela que le Chasseur m'a dit que je n'étais pas destiné à gouverner ? Dois-je sacrifier ma vie pour que la lignée reste pure ?

— Chaque guerrier choisit, Aidan. Il meurt s'il le souhaite. Mais Tiernan est différent.

La fierté familiale d'Aidan se révolta. On lui avait raconté la trahison de Tiernan, son rejet de la prophétie. Mais, trop jeune pour s'en soucier, il n'avait pas saisi ce que cela impliquait.

Maintenant, il commençait à comprendre pourquoi toute sa famille haïssait Tiernan.

— Il veut le Lion. Il l'a toujours voulu.

— Les hommes désirent bien des choses... Et toi, que veux-tu ?

Aidan n'était pas sûr d'avoir envie de continuer à parler au *shar tahl.* Il était différent de tous les autres. Il pensait autrement.

Un rire silencieux le secoua.

Est-ce là ce que tous les autres croient aussi de moi ?

Le sourire de Burr s'effaça.

— Si tu te poses des questions à propos de ma dévotion à ma race, sois rassuré. Ma foi en nos dieux est ferme, et elle l'a été depuis mon plus jeune âge. J'ai toujours su à quelle fonction j'étais destiné. Personne n'aurait pu me détourner de mon chemin, ni Tiernan ni un autre. (Son visage se radoucit.) Que puis-je faire pour toi ?

Aidan sentit sa méfiance s'estomper.

Cet homme est très semblable à moi.

— J'ai de nombreuses questions. D'abord, fit-il en montrant le maillon, que dois-je faire de cet objet ?

Burr regarda le maillon pour la première fois. Aidan l'avait tenu pendant tout le chemin. Pour le montrer au *shar tahl*, il le lâcha.

L'objet étincela sur la fourrure où il tomba.

Soudain, Aidan sentit que l'état d'esprit de l'homme changeait brusquement.

Burr tendit la main vers le maillon comme pour le toucher, puis il se ravisa. Il dévisagea Aidan un long moment et détourna le regard.

— Qu'y a-t-il ? demanda Aidan, fronçant les sourcils.

Burr se leva, alla à l'entrée de la tente, invitant clairement Aidan à partir.

— Je ne peux pas t'aider. Tu dois trouver ton chemin tout seul.

Aidan fit mine de se lever, obéissant instinctivement au *shar tahl*, comme on le lui avait enseigné. Mais quelque chose en lui se rebella : la partie qui était destinée au trône du Lion.

— Je suis venu vous poser des questions. Vous m'avez promis des réponses. Etes-vous le genre d'homme à revenir sur une promesse ?

— Tu en demandes trop.

— En tant que guerrier ? Ou en tant que prince ?

Burr soupira.

— Nous avons parlé de choix. Du *tahlmorra* des guerriers. Aucun Cheysuli n'est *contraint* d'accepter son *tahlmorra*. Il dispose du libre arbitre. Mais s'il croit réellement à la prophétie, à ses responsabilités envers son peuple et à la vie après la mort, il ne le refuse jamais. On nous l'a appris, et j'y crois fermement. J'ai conclu dès l'enfance mes propres accords avec les dieux. A toi de prendre les tiens.

— Je connais mon *tahlmorra*, déclara Aidan. Je suis venu vous voir pour le maillon...

— Je n'ai pas de réponse à te fournir.

Aidan sentit la colère l'envahir. Il était venu chercher de l'aide, comme son grand-père l'avait suggéré, et voilà tout ce qu'il obtenait ?

— Vous savez ce qu'est cet objet. Pourquoi ne me le dites-vous pas ?

— Je ne suis pas supposé te le révéler.

— Par les dieux, pourquoi personne ne répond-il clairement à mes questions ? D'abord mon *lir*, et maintenant, vous ! Dites-moi, *shar tahl*, vais-je vivre ou mourir ?

— Les dieux en décideront.

— Ce n'est pas ce que m'a dit le Chasseur. Il a parlé de choix, comme vous.

— Je ne sais pas tout.

— Et moi, je ne sais rien du tout ! Croyez-vous que ce soit agréable ? Je suis venu vous demander votre aide sur les conseils de mon grand-père. Parce que je suis en train de devenir fou.

Le silence tomba dans la tente. Puis le *shar tahl* écarta le rabat.

Aidan eut l'impression d'être de nouveau un enfant de six ans, trahi par des adultes ne comprenant pas la souffrance qu'il éprouvait.

— Rien, murmura-t-il. Vous ne m'avez rien donné.

Burr serra les mâchoires.

— Si je pouvais, je l'aurais fait. Mais si ton *lir* te le refuse, comment me substituerais-je à lui ? (Il regarda le maillon.) De plus, je ne sais pas tout.

Aidan ramassa le maillon et se leva.

— Qu'avez-vous à m'offrir, *shar tahl* ? demanda-t-il d'un ton plein de mépris.

— Ma compréhension, dit l'homme, ses yeux jaunes s'adoucissant.

CHAPITRE VI

Il faisait sombre quand Aidan rentra à Mujhara, bien après le coucher du soleil. Il avait pensé rester une nuit de plus, mais trois semblaient suffisantes. Il était temps qu'il mette à l'épreuve ses nouvelles connaissances concernant les maillons, les Mujhars et lui-même.

Laissant sa monture aux mains d'un palefrenier, Aidan entra dans le palais par les cuisines pour éviter sa famille. Il y resta jusque après l'heure normale du coucher, sachant que personne n'irait troubler le sommeil du Mujhar ou de ses parents pour les informer de son retour. Puis il envoya Teel dans ses quartiers et se rendit dans la salle d'apparat.

Il ne prit pas de lampe, comme à son habitude. Les braises du foyer suffiraient à l'éclairer.

Arrivé devant le trône, il ne put retenir un rire amer. Sa rencontre avec le Chasseur n'avait rien arrangé : son rêve était désormais réel, même quand il ne dormait pas.

Sur le trône, il vit la chaîne.

— Je suis venu sans mon *lir.* Est-ce la différence ?

Aidan n'avait pas très bien dormi les trois nuits passées à la Citadelle. Il était épuisé, mentalement et physiquement.

Pars, se dit-il. *Va te coucher. Pense à autre chose. Imagine-toi près d'une femme...*

La chaîne le retint. Toute émotion le quitta, sauf le désir de la prendre en main.

Je crois que je commence à te haïr.

Mais il lui était impossible de l'ignorer.

Aidan monta les marches de l'estrade et s'agenouilla lentement devant le Lion, les côtes toujours douloureuses.

— Quand je tendrai la main pour toucher la chaîne, elle tombera en poussière.

Il l'effleura. L'or resta intact.

— Quelque chose est différent...

La gorge nouée par un flot d'émotions contradictoires, il posa la paume de sa main sur la chaîne.

Il sentit de l'or solide et froid, semblable à celui de ses bracelets-*lir*.

— Je te connais, dit Aidan, méfiant. Tu tentes de me séduire et tu veux me faire croire à ta fidélité. Mais quand je fermerai mes doigts sur toi, tu disparaîtras.

Il leva la main. La chaîne resta intacte, les maillons tintant doucement.

— Et maintenant ? dit Aidan, osant à peine respirer.

Le maillon qu'il tenait se brisa. Une moitié de la chaîne retomba sur le coussin du trône.

Dieux !

Un bruit de pas le fit se retourner, brûlant d'humiliation. Si le Mujhar ou son père le trouvaient ici...

L'autre moitié de la chaîne était toujours serrée contre sa poitrine nue.

Mais l'homme était un inconnu.

Pourtant, il *reconnaissait* ce visage. Il l'avait déjà vu. Les mêmes cheveux roux désormais argentés, les mêmes yeux bleus, mais dont aucun n'était caché par un bandeau, la même présence physique. Aidan savait que cet homme était un peu plus grand que le Mujhar, avec des épaules plus larges.

Aidan faillit laisser échapper un rire hystérique.

D'abord Shaine. Et maintenant... LUI *!*

Au contraire de Shaine, l'homme portait de simples vêtements de soldat : une cotte de mailles sur un pourpoint de cuir. A sa main étincelait la bague qui était désormais celle du grand-père d'Aidan.

Une autre sorte de Mujhar...

L'homme avança vers le prince, toujours agenouillé.

— Il y a si longtemps, murmura-t-il. Je n'aurais pas cru revoir ces lieux.

— Nous sommes à Homana-Mujhar, dit Aidan, la gorge sèche.

— Bien entendu ! Je sais qui tu es. Et toi, sais-tu qui je suis ?

— Je pourrais le deviner.

L'homme eut un sourire éclatant.

— Je vais t'épargner cette peine. Mon nom est Karyon. Ce trône a autrefois été le mien. Te prosternes-tu devant moi, ou devant ton *tahlmorra* ?

— Karyon était homanan. Il ne savait rien du *tahlmorra.*

Crois-tu ? Alors que c'est grâce à moi que le trône du Lion est revenu entre les mains des Cheysulis ? As-tu négligé tes leçons d'histoire, Aidan ? Ou es-tu simplement contrariant ?

— Les Homanans n'ont pas de *tahlmorra.*

— Je pense que si. Il leur manque simplement assez d'imagination pour le reconnaître. Si j'étais toi, je me relèverais. Le marbre n'est pas très confortable.

Aidan obéit avec raideur, ses yeux ne quittant pas son arrière-arrière-grand-père, qui n'avait pas eu une goutte de sang cheysuli dans les veines.

— Je suppose que vous êtes venu avec un message, comme Shaine. Pour me parler de *ça.* (Il montra la chaîne qu'il tenait toujours.) L'autre partie est restée sur le trône. Je n'ai eu droit qu'à la moitié. Mais c'est plus que d'habitude ! Shaine ne m'a débité que des âneries. Etes-vous venu faire de même ?

— Je ne suis pas *venu.* J'ai été amené ici. Par toi, que tu le saches ou non. Quant à Shaine, il est vrai qu'il disait souvent des bêtises. Mon oncle, mon *su'fali* dans ta langue, était difficile à connaître et à aimer. Je le respectais, je l'admirais, mais...

— De l'*admiration* ! Pour le *ku'reshtin* qui a commencé le *qu'mahlin* ! Il a failli exterminer ma race !

— C'est vrai, dit Karyon. Mais je parlais de celui qu'il était *avant* de devenir fou. Il a toujours aimé et haï avec passion. Je ne l'ai jamais compris. J'ai seulement été son héritier. Et cela n'était pas prévu. On ne m'a pas élevé pour être Mujhar, mais soldat, et pour hériter le titre de mon père. Je suis devenu le prince d'Homana quand Lindir s'est enfuie avec Hale et que Shaine n'a pas pu avoir d'autre enfant. Mais je ne vais pas t'ennuyer avec ces vieilles histoires. Finn dirait que c'est une manie agaçante.

— Finn, dit pensivement Aidan. Pourrait-il venir ici ? Et Hale ?

Karyon secoua la tête.

— Ils n'ont jamais été Mujhars.

Aidan regarda la chaîne et comprit soudain sa signification.

— Les Mujhars... et les maillons. Est-ce de cela que parle mon rêve ? Chacun de ces maillons...

— ... est un homme. Un pion dans le jeu que jouent les dieux. Mais tu le sais, Aidan.

Je ne sais rien du tout...

Aidan égrena les maillons entre ses doigts.

— Vous. Donal, Niall. Ici, c'est mon *jehan.*

La chaîne se terminait abruptement. Livide, Aidan sentit la peur s'emparer de lui. Il ramassa l'autre moitié sur le trône.

— Et Aidan ? Où se trouve-t-il ? murmura-t-il.

— Tu sais ce que tu sais, dit Karyon sans détourner le regard. Maintenant, à toi de reconnaître et d'accepter.

L'amertume submergea le prince.

— Croyez-vous que mon éducation me permette de ne pas reconnaître et accepter la réalité ?

— Nous avons tous fait des choses que nous ne souhaitions pas. Nous avons choisi notre chemin en toute connaissance de cause, mais cela n'a jamais été facile. Les dieux nous ont donné le libre arbitre. Il est toujours possible de refuser, quoi qu'on nous ait inculqué.

— Si nous refusons notre *tahlmorra*, la vie après la mort nous sera interdite.

— C'est aussi un choix. Tiernan l'a fait. Et toi ?

Aidan rencontra les yeux d'un Mujhar mort depuis longtemps.

— Je dois être ce que je suis.

Karyon sourit.

— En ce cas, les dieux seront satisfaits.

Dans la main d'Aidan, l'or sembla fondre. Il ouvrit les doigts et laissa tomber la chaîne. Elle disparut avant de toucher le sol.

Il leva les yeux vers Karyon pour lui demander pourquoi.

Mais il était désormais seul dans la salle d'apparat.

CHAPITRE VII

Aileen posa son gobelet d'un geste violent, renversant du cidre.

— Non ! C'est trop tôt ! Je ne te laisserai pas faire ça !

Le prince d'Homana se figea et regarda sa femme, sidéré.

Sur un signe de Deirdre, les serviteurs occupés à servir les plats à la table du repas de midi quittèrent la pièce.

Brennan posa enfin son gobelet.

— J'étais seulement en train de...

— Je *sais* de quoi tu parlais ! Du mariage de notre fils, espèce de *skilfin* ! Je ne le permettrai pas. Le petit a besoin de plus de temps.

— Le « petit », comme tu dis, a vingt-trois ans.

— Qu'importe ! Il aura le temps de se marier plus tard. Laisse-le vivre un peu !

Brennan jeta un coup d'œil aux trois autres convives. Il savait que Ian ne le soutiendrait pas, mais il espérait mieux des autres.

— *Jehan* ? dit-il.

Niall leva les mains.

— Je me suis occupé de marier mes enfants. Cette responsabilité te revient pour ton fils.

Brennan soupira et se tourna vers Aileen.

— Nous pouvons en discuter à un autre moment...

— C'est toi qui as abordé le sujet. Ne sais-tu pas ce que cela risque de lui faire ? Veux-tu qu'il devienne comme nous ?

Brennan perdit son sang-froid.

— Par tous les dieux, je t'aime ! Je n'en ai jamais fait un secret.

Aileen ne s'était pas attendue à ça. Livide, elle regarda les visages pudiquement détournés du Mujhar, de sa *meijha* et de son *rujholli.* Seul, Brennan soutint son regard, l'air furieux.

— Pas maintenant, dit-elle d'une voix faible. Pas *ici...*

— Maintenant ! riposta Brennan. Mais pas ici, je suis d'accord. Que dirais-tu de nous retirer dans nos appartements et de discuter en privé de cette question ?

Elle rougit, croyant comprendre ce qu'il voulait dire.

Brennan la prit par le bras et la conduisit hors de la pièce.

— Ce n'est pas ce que tu penses. Je veux *discuter* de ce sujet, c'est tout. Tu sais très bien que je te ne ferais pas une telle honte devant notre famille.

Aileen n'en fut pas calmée.

— Tu es un imbécile ! Tu vois seulement ce que tu *veux* voir. Peu t'importent les sentiments des autres.

— Je ne suis pas aveugle, seulement prudent, dit il en montant les marches rapidement derrière son épouse.

— Tu es un *skilfin*, comme toujours ! Et tu as perdu le peu de bon sens et de diplomatie que tu as jamais possédé.

— Oh ? Je n'aurais pas cru que penser à l'avenir de mon royaume...

— Ce n'est pas encore ton royaume ! (Elle ouvrit une porte.) Ici, ça t'ira ? C'est assez privé ?

Brennan entra dans la pièce.

— C'était un sujet de discussion, pas un décret royal. Je suggérais simplement qu'il était temps de penser à l'avenir d'Aidan.

— L'avenir d'Aidan le concerne. Laisse à ce petit... (Elle s'interrompit.) Oh, fit-elle, as-tu tout entendu ?

Brennan se retourna. Leur fils était dans le couloir.

— Suffisamment, dit-il en croisant les mains dans son dos.

— Quand es-tu revenu ? demanda Brennan, sourcils froncés.

— Hier soir. Tard. J'avais quelque chose à faire. Une solution à trouver.

— L'as-tu trouvée ? demanda Aileen.

— Pas entièrement. (Il changea de ton et de sujet.) Ainsi, je vais être marié ?

Brennan alla s'asseoir sur un banc, au bout de la petite pièce.

— Ta *jehana* et moi étions en train d'en discuter.

Aidan leva un sourcil.

— C'était une discussion... bruyante. Les serviteurs ne tarissent pas sur le sujet !

Aileen s'empourpra.

— Ton père se conduit comme un imbécile.

— Au moins, je connais ce mot, fit Brennan. Tu ne m'as jamais traduit *skilfin*.

Elle eut la grâce de rougir davantage.

— Ce n'est pas un terme poli.

— Je m'en doutais, dit Brennan, ironique.

Aidan n'avait pas l'air perturbé. Comme d'habitude, il semblait détaché de tout.

— Veux-tu entrer et nous donner ton avis ? proposa Brennan. Il s'agit de *ton* avenir, comme la princesse d'Homana l'a fait bruyamment remarquer.

Aidan eut un sourire en coin. Il entra, resta un instant près de sa mère puis partit plus loin dans la salle. Il avait une expression étrange dans les yeux. Brennan en fut troublé.

— Reviens ici, dit-il d'un ton abrupt. Autant que tu assistes à tout.

Aidan regarda son père.

— Je suis tombé de cheval, dit-il soudain. Ou plutôt, j'en ai été *jeté à bas*. Cela fait une différence.

Aileen gémit.

— Es-tu blessé ? Je pensais que c'était de la poussière, sur ton visage, mais c'est un bleu !

Aidan effleura sa joue.

— Un bleu, oui, sans doute... (Il se secoua et regarda son père.) Vous souhaitez donc que je me marie ?

Il y avait une trace d'accent érinnien dans la voix d'Aidan. Brennan sourit. Son fils parlait parfois comme Aileen.

— Je veux que tu sois satisfait. Que tu t'installes. Je souhaiterais que tu sois moins perturbé par tout ce qui te trouble.

Aidan rit.

— Et le mariage est la réponse ? Avec *vous* comme modèles ?

Brennan en resta bouche bée. La question était rude, mais touchait un point sensible.

Aileen s'empourpra.

— Cela ne t'inquiète pas ? Il te marierait avant le coucher du soleil, s'il le pouvait, dans l'intérêt du Lion, prétend-il.

— Je n'ai pas d'objection...

— Pas d'objection ? A être poussé de ci de là ? A devoir prendre femme ?

Aidan parla d'un ton coupant.

— Je ne suis pas vous, *jehana.* Jamais je n'ai été amoureux de la mauvaise personne. Je ne suis pas mon *jehan* non plus, qui a été blessé par une sorcière ihlinie. Je ne suis pas amoureux du tout ! Cela fait donc peu de différence pour moi.

Ses parents le regardèrent, sidérés.

— Ça devrait ! dit Aileen. La femme que tu épouseras partagera ton lit pour le reste de ta vie. Crois-tu que ça ne fasse pas de différence ?

— Après les événements des quatre jours passés, débattre des mérites du mariage est le dernier de mes soucis. (Il s'appuya contre le mur et bâilla.) Avez-vous une candidate en vue ?

Aileen dévisagea son fils. Ses cheveux étaient un peu trop longs et il semblait plus pâle que d'habitude. Ses côtes devaient le faire souffrir, mais à part ça il paraissait normal, à l'exception d'un détachement subtilement différent de sa discrétion habituelle.

— Quels événements ? demanda-t-elle d'un ton soupçonneux.

Aidan haussa les épaules.

— Rien qui vaille qu'on le raconte. Avez-vous une femme en vue, ou vouliez-vous simplement discuter à perte de vue ?

Ce fut au tour de Brennan de regarder son fils. Il vit la pâleur, les bleus, le désintérêt sincère qui suggérait de l'ennui.

— Non, dit enfin Brennan. Le sujet venait juste d'être effleuré.

— *Effleuré* par ton père, dit Aileen, le ton moins hostile. Réellement, cela ne n'importe pas ?

Aidan lui sourit.

— Cela vous importait parce que vous aimiez Corin. Cela importait à *jehan* parce qu'il pensait que vous méritiez d'être aimée. Mais pour moi, ça ne fait aucune différence. J'ai eu des femmes dans mon lit, mais aucune que j'aie eu envie de garder. Si vous avez une candidate pour l'éternité, je suis prêt à écouter.

Aileen regarda Brennan.

— Hart a quatre filles.

— Et Keely, une. Maeve a une fille. Deux, en fait.

— Parlons des enfants légitimes, je te prie, dit Aileen, glaciale.

Brennan n'apprécia pas, car Maeve avait toujours été sa sœur favorite.

— Les filles de Maeve sont légitimes. Elle et Rory sont mariés.

— Ma *jehana* veut une princesse pour moi, dit Aidan d'un ton amusé.

— C'est préférable pour un prince, dit Aileen en croisant les bras.

— Très bien, cinq princesses parmi lesquelles choisir. A moins que vous n'acceptiez des offres d'autres royaumes, comme Ellas ou Caledon.

— Non, dit Brennan. Il faut penser à la prophétie. Nous connaissons maintenant les quatre royaumes mentionnés. Nous n'avons pas besoin d'ajouter un autre sang.

— Exact, dit Aidan, à part le sang ihlini.

— Mon fils ne...

— Bien sûr que non, *jehan.* Ainsi, suis-je supposé choisir sans avoir vu les candidates ?

Aileen fronça les sourcils.

— C'est ce qui a été fait pour nous. Nous ne nous étions jamais vus.

— Et regardez le résultat ! fit Aidan avec un sourire si charmant qu'aucun de ses parents ne répondit immédiatement. Vous êtes tous deux des imbéciles, ou des *skilfins.* Le prince d'Homana a au moins le courage d'avouer qu'il aime la princesse. Elle devrait faire de même. Cela permettrait de guérir d'anciennes blessures. Vingt-quatre ans, c'est long. Je pense que vous seriez plus heureux si vous repartiriez de zéro.

— Comment peux-tu savoir... ? (Aileen pâlit.) Deirdre avait dit que cela pouvait arriver... Depuis combien de temps sais-tu ce que je ressens ? Ce que ton père ressent ?

— Depuis toujours. J'ai toujours su ce que *tout le monde* ressentait.

— Toujours ? Le *kivarna*... Depuis tout ce temps... Et aucun de nous ne s'en est douté...

Brennan se redressa.

— De quoi parles-tu, Aileen ?

Les mains d'Aileen tremblaient. Elle tenta de sourire à Brennan. Sans succès.

— Ton fils est aussi *érinnien*, dit-elle.

Puis elle quitta la pièce.

Brennan la regarda partir. Il ne l'avait pas vue si troublée depuis des années. Il se tourna vers Aidan.

— C'est un mot, rien de plus. Mais il vrai que je suis érinnien. (Il sourit.) Grâce à elle...

— Mais que signifie... ? Ah, dieux, je ferais peut-être mieux de te laisser plus de temps. Il n'est jamais aisé de partager sa vie avec une femme.

Aidan s'appuya contre un mur, essayant de ne pas brusquer ses côtes meurtries.

— Mère vous aime vraiment. Mais elle n'a jamais voulu le reconnaître. Elle pense que vous méritiez mieux. Et elle se croit coupable.

Brennan sentit une étrange crainte naître en lui.

— Et cette chose dont elle a parlé ? Ce... *kivarna* ?

Aidan haussa les épaules.

— Ce mot m'est inconnu. Je ne l'ai jamais entendu.

— Mais tu peux faire ça, Aidan ? Lire les pensées des gens ?

— Pas leurs pensées, leurs émotions. Et seulement par moments. Je croyais que tout le monde en était capable. (Aidan passa une main sur sa joue meurtrie.) Etes-vous jamais tombé de cheval, *jehan* ?

— Plus d'une fois ! Mais... Tu peux faire ça depuis ton enfance ?

— J'étais très jeune. Impossible de dire exactement quand c'est arrivé.

— Très jeune..., fit Brennan. Cela aurait-il commencé une nuit, dans la salle d'apparat ? Avec le Lion et une chaîne ?

Aidan tourna la tête et regarda froidement son père dans les yeux.

— Je pensais que tout le monde ressentait la même chose. Qu'il n'y avait pas besoin d'explication.

— J'aurais dû t'écouter, fit Brennan d'une voix rauque. Même Ian me l'a dit. Comment un enfant peut-il faire confiance aux adultes si ses propres parents ne lui laissent aucune chance de parler de ce qui le perturbe ? Dieux, j'ai été un imbécile, et j'ai fait de toi ce que tu es.

— Ce que je *suis* ? demanda Aidan. Et que suis-je, à votre avis ?

— Tu es... différent. Renfermé. Tu ne fais confiance à personne. Et c'est ma faute.

— Si cela vous ennuie que je connaisse vos émotions...

— Non. Tu sais ce que tu sais : peu importe. Ce qui compte, c'est que tu aies cette capacité, et que tu rêves.

— Tout le monde rêve.

— Dieux...

Brennan revoyait les années écoulées, cherchant à comprendre.

— Tu as été malade si souvent et si longtemps...

Ce n'était pas une explication, et Brennan le savait.

— Tu as parlé au Mujhar, reprit il.

— J'ai parlé à mon *grand-père*.

— Mais pas à moi, ni à ta *jehana*. Je suppose que nous l'avons mérité. Mais tout cela est arrivé il y a si longtemps. Pourquoi n'as-tu jamais essayé de nous parler de nouveau ?

— Je perçois les *émotions*, dit Aidan froidement. Au début, vous étiez seulement inquiets pour moi. Puis, à mesure que j'ai grandi, vous avez commencé à douter de ma santé mentale. A douter que je sois digne du Lion. Comment aurais-je pu vous parler ?

— Si tu nous avais révélé cette faculté...

— J'ignorais de quoi il s'agissait.

— Si tu avais dit quelque chose...

— Vous ne m'en avez jamais offert la possibilité. Maintenant, c'est fait, nous en avons parlé. Laissons les choses en l'état.

— Mais... Il reste des questions à régler...

— Comme celle de mon mariage ? Ce n'est peut-être pas une si mauvaise idée.

Il change de nouveau de sujet. Je devrais peut-être le laisser faire. Sa jehana *aurait-elle raison, suis-je en train de le pousser trop vite ?...*

Brennan soupira.

— Parfois, je pense que je me soucie trop de l'avenir du Lion, alors que le trône n'est même pas encore à moi. Mais notre race est si menacée, notre position à la tête d'Homana si fragile... Aidan, je veux faire ce qui est le mieux pour toi. Si le moment n'est pas adéquat...

— Peu importe le moment...

— Le mariage est une étape importante pour tout homme. Pour un prince...

— Cela ne fait aucune différence pour moi. Peut-être un tel changement est-il ce qu'il me faut...

Inquiet, Brennan fronça les sourcils.

— Aidan.

Son fils eut un sourire ironique.

— D'abord vous voulez me marier, puis vous tentez de m'en dissuader. Que souhaitez-vous au juste ?

— Je veux ton bonheur.

— Peut-être n'est-ce pas mon *tahlmorra.* Peut-être... Ma foi, un mariage changera bien des choses.

— C'est toujours le cas, dit Brennan.

— Et si cela change *tout...,* fit Aidan d'une voix étrangement altérée.

— Qu'y a-t-il ? demanda Brennan, surpris par l'expression lointaine de son fils. Quelque chose te trouble ?

Aidan ne répondit pas, regardant droit devant lui.

Il n'est pas là, pensa Brennan. *Son esprit est parti... ailleurs.*

— Aidan ! appela-t-il.

Son fils sursauta et soupira.

— Pardonnez-moi. J'étais... distrait. Je ne faisais pas attention...

— Parle ! Laisse-moi devenir pour toi le *jehan* que j'aurais dû être il y a des années.

Aidan pesa ses mots.

— Je suis plus que distrait : irrité ! Il y a des choses que je ne comprends pas, et aucune réponse ne semble en vue. Peu importe à qui je demande... Avez-vous déjà parlé avec un dieu ?

— Je me suis adressé à eux, oui.

— Un en particulier ?

— Non. Je leur fais mes demandes à tous, pour améliorer les chances d'obtenir une réponse favorable. Pourquoi ? Ne parles-tu qu'à un d'entre eux ?

Aidan soupira.

— Je ne croyais pas ça nécessaire, non plus... Mais... (Il se leva et alla à la porte.) Pour savoir si des princesses me conviendraient, je ferais sans doute mieux d'aller les voir.

— Aucune d'elles n'est ici, fit remarquer Brennan.

— Alors, je devrais peut-être aller là où elles sont.

CHAPITRE VIII

Les chevaux avaient été entravés pour la nuit et mâchouillaient de l'herbe. Les sacs de couchage étaient prêts. Deux guerriers cheysulis, assis contre leurs selles, une outre de vin entre eux, regardaient la nuit constellée d'étoiles.

Aidan brisa le silence.

— Demain, nous serons en Solinde, plus à Homana.

Son compagnon sourit, caressant la fourrure rousse du *lir* couché contre lui.

— Cela me fera du bien d'être loin d'Homana pendant un temps, continua Aidan. Ça me permettra de repartir de zéro... Et j'ai une escorte de rêve : Teel, vous et Tasha.

— C'est idéal, dit Ian, mais Aileen a bien failli remporter la bataille...

— Quel besoin y avait-il de m'envoyer à Solinde en traînant avec moi une centaine d'hommes ? Nous sommes depuis longtemps en paix avec Solinde. Les *a'saii* de Tiernan ont disparu. Même les Ihlinis se tiennent tranquilles. De quoi ma *jehana* voulait-elle me protéger ?

— De toi-même, peut-être ? suggéra Ian en souriant.

Le plaisir qu'Aidan avait ressenti se dissipa, laissant un goût amer dans sa bouche.

— Elle n'a pas perdu de temps, n'est-ce pas ? Ou était-ce mon *jehan* ? Je n'aurais pas dû en parler. C'est personnel... Et cela ne fait aucune différence.

— Tu veux dire ton don de savoir ce que les autres ressentent ? Tu dois reconnaître, *harani*, que c'est un pouvoir extraordinaire...

— Vraiment ? Je n'ai rien fait pour l'avoir, et je ne cherche pas à l'utiliser.

— Pourtant, c'est peut-être l'explication de...

— Ma *différence* ? Aucun homme n'est semblable à un autre.

— Je sais, dit Ian, buvant à l'outre de vin avec une aisance née de l'habitude. Tous les Cheysulis sont confrontés à ça quand ils tentent d'expliquer la métamorphose à un Homanan. A leurs yeux, nous sommes des êtres étranges. Mais le don érinnien dont tu sembles avoir hérité renforce cette différence. Je commence à imaginer pourquoi les Homanans ne nous comprennent pas. *Nous* avons du mal à te comprendre.

J'ai du mal à me *comprendre...*

— Peu importe, conclut Ian. Tu es ce que tu es. Nous sommes tous ce que les dieux décident.

Les dieux, pensa Aidan, sentant une pointe d'amusement passer dans son lien mental avec Teel.

— Je suis différent, dit le jeune homme, mais personne ne sait à quel point.

C'en était trop. Aidan avait besoin de parler à quelqu'un d'autre que son *lir*. Tout le monde lui affirmait que cela lui ferait du bien. Il n'en était pas persuadé, mais il pouvait toujours essayer.

— Je parle aux dieux, *su'fali*. Au dieux, et aux Mujhars morts. Il y a dix jours, j'ai rencontré Karyon. Et un peu avant, Shaine.

— Shaine, répéta Ian, cessant de caresser la fourrure de Tasha.

— Le père du *qu'mahlin*, oui. Et le Chasseur. L'émanation du dieu. On pourrait prétendre que ma chute de cheval m'avait brouillé l'esprit, et que j'ai *rêvé* tout ça. Mais cela n'explique pas Karyon. Il était aussi réel que vous et moi. Il remplissait la salle d'apparat par sa seule présence, même s'il est mort depuis de nombreuses années, j'ignore d'ailleurs combien.

— Soixante-six, murmura Ian. N'as-tu rien retenu de tes leçons ?

Aidan regarda son oncle. Il souriait légèrement, l'air serein.

— Vous me croyez ?

— A ma connaissance, tu n'as jamais menti.

— J'ai vraiment vu Karyon ! Je lui ai parlé !

— Qu'avait-il à te dire ?

Aidan s'attendait à tout, sauf à cette calme acceptation.

— Vous le connaissiez, n'est-ce pas ? demanda-t-il soudain.

— Karyon ? Si on peut dire. J'avais quatre ans quand il est mort.

— Il a été tué.

— Après une bataille, oui. Par Osric, le roi d'Atvia. Il y a bien longtemps.

— Comment était-il ?

— Je croyais que tu l'avais rencontré il y a dix jours ?

— Oui. Mais comment saurais-je s'il s'agissait vraiment de lui ? Vous l'avez vu en personne...

— C'était ton arrière-arrière-grand-père. Je me souviens de bien peu de chose, car j'avais trois ans quand je l'ai vu pour la dernière fois. C'était un géant portant des vêtements de cuir et une cotte de mailles. Il était homanan, d'aspect comme de manières. Tout Mujhar qu'il fût, on m'a toujours appris que son sang était différent du mien. Ma *jehana* y a veillé.

— Vous étiez parents, pourtant.

— Oui. Ma grand-mère était sa cousine. Mais j'étais surtout le fils bâtard de la maîtresse cheysulie de Donal.

Les Homanans n'approuvaient pas ; ils savaient que Donal était destiné à épouser la fille de Karyon.

— Aislinn.

— Aislinn d'Homana, oui. Ma *jehana* était elle-même à demi homanane, mais elle avait horreur de cette partie de son héritage. Je l'ai souvent entendue demander aux dieux de vider ses veines du sang homanan... Chaque fois que mon père quittait la Citadelle pour retourner à Homana-Mujhar ! Elle a fini par répandre volontairement son sang, homanan comme cheysuli, dans la Citadelle située au-delà de la rivière DentBleue.

Aidan ne dit rien. Il connaissait les faits, ceux-ci lui ayant été enseignés lors de son enfance. Mais entendre raconter l'histoire par Ian la rendait plus vivante et plus réelle. Son grand-oncle avait connu tous ces gens, Karyon, Donal, Finn, et même Alix, qui était à l'origine de la résurgence du Sang Ancien, grâce au fils qu'elle avait donné à Duncan.

Aidan ne s'attarda pas sur ces considérations. Pour lui, les émotions restaient des entités tangibles. Il perçut chez Ian de la honte, du regret et du chagrin mêlé à de l'amertume.

— *Su'fali*, dit-il doucement, cela vous poursuit toujours ?

Ian sursauta.

— Votre *jehana* s'est tuée. Elle a déshonoré son nom. Sa rune de naissance a été rayée du livre des générations. Mais cela ne détruit pas le souvenir d'une mère dans l'esprit de son fils.

— Non, dit Ian d'une voix rauque.

— Vous pratiquez le *i'toshaa-ni* une fois par an...

— Cela me regarde, coupa Ian.

— Je pense qu'il n'est pas bon pour un homme d'endosser des responsabilités qui ne sont pas les siennes...

— Et tu crois que c'est pour ça que j'effectue le rituel ? Tu ne sais pas tout, en dépit de ton don.

— Peut-être pas. Mais je suis persuadé que c'est en partie la raison. Je sais qu'il y a aussi le problème de ce que Lillith vous a fait, et de ce que la fille née de votre union charnelle est devenue.

Ian reboucha l'outre d'un geste brusque.

— Ces choses sont privées !

— Comme ce que j'éprouve. Pourtant, tout le monde veut savoir.

— Oui, dit Ian après un long silence. Tout le monde veut savoir.

— Mais quand on aborde le sujet tabou, chacun se détourne.

Ian ne répondit pas.

— L'idée qu'un guerrier cheysuli couche avec une Ihlinie fait frémir tout le monde.

Aidan sentit de l'amertume et de la colère dans l'esprit de Ian.

— Nous avons peu de raisons de penser qu'une telle union soit bénéfique, dit-il. La fille à qui j'ai donné naissance est une abomination.

— Et cette enfant a ensuite porté la fille de mon père... Tout ça est banal. Des enfants naissent et...

— Mais ce ne sont pas des Premiers Nés. Maintenant plus que jamais, nous devons être vigilants. Les Ihlinis ont prouvé qu'ils savaient nous manipuler et qu'ils ont le pouvoir d'altérer la prophétie. Aidan, si un enfant du Lion engendre un héritier pour le Seker, tout sera perdu. *Tout.*

— Ne vous inquiétez pas à mon sujet, *su'fali*, dit Aidan. Je vais sans doute me marier, mais mon épouse ne sera pas ihlinie.

— Il est dangereux d'être trop sûr de soi.

— C'est exact. Même si je me trompais, les dieux s'occuperaient d'arranger les choses.

— Ne...

— Alliez-vous suggérer que je ne devrais pas faire une telle confiance aux dieux ? Ce serait une hérésie, *su'fali* !

— Ce n'est pas un sujet de plaisanterie, Aidan, dit sèchement Ian. Nous avons voué nos vies à la prophétie, et notre honneur aux dieux...

— Moi, je leur parle, fit Aidan. A l'un d'entre eux, en tout cas.

— *Aidan...*

— Le destin, déclara Aidan. Le mot homanan pour *tahlmorra*. Rien de ce que je ferai n'y changera quoi que ce soit.

— Mais il peut être changé. Par moi, par toi, par...

— ... les Ihlinis ? Ils essaieront, je n'en doute pas. Peut-être gagneront-ils. Les dieux nous ont donné à tous le libre arbitre.

Ian le regarda, démonté.

— Cela n'a-t-il aucune importance à tes yeux ?

Aidan soupira. Une grande lassitude s'emparait de lui.

— Je vous assure que ça compte pour moi. Mais, quant à savoir si cela fera la moindre *différence*...

Il se laissa aller contre sa selle, trop fatigué pour rester éveillé.

— ... Il faudra attendre et voir venir.

La journée était chaude et lumineuse. Ils chevauchèrent dans un silence plutôt agréable. Vers midi, Ian arrêta son cheval en haut d'une colline.

— Voilà, dit-il. Nous sommes en Solinde.

— Comment pouvez-vous le savoir ? Ces lieux ressemblent à Homana...

— Pourtant, dit Ian, en dépit des similitudes, il y a une différence. Comme entre les gens.

Aidan ne répondit rien.

— Dans combien de temps atteindrons-nous Lestra ?

— Six jours, environ. Je ne suis pas sûr. La seule fois que je suis venu, c'était sous ma forme-*lir*. Cela perturbe le sens des distances.

Aidan resta silencieux un long moment. Puis il se détendit et leva les bras au ciel.

— Dieux ! Enfin, je peux respirer tranquille !

— Etait-ce si difficile pour toi, à Homana ? demanda Ian à voix basse.

Aidan n'avait pas envie d'en discuter. Il voulait préserver son sentiment de liberté.

— Pas tout le temps. Mais peu importe, désormais ! Je ne suis plus à Homana, pourchassé par des dieux et des fantômes. Je vais commencer une nouvelle vie... Trouver une *cheysula* ! Avec ses quatre filles, Hart doit avoir envie de petits-fils.

— Hart n'a envie de rien sinon de faire des paris, dit Ian d'un ton amusé.

Lir, dit Teel. *Un orage approche.*

— Un orage ? Je n'ai jamais vu une si belle journée !

Regarde derrière toi. L'horizon est noir.

Aidan se retourna. Il en resta bouche bée.

— D'où sort cette tempête ? fit-il.

— Tasha dit aussi que..., commença Ian. (Il s'interrompit en regardant le ciel.) Nous ferions mieux de filer d'ici !

Aidan regarda la tempête qui arrivait d'Homana. Devant eux, Solinde était baignée de soleil.

— Comment échapper à *ça* ? demanda Aidan.

— En essayant ! cria Ian avant de talonner son cheval.

Aidan regarda l'orage un bref instant. Il avait du mal à y croire, car l'endroit où il se tenait était encore inondé de soleil.

Puis la clarté diminua.

Aidan se lança à la suite de Ian.

— Il n'y a pas le moindre abri ! cria Aidan à son oncle.

— Suis-moi ! répondit Ian, continuant sa course.

Aidan se pencha sur l'encolure du cheval. Il se souvint du dernier orage que le cheval et lui avaient affronté et qui s'était terminé en désastre.

Il craignait que cela ne se passe pas mieux cette fois. Aucun arbre en vue. Et la plaine était peut-être dangereuse... Un cheval tombant en pleine fuite pouvait se briser le cou...

Ou briser celui de son cavalier...

Aidan jeta un coup d'œil par-dessus son épaule. Le ciel était d'un noir d'encre. Il ne voyait plus l'horizon.

— Teel ! cria-t-il. *Lir !*

Je suis là, dit le corbeau. *Le vent m'ébouriffe les plumes.*

Aidan aperçut le corbeau au-dessus de lui, luttant contre la tempête.

Nous avons besoin d'arbres. Ou d'une ferme...

Trop tard ! cria Teel.

Le rideau d'obscurité les rattrapa, les enveloppa et transforma le jour en nuit.

Le cheval haletait. Le vent froid et humide fouettait l'animal et son cavalier.

— *Su'fali !* cria Aidan. Nos bêtes ne peuvent pas courir éternellement !

Le premier éclair frappa le sol devant eux, ouvrant une large crevasse. La lueur aveugla Aidan ; le roulement du tonnerre fit vibrer ses tympans.

Le hongre hennit et tenta de partir au galop. Aidan le retint, se servant de toute la force dont il disposait. Un homme jeté à bas de son cheval dans une telle tempête était probablement condamné.

— Teel ! cria Aidan. *Su'fali !*

Le vent couvrit le son de sa voix.

Un éclair frappa de nouveau le sol devant lui. L'air crépita. Aidan eut juste le temps de voir le cheval et son cavalier tomber à terre.

— Ian ! cria Aidan. Non, pas lui !

Le hongre rua, paniqué.

— Attends, maudite rosse ! beugla le jeune homme.

Le cheval jeta Aidan au sol et partit au galop dans les ténèbres.

L'atterrissage fut rude. Malgré un bras endolori, Aidan se releva. Il chercha son grand-oncle. Il ne pouvait pas être loin...

Teel ! Où est-il ? Demande à Tasha.

A six pas devant toi, dit la voix du *lir*, dénuée de son ironie coutumière.

Aidan avança à tâtons et faillit trébucher sur Tasha, couchée à côté de Ian.

— *Su'fali ?*

Pas de réponse.

— Dieux, non ! Je vous en prie, je ne veux pas que vous soyez mort...

— Je ne le suis pas, dit une voix vibrant de douleur. Mon cheval... Dans quel état est-il ?

La bête était encore debout, mais sur trois jambes. Un de ses antérieurs pendait lamentablement.

— Il a une jambe cassée, dit Aidan. Et vous, *su'fali* ? Comment vous sentez-vous ?

— Cassé, aussi, dit le Cheysuli avec un faible sourire. La hanche, je pense. Le cheval est tombé et j'ai été pris sous lui.

Aidan entreprit de défaire la ceinture de Ian.

— *Harani*, occupe-toi d'abord du cheval. C'était une bonne bête. Il mérite une mort honorable.

Aidan alla près du cheval.

La tâche ne fut pas aisée. Aidan aimait les chevaux, comme son père. Mais une jambe cassée équivalait à une sentence de mort.

Grâce à son don érinnien, il sentit l'étonnement douloureux du cheval quand il essaya de marcher.

Il ôta la selle et les sacoches et caressa le cou de l'animal.

— *Shansu*, dit-il doucement. Les dieux prennent soin des leurs.

Puis il sortit son couteau.

Il revint vers son oncle les mains humides de sang, et s'agenouilla près de lui.

Tasha gronda.

— *Shansu*, répéta Aidan, effleurant l'épaule du *lir.*

Ian avait fermé les yeux. Sous la lumière crue des éclairs, son visage accusait la fatigue de l'âge.

— *Su'fali*, que dois-je faire ? Si j'essaie de vous transporter, je risque d'aggraver votre blessure. Dieux, que *faire* ?

Les yeux de Ian se rouvrirent.

— Les os deviennent fragiles avec le temps. Il y a dix ans, je me serais tiré d'une telle chute avec des bleus, sans plus.

Aidan essaya de sourire parce qu'il sentit que son oncle le souhaitait.

— Comment puis-je vous aider ?

— Sers-toi des atouts de ta race, de ton sang...

— La magie de la terre, comprit Aidan. Mais... Je n'ai jamais essayé... Je ne sais pas comment m'y prendre !

— Demande à la terre, dit Ian. Tu es cheysuli, elle te répondra...

Aidan leva les yeux, cherchant la forme noire de son *lir* dans le ciel plus noir encore.

Teel...

Pourquoi te dirais-je autre chose ? Utilise les dons qui sont ceux de ta race.

— Dieux, murmura Aidan, donnez-moi le temps...

Tu le gaspilles, fit remarquer Teel. *Les vieillards peuvent mourir de ce genre de blessure.*

Les vieillards, pensa Aidan. Il regarda son grand-oncle, qui avait connu Karyon.

A côté de lui, Tasha grondait et s'agitait. L'orage continuait avec une violence redoublée.

— C'est le moment, dit Aidan en enfonçant les doigts dans la terre. Voyons ce qu'un Cheysuli peut faire avec l'aide des dieux...

La foudre tomba une troisième fois.

Sur lui.

CHAPITRE IX

Aidan était devant une porte, qui s'ouvrit silencieusement.

— Entre, dit la femme en lui posant une main sur le bras.

Elle l'attira à l'intérieur de la ferme sortie du néant. La petite pièce était chaude et confortable et sentait la laine. Aidan vit trois chats : un noir près du foyer, un brun sur un tabouret, et un tigré aux pattes blanches couché dans la pile de fils gris et marron jetée sur le sol. Au centre de la pièce trônait un métier à tisser.

— Tout ira bien pour Ian, dit la femme. Ne t'inquiète pas.

Petite et frêle, elle n'avait rien de remarquable. Les cheveux gris, les yeux bleus et le visage usé par l'âge auraient pu être ceux de n'importe quelle fermière.

Aidan sortit de sa torpeur.

— Ma dame, je n'ai pas le temps... L'orage... Et mon *su'fali*...

— Tu as tout le temps que je te donnerai. C'est moi qui ai envoyé l'orage.

— Vous ? Mais... Ian est blessé...

— Il peut être guéri.

Poussant le chat du tabouret, elle s'installa devant le métier à tisser. Le petit félin sauta dans son giron et se rendormit.

Puis la femme prit la navette.

Aidan comprit que toute impatience serait inutile.

— Quel est votre nom, ma dame ? demanda-t-il. Le premier se nommait le Chasseur.

— Tu peux m'appeler la Fileuse. Viens voir mon ouvrage, Aidan. Observe les couleurs.

Il obéit. Sidéré, il se souvint de la foudre. Il avait déjà rencontré Shaine, Karyon et un dieu. Maintenant, c'était une déesse.

— Teel, murmura le jeune homme.

Il ne le trouva pas dans le lien mental.

— Teel est très patient, dit la femme. Viens regarder les couleurs de mon ouvrage.

Il regarda, vaguement conscient de la chaleur de la ferme, du ronronnement des chats et de l'odeur de la laine fraîchement filée.

Il n'aurait pu donner le nom des couleurs. Jamais il n'avait vu un tel éclat ni un tel chatoiement.

La Fileuse actionnait sans relâche la navette, utilisant les fils gris et bruns qui jonchaient le sol. Aidan trouva dommage de gâcher l'ouvrage en y mélangeant des fils ternes.

Puis il vit ce qui se passait. Les couleurs venaient de la femme. Chaque fois qu'elle ajoutait un fil à son ouvrage, une teinte apparaissait.

— Tu dois faire quelque chose, dit-elle d'une voix tranquille. Une tâche d'une grande importance. Mais nous ne sommes pas sûrs que tu la mèneras à bien. Nous avons donné le libre arbitre aux humains. Même les dieux ne peuvent pas forcer à entendre ceux qui décident de ne pas écouter. Nous rendons les choses plus faciles ou plus difficiles. Les humains font leur choix. (Elle immobilisa sa navette.) Regarde les couleurs. Dis-moi ce que tu vois.

— Un homme. Et une chaîne. La chaîne est autour de lui. Elle est faite d'or, celui des dieux. Un des maillons est défectueux. La chaîne est destinée à se briser.

— Parfois, dit doucement la Fileuse, il y a de la force dans la faiblesse.

Il lutta contre l'envie de s'enfuir.

— Vais-je échouer ? Suis-je le maillon défectueux ?

— Il n'est pas donné à tous les hommes de réussir. Quant à toi, je ne saurais dire. Tu n'es qu'au début de ton chemin.

— Et ma tâche ?

— Le moment n'est pas encore venu de prendre ta décision.

— Mais... Pourquoi suis-je ici ? Pourquoi l'orage ? Ian ?

— Parce que tu es censé entreprendre ce voyage seul.

— Par les dieux, commença-t-il. (Puis il s'interrompit, frappé par l'humour involontaire de son exclamation.) Pardonnez-moi, mais je pense qu'il n'était pas nécessaire de lui faire du mal. Ian est un Cheysuli dévoué...

— Il sera récompensé. Tu dois faire ce voyage seul.

— Vous auriez pu me le demander...

— Trop souvent, les hommes ignorent ce que les dieux demandent. Viens, regarde les couleurs. Dis-moi ce que tu vois.

Les couleur s'étaient ternies, à part celle de la chaîne. Il tendit la main, s'attendant à trouver de la laine, et rencontra le métal d'un maillon. Surpris, il le laissa tomber.

Puis il le ramassa. Il était intact.

Aidan ouvrit sa ceinture et accrocha le nouveau maillon à côté de l'autre.

Ils tintèrent harmonieusement.

Il regarda de nouveau la tapisserie, dont les couleurs semblaient avoir pâli.

— Quel *tahlmorra* tissez-vous pour moi ?

— Tu tisseras ton propre *tahlmorra*, Aidan. Je te l'assure.

— En suis-je digne ?

— Peut-être. Peut-être pas.

Aidan ferma la main autour des maillons, sentant le métal s'enfoncer dans sa chair.

— Vais-je passer ma vie ainsi ? demanda-t-il d'une voix irritée. Emmené je ne sais où pour échanger des paroles obscures avec des dieux et des déesses ? Destiné à une mystérieuse tâche que je devrai accomplir sans jamais demander d'explication ? Savez-vous ce que c'est d'être pris pour un fou par tous ceux que vous connaissez ?

Un instant, il eut honte de son éclat, puis il comprit qu'il avait été nécessaire.

S'il avait gardé ces choses à l'intérieur de lui-même plus longtemps, il aurait été en danger de perdre son équilibre.

Et qu'était un Cheysuli sans cet équilibre ?

Les dieux nous ont faits ainsi. Ils nous ont donné le don de la métamorphose avec la conscience que la perte de l'équilibre revient à la perte de soi.

— Le savez-vous ? répéta-t-il.

— Sais-tu ce que c'est de devoir ignorer les prières et laisser un enfant mourir, tandis que ses parents supplient qu'on le garde en vie ?

— Pourquoi rejeter les supplications de ces gens ?

— Parce qu'il arrive que la plus grande force émerge de la plus grande souffrance.

— Mais un *enfant*...

— Toute chose a une raison. Le monde est complexe. Ses différentes parties sont difficiles à discerner, même pour ceux qui ont des yeux. Les humains sont aveugles.

Ce n'était pas suffisant pour Aidan, qui en avait assez des paroles obscures.

— Je crois...

La fileuse l'interrompit.

— Certains voient plus de choses que d'autres. Toi, par exemple. C'est pour cela que nous t'avons confié cette tâche. Mais si tu la voyais dans sa totalité, tu deviendrais *réellement* fou.

— Dans ce cas, le *tahlmorra* n'a aucune influence sur la façon dont nous menons notre vie.

— Le destin est en toutes choses. Les gens choisissent de ne pas le voir. Si personne ne mourrait jamais, la Roue de la Vie cesserait de tourner.

— Le sang lui sert de lubrifiant, dit Aidan amèrement.

— La Roue de la Vie doit tourner.

— Si elle s'arrêtait, mourriez-vous ? Les dieux disparaîtraient-ils ?

— Nous disparaissons chaque jour...

— Que dois-je faire ? demanda Aidan, envahi par un sentiment d'impuissance. Vous me confiez une tâche dont vous refusez de me révéler la nature. Est-ce ainsi que la Roue tourne ?

— Est-il cruel d'empêcher une petite fille de sauter d'un rempart parce qu'elle croit qu'elle pourrait voler ?

— Si l'enfant est cheysulie, elle en a peut-être la capacité, dit Aidan, ironique. Mais vous rendez tout noir et blanc...

— Les choix sont souvent noirs ou blancs.

— Et les subtilités ? Les nuances de gris ?

— Pour un homme qui ne se soucie de personne, il n'existe pas de subtilités, ni de compassion.

— Cela me dépasse, dit Aidan, découragé.

— Tout le monde est concerné. Les résultats sont parfois mauvais, mais chacun affronte cette épreuve. Tout homme fait des choix.

C'était trop. Il se sentait incapable de comprendre.

— Je dois y aller, marmonna-t-il. Ian... Je dois m'occuper de lui...

La porte s'ouvrit.

— Va, dit la Fileuse.

Aidan était allongé sur le sol, sonné par l'impact de la foudre.

Ses oreilles bourdonnaient et sa tête lui donnait l'impression d'avoir été bourrée de coton.

Tous les poils de son corps étaient hérissés.

Il se leva péniblement, crachant du sang et de la poussière.

Des maillons tintèrent à sa ceinture.

Les maillons ?

Aidan les toucha. Puis il regarda Ian.

— J'ai tout vu, haleta Ian. La foudre a frappé... Tu as été enveloppé de lumière. Quand la clarté s'est dissipée, tu avais disparu.

Aidan trembla. Le choc et la fatigue le rattrapaient.

— Vous ne croiriez jamais... à ce qui est arrivé.

— Aidan, tu as été frappé par...

— Vous ne croirez jamais ce que j'ai vu !

Ian saisit le cou de Tasha.

— Tu ne croirais jamais ce que j'ai *vu* !

Aidan tenta de contenir un rire nerveux. Il se sentait bien trop près du bord du précipice.

— Oh, *su'fali*, si seulement je pouvais vous raconter... Mais elle a promis que vous gueririez.

— Qui ? demanda Ian, les yeux écarquillés.

Aidan s'agenouilla à côté de Ian.

— Puis je dois faire quelque chose. Elle m'a confié une tâche...

Ian ne répondit pas.

— Elle a dit que vous seriez guéri. C'est donc à moi de le faire. Mais je ne sais toujours pas comment m'y prendre.

— Dieux, fit Ian, pas étonnant qu'on murmure des choses à ton sujet...

— Il vous faudra rentrer, *su'fali*. Je dois continuer seul.

Ian ferma les yeux.

Son *lir* gronda.

Teel ? appela Aidan.

Il suffit de demander, répondit la voix amusée du corbeau.

Aidan demanda et tout lui fut accordé.

DEUXIÈME PARTIE

CHAPITRE PREMIER

La ville de Lestra, à l'inverse de Mujhara, avait été bâtie sur une série de collines dont aucune n'était plus haute que sa voisine. Cela donnait quand même à la cité un aspect en escalier très particulier.

Aidan demanda plusieurs fois la direction du palais, désespérant de jamais trouver le chemin de la demeure de son *su'fali*.

Veux-tu que je te dise où il est ? demanda Teel d'une voix acerbe.

Aidan finit par accepter.

Tu n'aurais aucun mal à t'orienter, si tu renonçais à ce stupide animal. Pourquoi chevaucher quand tu as la possibilité de voler ?

J'aime chevaucher. De plus, Ian a refusé de prendre mon cheval à la place du sien.

*Et il est rentré sous sa forme-*lir, *comme tout Cheysuli raisonnable.*

Aidan esquissa un sourire sans joie.

Je suis ce que tu as fait de moi.

Je n'ai rien « fait ». Je me suis lié à toi, c'est tout, afin de t'offrir l'aide dont tout guerrier a besoin. Mais tu es trop têtu pour accepter les conseils de quiconque, que ce soit un dieu ou un lir.

Teel partit. Il revint vite et montra le chemin à Aidan.

Quand le jeune homme tenta de donner son nom et son titre à l'entrée du palais, le garde lui fit simplement signe d'entrer. Sidéré, il pénétra dans la cour intérieure sans que personne lui demande de comptes.

Les Solindiens semblent très accueillants, fit remarquer Teel.

Mon su'fali *n'est pas solindien, comme tu le sais. Pourrais-tu essayer de prévenir Rael à travers le lien mental ?*

Inutile, dit le corbeau.

Mais si j'étais un ennemi...

Ce n'est pas le cas.

Arrivé devant la porte du palais, Aidan se tourna vers le corbeau, perché sur le toit dans la chaleur estivale.

Viens-tu avec moi ?

Plus tard. Pour le moment, je préfère rester au soleil.

Aidan entra et attendit un moment que des serviteurs accourent. Personne ne vint.

Il avança dans des corridors vides, ouvrant des portes sur son chemin. Toutes les pièces étaient désertes.

Soudain une voix jeune et haut perchée retentit.

— C'est à *moi* qu'il a fait les yeux doux, Cluna. Il ne t'a même pas regardée !

— Tu crois ça ? Pourquoi s'occuperait-il de toi quand je suis là ? Tu prends tes désirs pour des réalités.

— Il me préfère, je le sais ! Il me donne toujours des friandises quand il me rencontre.

— Ce n'est pas à ça qu'on juge un homme, Jennet. Ce sont ses paroles qui...

Les deux jeunes filles tournèrent le coin du couloir et virent Aidan.

— Oh ! firent-elles à l'unisson.

Elles le regardèrent, arrivant rapidement à la conclusion qu'il n'était pas un serviteur.

— Cluna et Jennet, dit-il. Laquelle de vous est laquelle ?

Deux paires d'yeux bleus étincelèrent.

— Celle que nous choisissons d'être.

— Une devinette ?

Elles hochèrent la tête et attendirent.

Les deux jeunes filles étaient identiques. Toutes les deux blondes aux yeux bleus, elles avaient des formes délicieusement pleines. Leurs vêtements se ressemblaient, mais l'une portait du mauve et l'autre du bleu pâle. Pour la première fois de sa vie, Aidan utilisa le *kivarna* érinnien pour répondre à la question.

— Vous êtes Jennet, dit-il à la jeune fille en mauve, et vous, Cluna.

— Personne n'a jamais su nous distinguer l'une de l'autre à la première rencontre ! s'exclama Cluna.

— Comment avez-vous fait ? demanda Jennet.

— C'est simple. Vous vous ressemblez beaucoup, mais deux personnes ne sont jamais identiques. Vous réfléchissez différemment et vous éprouvez des émotions distinctes.

Cluna sccoua la tête.

— Personne d'autre ne pense comme vous.

— Parce que peu d'êtres ont un vrai jumeau, comme vous. Mais les gens s'attendent à ce que vous soyez identiques. Ils ne vous donnent donc pas la *possibilité* d'être des individus.

Il a compris ! s'écria Cluna.

— Votre *lir* vous a-t-il raconté ces choses ? demanda Jennet.

— Non. Pour le moment, il est dehors, à se dorer au soleil.

— Comment avez-vous *su* ?

— Je comprends les émotions, dit Aidan, renonçant à expliquer son don.

— Seriez-vous Aidan ? s'écria Cluna.

— Impossible, dit Jennet. Aidan est maladif. Il ne vivra pas, dit-on.

Aidan les regarda et soupira.

— J'ai été longtemps malade. J'ai même eu peur de mourir. Mais c'est terminé.

Jennet leva les sourcils.

— Ah bon. Alors, qui allez-vous épouser ?

— Jennet, tu ne peux pas lui demander ça ! s'exclama Cluna, horrifiée.

— Pourquoi pas ? Nous avons treize ans. On a déjà parlé de nous fiancer ici ou là. Homana a été mentionnée.

— Vraiment ? dit Aidan. Je pense que j'ai mon mot à dire sur la question.

— Je ne crois pas qu'on vous laissera faire. Les autres décident de la façon dont nous devons vivre. Cela les fait se sentir importants.

— Jennet ! cria Cluna.

Sa sœur ne se laissa pas démonter.

— Etes-vous venu chercher une épouse ? Comme n'importe qui peut le voir, nous avons l'âge de nous marier, et nous sommes d'excellente famille...

— Mais tes manières laissent beaucoup à désirer, dit une nouvelle voix.

Une jeune femme avança vers le groupe.

— Je vous ai entendues criailler depuis mes appartements. Ce n'est pas ainsi que notre mère souhaite que vous vous comportiez. Vous êtes des princesses, pas des gamines des rues. Jennet, n'as-tu aucun sens commun ? Tu t'adresses à un étranger de manière incorrecte... (Elle se tourna vers Aidan.) J'espère que vous leur pardonnerez de s'exprimer trop librement. Jennet a déjà perdu plus d'un ami à cause de ses paroles hardies.

— Ce n'est pas un étranger, c'est notre cousin, dit Jennet.

La jeune femme se tut. Aidan la regarda. Elle était très différente de ses sœurs. Il la reconnut en se souvenant de descriptions. Il s'agissait de Blythe, l'aînée des filles de Hart, de quelques mois plus jeune que lui.

Il y avait peu de Solinde en elle. Son visage et son teint étaient cheysulis, même si elle avait les yeux bleus.

Et elle était splendide.

Elle valait la peine de venir ici, se dit Aidan.

Puis il se força à penser à autre chose. Il avait passé trop de temps avec des femmes de petite vertu. Mais cette dame n'était pas du même niveau.

— Etes-vous vraiment Aidan ? demanda-t-elle.

— Oui. J'espère que vous m'excuserez d'arriver sans être annoncé. Mon *jehan* a pensé que Hart ne me rejetterait pas.

— Bien sûr que non ! Soyez le bienvenu à Lestra. Mais promettez-moi que vous pardonnerez leur impertinence à ces petites commères.

Il l'assura de son indulgence.

— Etes-vous venu chercher une épouse ? lâcha Jennet.

— Jennet ! Crois-tu qu'Aidan ait fait tout ce chemin pour ça ?

Aidan ouvrit la bouche, la referma et se gratta la tête d'un air pensif.

— Tu vois ? fit Jennet.

— Etes-vous venu pour ça ? demanda Blythe.

— Tu as envie de savoir autant que nous, triompha Jennet.

Aidan garda un ton neutre.

— Il y a certaines possibilités...

— Reine d'Homana, dit Jennet.

— Pas avant des années, fit remarquer Cluna.

— Ça suffit ! ordonna Blythe. Venez avec moi. Aidan doit rencontrer notre *jehan.*

— Il joue au bezat avec Tevis, dit Jennet. Il nous a fait sortir quand Cluna a renversé la coupe contenant les pièces.

— Si tu n'avais pas posé la coupe si près du bord..., commença Cluna.

— Peu importe, dit Blythe. Suivez-moi. Aidan, voulez-vous nous accompagner ? proposa-t-elle avec un sourire éblouissant.

Même s'il l'avait voulu, Aidan n'aurait pas pu refuser.

CHAPITRE II

La pièce était ronde, petite, mais confortable. A la table se tenaient deux hommes : un Cheysuli vêtu de cuir et un garçon plus jeune et plus élégant.

Aidan reconnut le plus âgé des convives, bien qu'ils ne se soient jamais rencontrés, car il ressemblait beaucoup à son *jehan.*

Ayant ordonné le silence aux jumelles d'un coup d'œil impérieux, Blythe se chargea des présentations.

Hart leva les yeux, surpris.

— Aidan d'Homana ? Le fils de Brennan ? Vraiment ?

— Oui, dit Aidan. Devrai-je passer le reste de ma vie à convaincre ma famille que je suis en vie ?

— Par les dieux ! lança Hart.

Oui, par les dieux, pensa Aidan.

Puis il oublia ses réflexions ironiques, car Hart le serra dans ses bras avec toute la fierté d'un oncle.

— Pardonne-moi mon hésitation. Nous avons craint pour ta vie pendant si longtemps... Et te voilà, un guerrier cheysuli de la tête aux pieds !

— A part mes cheveux, dit Aidan.

— Tu as noté que deux de mes filles n'ont pas les caractéristiques cheysulies. Cela vient des mariages mixtes. Nous finirons par perdre le teint de la race si nous ne faisons pas attention...

Aidan remarqua qu'il ne semblait pas particulièrement concerné par la question.

Aidan regarda Hart. Presque identique à son jumeau, il avait les yeux bleus. Blythe lui ressemblait beaucoup. Après avoir fait les présentations, elle avait rejoint le jeune homme vêtu de velours rouille. Elle prit le verre posé près de son coude et murmura quelque chose à voix basse.

Suis-je arrivé trop tard pour Blythe ? se demanda Aidan, soudain inquiet.

Hart interrompit ses réflexions.

— Comment va mon royal *rujho* ? Et mon *jehan* ? Mujhara a-t-elle changé ? Et Deirdre...

Les jumelles se précipitèrent vers leur père, lâchant d'une voix aiguë des paroles auxquelles Aidan ne comprit rien.

— Plus tard, dit Hart. J'ai trop de choses à demander à Aidan. Taisez-vous, ou il va croire que je vous passe tous vos caprices !

Aidan sourit, car il avait compris que c'était le cas. Blythe le regarda et lui rendit son sourire. Puis elle reposa le verre et s'éloigna de la table.

— Jennet, ça suffit ! Cluna, toi aussi ! Vous aurez le temps de papoter plus tard. Allez aux cuisines et demandez qu'on nous apporte du vin et de la nourriture.

— S'il est venu chercher une épouse, cela me concerne, dit Jennet. Je devrais avoir le droit de rester.

— Une épouse ? répéta Hart.

« C'est une question qui se règle entre adultes ! Il te reste à prouver que tu es autre chose qu'une enfant. Va, et emmène ta sœur.

— Mais il pourrait me choisir, bouda la gamine.

Blythe ouvrit la porte.

— Il pourrait aussi choisir Dulcie.

— Dulcie n'est qu'un *bébé* ! firent Jennet et Cluna à l'unisson.

— Un bébé serait plus facile à éduquer, dit Blythe avec un sourire.

Les fillettes quittèrent la pièce.

— Brennan ne m'en a rien dit dans ses lettres, déclara Hart.

Aidan savait que son père et Hart correspondaient régulièrement. Trop éloignés pour se contacter même à travers le lien-*lir*, les deux jumeaux trouvaient une certaine consolation dans leurs échanges épistolaires.

— Cela leur a pris d'un coup. *Jehan* et *jehana* se sont soudain aperçus que j'avais vingt-trois ans. Il leur a paru important que je songe au mariage.

Blythe rougit.

— Je devrais peut-être rejoindre Jennet et Cluna...

— Elles se débrouilleront sans toi, dit Hart. (Puis, regardant Tevis :) Assieds-toi. Il n'est pas nécessaire que tu partes.

— Mais... Mon seigneur, si vous voulez discuter d'un mariage royal...

— Pas maintenant ! Nous avons le temps. Es-tu joueur ? demanda-t-il à Aidan.

— Pas au bezat. J'ai entendu parler de ce jeu, mais j'ai préféré l'éviter. Il a des... inconvénients, m'a-t-on dit.

— Tous les jeux en ont. Si tu veux parler de ma main en moins, cela n'a rien à voir avec le bezat, mais avec le fait que j'étais un imbécile. Depuis, j'ai appris. Allons, Aidan, les discussions matrimoniales peuvent attendre. Tu as un nouveau jeu à apprendre !

— On m'avait prévenu à votre sujet, fit Aidan après une hésitation.

— *Jehan*, dit Blythe, vous savez ce que dira *jehana* si vous restez encore debout toute la nuit.

— Pour le moment, elle a d'autres soucis que l'heure à laquelle je me couche. A ce que je sais, elle préfère sans doute que je ne sois pas dans son lit...

Il sourit à Aidan.

— Prends place, *harani*. Quelle meilleure façon de faire connaissance que s'asseoir autour d'un jeu et d'une outre de bon vin ?

Ils jouèrent jusqu'à l'aube.

Tevis bâilla et se leva.

— Vous avez gagné toutes mes pièces, dit-il. Je vais aller me coucher, mon seigneur. Vous m'avez promis un lit hier soir...

Hart s'étira sur son tabouret.

— Il y a toujours un lit pour toi. Si je ne t'en donnais pas un, mes quatre filles me maudiraient. Même Dulcie t'adore.

— Elle a très bon goût, dit Tevis.

Il se leva, passant les mains dans son épaisse chevelure brune coupée court.

— Bien entendu, ajouta-t-il, à deux ans, elle n'est pas difficile à séduire ! Mon seigneur, dit-il à Aidan, si vous ne faites pas attention, il vous prendra tout votre argent.

— Je suis un homme prudent, fit Aidan.

— Je l'étais aussi... autrefois.

Hart attendit que la porte se referme derrière Tevis.

— Il est venu pour épouser Blythe.

— Ah, fit seulement Aidan.

— Rien n'a encore été dit, mais il est là pour ça. Il vient d'une des plus anciennes familles de Solinde. Un *jehan*, prince ou non, ne pourrait rêver d'une meilleure union.

Aidan avait deviné la raison de la présence du jeune homme.

Même s'il aurait préféré qu'il en aille autrement...

— Vous devez faire ce qui est pour le mieux, *su'fali*.

— Non. Je ferai ce que ma fille souhaite. Tu devrais comprendre, toi entre tous.

— Moi ?

— Oui. Aileen et Brennan se sont mariés par devoir, pour honorer des fiançailles conclues avant leur naissance. Si elle avait eu le choix, Aileen n'aurait jamais épousé Brennan. Elle était amoureuse de Corin. Etant le second fils, peu importait qui j'épouserais. Il est vrai que mon mariage avec Ilsa a servi l'intérêt d'Homana et de Solinde, mais nous étions déjà liés avant que la question se pose. C'est pourquoi je laisserai le choix à ma fille.

— Je serai Mujhar, un jour, dit Aidan. Mais cela ne fait aucune différence pour vous, n'est-ce pas ? Les récits que j'ai entendus disent que le rang et les titres vous impressionnent peu.

— La seule chose qui m'impressionne chez un homme est sa capacité à parier, dit Hart sans sourire. Tu as ma permission de lui poser la question, mais la décision appartiendra à Blythe.

Aidan haussa les épaules. Ils savaient tous deux ce qu'elle répondrait.

— Si tu veux quelqu'un de la famille, pour garder la lignée pure, j'ai trois autres filles.

— La lignée comporte tous les éléments nécessaires à l'accomplissement de la prophétie, sauf...

— Sauf le sang ihlini. C'est vrai. Mais lequel d'entre nous s'attellera à cette tâche déplaisante ? (Il haussa un sourcil.) Toi ? Tu sembles le mieux placé.

— Non, *su'fali.* Je ne suis pas mon *jehan.*

Le visage de Hart se durcit.

— Brennan a été trompé.

Il n'apprécie pas qu'on le lui rappelle. Même maintenant, il défend mon jehan *comme celui-ci le défend.*

— C'est exact. Je n'en ai pas moins de respect pour lui. Il n'a pas été le premier. Ian aussi...

— Et ils en payent tous deux le prix. (Hart changea abruptement de sujet.) Et mes autres filles ? Elles sont jeunes, je sais. Mais cela arrive lors des mariages royaux...

Aidan pensa aux jumelles.

Treize ans. Et Dulcie en avait à peine deux. Aidan voulait une *cheysula*, pas une gamine à élever ou une fillette à peine pubère.

Il n'avait pas envie de passer des années à attendre qu'une épouse-enfant découvre qu'elle était une femme.

Aidan se frotta les yeux.

— Vous n'avez pas de fils. Comment ferez-vous pour avoir un héritier ?

— Essaies-tu de m'en promettre un si je parviens à persuader Blythe ?

— Non, soupira Aidan.

Hart se leva.

— Ilsa est alitée parce qu'elle est très proche du terme. Dans une semaine ou deux, j'aurai peut-être un héritier.

Aidan se leva aussi, repoussant son tabouret.

— Il me reste à voir une princesse dont l'âge me conviendrait mieux : Shona, la fille de Keely. Elle a dix-neuf ou vingt ans. Peut-être devrais-je partir tout de suite, pour rassurer Blythe et Tevis. Je n'aimerais pas qu'ils pensent que j'essaie de les séparer.

— Inutile de nous quitter si vite. Si Blythe et Tevis ne peuvent pas supporter ta présence, ils ne résisteront pas aux épreuves du mariage. Reste au moins jusqu'à la naissance de l'enfant, pour lui donner ta bénédiction.

— Et tenir les petites pestes occupées ?

— Ce sont *elles* qui te tiendront occupé ! Es-tu assez éveillé pour chevaucher ?

— Maintenant ?

— L'aube est le moment de la journée que je préfère. Et Rael sera heureux d'avoir une occasion de voler. Veux-tu venir avec moi ?

Aidan avait plutôt eu l'intention d'aller se coucher. Mais l'air matinal le rafraîchirait après une nuit passée autour d'une table de jeu.

Il accepta de bon cœur, sachant que Teel serait d'accord aussi.

— Parfait ! J'ai des monture prêtes : les privilèges du rang. Je vais te montrer Lestra telle qu'elle doit être découverte !

CHAPITRE III

A travers les salles vides, Hart conduisit Aidan dans la cour intérieure, où ils attendirent. Des palefreniers sortirent en courant des écuries, amenant un étalon noir à Hart et un bai pour Aidan.

— J'ai un cheval, fit remarquer le jeune homme.

— Il doit être fatigué par le voyage. Prends celui que je te propose. C'est une bonne bête.

Il saisit les rênes dans sa main unique et monta en selle.

Aidan ne bougea pas.

— Qu'y a-t-il ? demanda Hart.

Avec un soupir, Aidan avoua ce qui le tracassait.

— *Su'fali*... Je ne veux pas vous manquer de respect, mais... La façon dont vous tenez votre palais... Personne ne m'a rien demandé quand je suis entré. Ni mon nom, ni ce que je venais faire.

— C'est reposant, n'est-ce pas ? Pas de serviteurs te donnant du « mon seigneur » avant que tu aies pu aligner deux pensées. Je ne suis pas comme le Mujhar, ou mon *rujho*, ployant sous les responsabilités et étouffé par le protocole. Je fais ce qu'il faut quand il faut. Ilsa y veille. Mais je ne suis jamais plus heureux qu'en compagnie de mes enfants, avec la liberté d'être moi-même. Viens-tu ? L'aube ne dure qu'un temps !

Aidan monta en selle. Le bai avait l'œil vif, mais il se comportait bien.

Hart ouvrit la voie, parcourant sans hésitation les rues tortueuses.

Ils se dirigèrent vers les collines situées à l'ouest, à la lisière de la ville.

Les bâtiments blancs humides de rosée étincelaient sous le soleil levant. Des couleurs jouaient dans la lumière. Aidan se souvint de la Fileuse et de sa tapisserie aux teintes brillantes.

Il frissonna, effleurant les maillons passés dans sa ceinture. Ils étaient toujours là. Il n'avait pas rêvé.

— Regarde, dit Hart.

La paume de la main d'Aidan était devenue moite et chaude au contact des maillons. Il l'essuya discrètement sur sa cuisse, puis chercha ce que Hart lui montrait.

— Rael, murmura Aidan.

Le faucon aux plumes blanches bordées de noir était splendide. Son vol plein de grâce et de puissance l'impressionna.

Un murmure sardonique passa dans le lien mental.

— Voilà Teel, dit Aidan, le montrant à son oncle. Pas aussi grand que Rael, mais emplumé lui aussi.

— Brennan m'a écrit quand tu as reçu ton *lir.* Ce n'est pas ordinaire. Il n'y avait pas eu de *lir* corbeau depuis plus de cent ans.

— Il est assez spécial, reconnut Aidan.

Hart suivit un moment le vol des deux êtres ailés.

— Comment va mon *rujho* ?

— Ses responsabilités sont lourdes, mais il apprécie de se sentir utile.

— Il aurait fait un bon berger, dit Hart en souriant.

Aidan rit. Il n'aurait jamais pensé à décrire ainsi les compétences de son père.

— Je sais ce que vous voulez me demander d'autre. Comment marche son mariage ? Mon *jehan* est-il heureux ?

— Tout ça, et davantage. Il m'écrit souvent, mais ce n'est pas la même chose. Une partie de lui reste toujours... privée.

— Même par rapport à vous ?

— Oui. Je crois qu'il pense que je ne peux pas, ou ne veux pas, comprendre ce qu'il ressent. C'est en partie vrai. Brennan a toujours été le berger... et moi la brebis galeuse s'éloignant sans cesse du troupeau.

— Et Corin jouait les chiens de berger ?

— Non ! Plutôt le renard dans le poulailler.

— Son *lir* est une renarde, après tout !

— Les dieux sont sages.

Est-ce vrai ? demanda Aidan à Teel dans leur lien mental.

Tu les connais mieux que moi, répondit le corbeau sur un ton neutre.

— Brennan et Aileen ont-ils enfin fait la paix ?

— Ils n'ont jamais été en guerre, souligna Aidan. Voudriez-vous que je vous révèle des choses que mon père ne vous a pas dites ?

— Si tu les sais, fit Hart sans vergogne.

Aidan se sentait mal à l'aise de parler de ses parents avec son oncle. Le *kivarna* lui permettait de percevoir les émotions bien mieux que n'importe qui, mais il le rendait aussi plus indiscret.

— Ils sont bien ensemble. *Jehana* aurait préféré avoir un ou deux autres fils, mais ma vie n'est plus en danger. Je pense que le Conseil ne pousse plus le prince d'Homana à trouver une autre princesse.

— Ils lui auraient demandé de répudier son épouse ?

— Ils l'ont fait. Quand j'étais petit et malade sans arrêt. Les conseillers espéraient qu'elle repartirait à Erinn après avoir accepté un titre honorifique et une généreuse indemnisation.

— Brennan n'aurait jamais voulu d'une telle solution !

— Non. Il l'a refusée.

— Personne ne se souciait de toi quand on pensait à renvoyer Aileen ?

— Pourquoi aurait-on pensé à moi ?

— J'ai grandi sans ma *jehana.* Mais on a pris soin de me dire très tôt qu'elle avait été exilée parce qu'elle était folle. Elle avait tenté de livrer ses fils à Strahan. Son exil était justifié. Toi, tu avais une vraie *jehana.* Pourtant, ces gens voulaient l'exiler parce qu'elle avait donné naissance à un seul fils. Cela te dévaluait. Tu as dû le sentir.

Il l'avait senti.

— Personne ne savait que j'avais compris. Ils n'avaient pas pensé aux serviteurs, qui en parlaient entre eux.

— N'en as-tu jamais rien dit à Brennan ? Ou à Aileen ?

— Non. Qu'aurais-je pu dire ?

J'ai parlé au Lion. Et, plus tard, à Teel.

— Chacun de nous a ses secrets. Garde les tiens. De plus, Brennan n'a pas besoin d'autres fils. Niall avait des royaumes à donner aux siens. Maintenant qu'Atvia et Solinde ont des Cheysulis à leur tête, mon *rujho* ne saurait pas quoi faire d'autres garçons...

— Comme vous, avec vos quatre filles à qui vous devez trouver des maris ?

— Blythe m'aurait suffi. Après elle, il y a eu les premières jumelles qui sont mortes de la fièvre noire. Puis Cluna et Jennet, et enfin, Dulcie. Je les adore. Mais comment un homme peut-il se débrouiller avec quatre filles en âge d'être mariées ?

— Dulcie est un peu jeune pour ça, lui rappela Aidan.

— Pas dans les maisons royales. Tu as eu de la chance. Le fils aîné est toujours le plus important quand il s'agit de nouer des alliances. Mon pauvre *rujho* a été fiancé à Aileen avant sa naissance.

— Et Keely, à Sean. On ne m'a jamais forcé à rien jusque-là. Peut-être le moment est-il adéquat...

L'étalon de Hart se cabra. Il le calma d'un mot.

— Contrairement à la pratique courante, je ne proposerai pas Jennet ou Cluna en mariage, pas même à Homana. Elles sont trop jeunes.

— Ce qui laisse seulement Blythe. Qui est déjà fiancée.

— Pas encore, dit Hart. Rien n'a été convenu.

— Cela n'est pas nécessaire. On le voit dans leurs yeux.

Hart soupira.

— Cette union serait une bonne façon de guérir d'anciennes blessures.

— Je croyais que votre mariage avec Ilsa avait réglé ces problèmes.

— Tevis est le neveu de Dar de Haute Roche, l'homme que j'ai fait exécuter. Un patriote solindien.

Aidan reconnut du regret et de la honte dans la voix de son oncle.

— L'homme qui vous a pris votre main ? Et presque votre vie ? Vous allez donner Blythe à son neveu pour laver une culpabilité inexistante ?

— Aidan...

— Dar vous a livré à Strahan ! Croyez vous que mon *jehan* ne m'ait pas raconté ? Dar méritait la mort. Vous n'aviez pas le choix.

— Ce mariage est politiquement intéressant, c'est vrai, mais ce n'est pas la seule raison. Je pense aussi à Blythe et à Tevis...

— Il serait aussi « intéressant » qu'elle m'épouse. Elle est à moitié cheysulie. Son sang contient toutes les lignées nécessaires, sauf celle d'Erinn, que je possède. De plus, votre fille est très belle !

— Je pensais bien qu'on en arriverait à ça, dit Hart avec un sourire. Es-tu venu en étant persuadé que tu gagnerais sa main ?

— Mes chances me semblaient bonnes. Je suis l'héritier du trône du Lion, après tout. Je fais partie de la prophétie.

— Tu tentes un petit chantage familial ?

Aidan haussa les épaules.

— Ça valait le coup d'essayer. De plus, vous n'avez jamais parlé de Tevis dans vos lettres à mon *jehan*.

— Tevis est arrivé à Lestra il y a quatre mois. Il a grandi au nord de Solinde, dans les montagnes. Les habitants de cette région sont différents de nous. Très secrets.

— Nous ?

— Je suis leur prince après tout. Et déjà moi même assez différent, comme on me le rappelle souvent. C'est mon *tahlmorra*, Aidan.

— J'avais cru comprendre que Tevis était venu pour épouser Blythe. S'il ne l'avait jamais vue avant...

— Toi non plus.

— C'est vrai. Mais vous m'aviez donné l'impression qu'ils se connaissaient depuis des années.

Hart caressa la tête de son étalon.

— Sais-tu que c'est le petit de Terreur ? J'ai envoyé la jument à Brennan il y a quatre ans, pour la reproduction. Voilà le résultat. Je suis très content de lui. Il est volontaire, mais il vaut la peine qu'on l'éduque.

Aidan respectait son oncle, mais il savait qu'il avait ses failles. Le *kivarna* ne le lui laissait pas oublier.

Et il lui montrait bien trop de choses...

— Vous détournez la conversation, *su'fali*.

— Le *jehan* de Tevis est mort il y a dix mois. Ilsa a envoyé une lettre de condoléances à sa veuve. Elles se sont mises à correspondre et elles ont échangé des nouvelles de leurs enfants...

— Tevis a été envoyé en personne pour gagner la main de la princesse, conclut Aidan.

— Rien ne s'oppose à leur union.

Et vous n'avez pas l'intention de me laisser m'interposer.

— Je comprends, dit Aidan. N'en parlons plus. (Il étouffa un bâillement.) L'aube est passée. Il est temps que j'aille dormir, avant de tomber de cheval.

— Tu es trop bon cavalier pour ça. (Il leva les yeux.) Voilà Rael. Rentrons.

Aidan avait remarqué l'envie et la tristesse qui s'affichaient sur le visage de son oncle quand il avait cherché son *lir* dans le ciel.

En dépit de la main absente qui le lui interdisait, Hart n'avait jamais perdu le *besoin* de voler.

CHAPITRE IV

Aidan s'éveilla, surpris par la clarté.

Pourquoi suis-je encore au lit à cette heure-ci ?

Puis il se souvint. Il regarda le sablier près du lit. Quatre heures de sommeil seulement.

Et déjà une demi-journée de passée, fit remarquer Teel, perché sur le lit à baldaquin.

Pas tout à fait, dit Aidan.

Il bâilla, se demandant s'il avait plus faim que sommeil.

Pas de temps pour l'un ou l'autre, dit Teel. *La dame t'a fait appeler.*

— Tu veux que j'y aille maintenant ?

Le corbeau réfléchit.

Peut-être un peu plus tard, concéda-t-il.

Ce qui donna à Aidan une idée de son apparence...

Il demanda qu'on lui prépare un bain et un repas. Ensuite il irait voir la dame.

Ilsa de Solinde.

Comme tout le monde, Aidan avait entendu les ballades célébrant la beauté d'Ilsa.

Elles ne l'avaient pas préparé à la réalité.

Ebloui, il eut l'impression de redevenir un adolescent découvrant son attirance pour les femmes.

Elle a au moins quarante ans, se morigéna-t-il.

Ilsa sourit.

— Aileen n'avait pas besoin de s'inquiéter.

Tout à sa contemplation, Aidan ne comprit pas de quoi elle parlait.

Impossible que cette femme soit la mère de Blythe et des jumelles !

— Sa progéniture lui fait honneur, continua Ilsa en homanan.

Aidan s'inclina, charmé par le léger accent solindien, semblable à celui de Blythe.

— *Cheysuli i'halla shansu*, dit-il.

— *Resh'ta-ni*, répondit-elle. Hart m'a enseigné la haute langue, mais je n'ai jamais pu la prononcer correctement.

Ilsa repoussa une mèche de cheveux de son front. Sa chevelure était d'un blond si clair que les premières mèches blanches ne s'y remarquaient pas.

Ilsa était alitée, comme Hart l'avait expliqué. La naissance de Dulcie ayant été difficile, personne ne voulait risquer la santé de la reine ou la vie de l'enfant qui serait peut-être un héritier pour le trône.

La chambre était lumineuse. Aidan n'aurait pas imaginé Ilsa dans une ambiance sombre.

Elle le regarda d'un œil critique.

— Il t'a tenu éveillé toute la nuit.

— Oui. Mais j'ai pris un peu de repos.

Il ne précisa pas que des années de cauchemars l'avaient habitué à dormir peu.

— Je lui ai répété que tout le monde n'est pas capable de passer des nuits blanches, et que cela n'est pas bon pour lui non plus. (Elle soupira.) J'ai fini par abandonner. Je n'aurais jamais dû espérer le voir changer !

Aidan ne sentit aucune amertume dans ses paroles. Même sans le *kivarna*, il mesurait la force du lien existant entre Ilsa et Hart.

— Pourtant, il a changé. J'ai entendu parler de sa conduite quand il était jeune... Et je l'ai vu avec sa fille. Il n'est plus le même homme.

Ilsa sourit.

— Il l'est resté à bien des égards. Je n'aurais pas voulu qu'il en aille autrement. Pourquoi essayer de modifier ce qu'on aime ?

Aidan pensa à Niall et à Deirdre. Le lien qu'ils partageaient était aussi fort. Enfant, Aidan l'avait senti de manière nébuleuse. Plus tard, il avait mieux compris. Le désir, l'amour et le respect qui existaient entre Niall et Deirdre rendaient leur relation invulnérable aux influences extérieures.

Il se demanda si quelqu'un partagerait un jour sa vie de cette manière.

Blythe ? Elle est splendide... Mais la présence de Tevis risque de rendre les choses difficiles.

Ilsa désigna un siège.

— Veux-tu rester un peu avec moi ?

— Je vous remercie, ma dame, mais je ne veux pas vous fatiguer.

— Je suis couchée depuis un mois ! T'écouter parler ne devrait pas m'épuiser !

Il regarda le ventre distendu caché par les couvertures. Ilsa avait déjà porté six enfants, dont quatre avaient vécu. Et un septième arrivait, pour tenter de donner un héritier à son époux.

— Et si c'est une fille ? demanda-t-il sans réfléchir.

Embarrassé par sa bévue, il rougit.

— Ne t'inquiète pas, dit Ilsa avec un petit rire, tu n'es pas le premier à me poser la question !

— Cela ne me regarde pas...

— Cela regarde tout le monde. Ce sera mon dernier enfant. Hart en a décidé ainsi. Et moi aussi. La naissance de Dulcie a été difficile. Fille ou garçon, il n'y en aura pas d'autre. J'ai l'âge d'avoir des petits-enfants, plus des enfants !

— Blythe s'en chargera..., dit Aidan.

— Et les autres, plus tard. Je suis désolée, Aidan. Hart m'a expliqué... Si nous avions su plus tôt, nous

nous serions adressés à Homana plutôt qu'à la province du nord de Solinde.

Aidan haussa les épaules.

— Hart m'a dit de quoi il retournait.

— Si l'enfant n'est pas un garçon, un de nos petits-fils pourrait hériter.

— Ma dame, je dois partir. Hart m'a demandé de rester jusqu'à la naissance de l'enfant. Ensuite, en route pour Erinn !

— La fille de Keely est plus âgée que mes deux petits monstres. Et mieux élevée, je n'en doute pas !

Il sentit du soulagement dans l'esprit de sa tante. Une union entre Homana et Solinde aurait fait plaisir aux Homanans, mais elle aurait déplu aux Solindiens. Ilsa était leur reine ; ils toléraient Hart à cause d'elle. Le prince de Solinde avait besoin de s'assurer la loyauté de son peuple.

Ils accepteraient le fils d'Ilsa, malgré son sang cheysuli...

Il ne pouvait blâmer Ilsa de vouloir un époux solindien pour sa fille... Mais sa propre vie était gouvernée par les exigences de la prophétie.

Il referma la main sur les maillons accrochés à sa ceinture.

Quand la prophétie sera accomplie, l'existence de pays différents deviendra inutile. Lorsque les Premiers Nés vivront de nouveau, les quatre royaumes n'en formeront plus qu'un seul... Mais qu'adviendra-t-il des lirs ?

— Aidan..., commença Ilsa.

La porte s'ouvrit. Les jumelles se précipitèrent dans la pièce. Derrière elles Hart entra, portant une enfant : la petite Dulcie aux cheveux noirs et aux yeux jaunes, cheysulie jusqu'à la moelle des os.

Aidan sourit à la petite. Il s'approcha d'elle.

— Elle est adorable, *su'fali.*

— Ma petite Cheysulie, dit Hart. Les dieux ont enfin consenti à doter un de mes héritiers des caractéristiques de notre race.

Aidan n'avait pas l'habitude des enfants. La pièce lui parut trop encombrée. Quelque chose en lui exigeait la liberté de parcourir les cieux.

Hart comprendrait. Aidan se tourna vers Ilsa avant de sortir.

— Que les dieux vous accordent un fils, dit-il.

— *Leijhana tu'sai,* mon neveu. Que tes paroles aient du poids auprès des dieux.

Aidan se demanda si une telle chose était possible.

CHAPITRE V

Blythe ferma la porte. Tevis l'attendait, comme elle le lui avait demandé.

Deux bagues étincelaient aux doigts du jeune homme : un saphir monté sur argent et une hématite sertie d'or— ses seules coquetteries.

— Nous nous inquiétons peut-être pour rien.

Il ne répondit pas. Il était en colère, mais il avait peur de le reconnaître et de ne pas en avoir le *droit.*

Avant de rencontrer Tevis, Blythe avait pensé que le « coup de foudre » existait seulement dans l'imagination exaltée des filles de cuisine.

Tevis et Blythe étaient du même âge et ils avaient des goûts communs. Leur attirance était devenue un désir physique d'autant plus exacerbé qu'ils savaient ne pas pouvoir y donner libre cours dans l'immédiat.

L'approbation de ses parents était acquise, comme le prouvait l'invitation faite à Tevis de rester aussi longtemps qu'il le souhaitait. C'était leur façon de dire que le jeune homme avait toutes les qualités requises pour épouser leur fille.

Blythe pensait à lui jour et nuit. Tevis était un paradoxe : un homme à la fois très masculin et doté d'une sensibilité féminine.

Blythe soupira et posa les mains sur la tête de Tevis, ses doigts caressant la courte chevelure brune qui mettait en valeur la forme élégante de son crâne.

Elle l'attira lentement contre son ventre. Ils n'avaient pas osé se toucher de la sorte avant ; c'était désormais une nécessité.

— Nous ne sommes pas sûrs de ce qu'il veut..., dit-elle, se forçant à garder un ton calme.

— Oh si ! L'héritier d'Homana est venu chercher une épouse à Solinde. Il n'en a pas fait mystère.

— Si tu allais trouver mon père, et que tu lui dises que tu veux m'épouser ?

— Comment le pourrais-je ? Il est le prince de Solinde, et je suis...

— ... de la famille de la reine de Solinde.

Hart utilisait toujours son titre homanan. Mais le Conseil solindien avait attribué celui de reine à Ilsa quand elle l'avait épousé. Une minable vengeance. Hart ne s'en souciait nullement.

— Il fera de toi la reine d'Homana, dit Tevis.

— Contre mon gré ? Tu crois ça ?

— Quelle femme ne souhaiterait pas...

— Celle qui préfère vivre dans une province du nord de Solinde, à Haute Roche !

— Tu es cheysulie, dit-il en fermant les yeux. J'ai entendu parler de la prophétie...

Elle lutta pour garder son calme.

— Je suis *solindienne.* Je préfère servir mon pays qu'une vieille superstition étrangère.

— Une « superstition étrangère » ? répéta Tevis en éclatant de rire. As-tu idée de ce que dirait ton père en t'entendant blasphémer de la sorte ?

— Il serait surpris. Et il ne manquerait pas de me parler de mon *tahlmorra.* Mais cela n'a rien à voir avec moi. Je suis bien plus qu'une simple Cheysulie !

— C'est vrai, fit-il en lui caressant le visage.

Elle se pencha vers lui.

— As-tu conscience de ce que je suis ? demanda Tevis.

— Le neveu d'un traître, répondit-elle, refusant d'enjoliver la réalité.

— On dira que c'est ma façon de prendre ma revanche.

Blythe sourit.

— Peut-être est-ce vrai.

— Tu es l'aînée. Et le trône de Solinde n'a pas d'héritier.

— Cela peut encore changer.

— Si l'enfant est une fille, et que la reine ne conçoive plus...

— Il n'y aura pas d'autre enfant. Ilsa et Hart en ont décidé ainsi. Dans ce cas, il me reviendra de porter l'héritier de Solinde.

— On m'accusera de t'avoir épousée pour ça !

— Qu'importe ! Il faut bien que j'épouse quelqu'un.

— Pourquoi pas Aidan ?

— Parce que ce n'est pas de lui que j'ai envie !

— Et si on te forçait la main ?

— Tu ne sais rien d'Aidan. Il ne voudra jamais d'une épouse amoureuse d'un autre homme.

— Blythe, si je te perdais... Si on t'arrachait à moi...

— Non, dit-elle.

— Crois-tu qu'on te laissera épouser un hobereau montagnard alors qu'un prince est sur les rangs ? Tu as trop de valeur pour ça !

Blythe défit sa ceinture et la laissa tomber sur le sol.

— Dans ce cas, je vais faire en sorte de n'avoir plus de valeur à leurs yeux. Aucun prince n'épouserait une femme ayant perdu sa vertu.

Il lui prit les mains.

— Non ! Pas comme ça !

— Les Cheysulies ont toujours eu la prérogative de décider qui elles veulent épouser. Je t'offre mes droits en toute liberté. Voyons ce qu'ils auront à dire contre ça !

Aidan abandonna sa forme humaine et s'envola. Il se demanda comment Hart supportait d'être à jamais prisonnier du sol à cause de la main manquante qui le privait de son équilibre et l'empêchait de voler comme Rael, son *lir.*

Etait-ce pour ça qu'il aimait tant Ilsa ? Avait-il compensé ce qu'il avait perdu en se tournant vers l'amour de sa femme et de ses enfants ?

Aidan savait pourtant que rien ne pouvait compenser la perte de la forme-*lir* pour un guerrier.

Tu devrais être reconnaissant de ce que les dieux t'ont donné, dit Teel.

Le corbeau parlait-il de la forme-*lir*, ou de la tâche que la Fileuse avait mentionnée ?

Depuis son arrivée, Aidan n'avait pas été dérangé par le rêve de la chaîne. Parce qu'il en possédait désormais deux maillons ? La preuve que les dieux avaient une tâche à lui confier... ou qu'il devenait fou.

Si je pouvais partager l'exaltation du vol avec Blythe...

Pourquoi désires-tu une femme amoureuse d'un autre homme ?

Il faillit perdre sa forme-*lir.* Respirant avec peine, il lança au corbeau :

Redescendons.

Reprenant trop vite sa forme humaine, il trébucha à l'atterrissage et se retrouva à quatre pattes. L'herbe était confortable. Il s'allongea sur le dos.

— Je suis un idiot, dit-il. Venu chercher une épouse, je décide de vouloir la première femme qui me tombe sous les yeux. Sans me soucier de lui demander son avis ! Comme si être l'héritier du trône d'Homana me dispensait de la plus élémentaire courtoisie.

« Blythe est belle, aimable, sensuelle... Et elle est amoureuse de Tevis.

Il s'aperçut que cela ne le gênait plus. Certes, elle aurait été une épouse parfaite, mais elle n'était plus disponible.

— Je veux que les choses restent simples, dit-il en souriant. On me laisse la liberté du choix. Combien de membres de ma famille auraient sans hésiter changé de place avec moi ?

Sa mère, pour commencer. Si elle avait été libre de le faire, elle aurait épousé Corin. Et fait d'Aidan l'héritier d'Atvia, non celui du Lion.

Mais j'aurais été différent si j'étais né de leur union. Mon tahlmorra *aurait été autre...*

Aidan décida qu'il était temps de rentrer à Lestra.

Il reprit sa forme-*lir* et s'envola.

J'aimerais que le bébé vienne au monde afin que je sois libre de partir pour Erinn.

CHAPITRE VI

Aidan comprit ce qui s'était passé entre Blythe et Tevis dès qu'il les revit.

Toute la famille était assise à la table du repas, sauf Ilsa et Dulcie. Aidan, troublé, se tourna vers Hart, s'apprêtant à parler. Puis il se ravisa. La virginité de Blythe ne le regardait pas. Il n'avait pas annoncé officiellement son intention de lui faire la cour. Blythe était une Cheysulie libre de choisir son partenaire. Elle n'avait rien fait de mal, sinon devancé quelque peu la cérémonie du mariage.

— Ilsa pense que l'enfant naîtra cette nuit ou demain. Si les dieux le veulent, nous fêterons bientôt le nouveau prince de Solinde.

Aidan leva sa coupe.

— Que les dieux t'entendent, *su'fali.* (Il toussota.) Où est Dulcie ?

— Elle est trop jeune pour prendre ses repas avec nous, dit Jennet. Elle mange trop salement !

— Toi aussi, Jennet, fit remarquer Hart. Tu viens de renverser de la confiture sur ta tunique.

Jennet l'essuya avec ses doigts.

— Quand irons-nous chasser au faucon ? demanda-t-elle. Je vous ai entendu en parler hier soir.

— Cet après-midi. J'ai fait préparer les chevaux. Blythe, il vaudrait mieux que tu restes avec ta *jehana.* Elle peut avoir besoin de toi.

La jeune femme regarda Tevis et rougit.

Avait-elle l'intention de passer l'après-midi au lit avec lui ?

— Ce n'est pas de jeu, protesta Cluna. Rael voit les proies avant tout le monde !

Hart sourit.

— Je demanderai à Rael de rester hors de la compétition, dit-il.

Tevis eut un sourire de triomphe. Aidan en comprit le sens : la *compétition* était terminée en ce qui concernait la main de Blythe.

Aidan leva sa chope et fit un salut discret à Tevis.

Celui-ci eut l'air surpris. Puis il sourit et leva son verre.

Aidan devina que les mains des deux jeunes gens s'étaient jointes sous la table.

— Elles n'aiment pas être confinées à l'intérieur, dit Aidan, regardant Jennet et Cluna chevaucher à côté de Tevis. Même si elles ne s'en rendent pas compte.

Hart hocha la tête

— Elles sont aussi cheysulies que moi, malgré leur teint et leur chevelure blonde.

Tevis les rejoignit.

— Auront-elles des *lirs* ?

— C'est peu probable. Certaines femmes peuvent parler aux *lirs*, comme ma *rujholla*, Keely. Mais rien de tel ne semble exister dans ma lignée.

Tevis regarda Dulcie, perchée sur la selle de son père.

— Et elle ? Elle est la plus cheysulie des quatre...

— Oui, plus que moi ou Aidan ! Mais elle est encore trop jeune pour que les dons-*lir* se manifestent, même si elle les a.

— Cela ferait-il une différence ? demanda Aidan. Et si Blythe avait les dons des dieux ?

— Peu m'importent ses dons, ou sa lignée. Tout ce qui compte, c'est qu'elle sera mienne. Si le prince de Solinde est d'accord.

— C'est à Blythe de prendre la décision, dit Hart. Mais si tu n'étais pas digne d'elle, tu ne serais pas sous son toit !

Ni dans son lit ? Mais Hart ne peut pas le savoir. Maintenant, c'est officiel. Tevis n'a plus de raison de s'inquiéter...

Les jumelles partirent à la course dans le pré en poussant des cris aigus.

Aidan sursauta.

— Elles feront fuir le gibier avec un tel tapage !

— Croyais-tu que nous en attraperions beaucoup ? dit Hart avec un sourire. Mais peu importe : c'est une bonne occasion de sortir du palais.

— Vous n'aimez pas non plus être enfermé, *su'fali* !

— C'est vrai. Cela date de l'époque où nous vivions dans les Citadelles, je suppose. Les murs nous pèsent... (Il regarda son *lir* planer au-dessus des deux jumelles.) Rael a vu quelque chose...

Soudain, un cri déchirant retentit.

Rael plongea vers le sol.

— Cluna ! cria Hart en talonnant sa jument.

Teel s'envola. Aidan suivit Hart, Tevis sur les talons.

Cluna était couchée en boule sur le sol, sanglotante. A côté d'elle, Jennet hurlait. Rael se battait contre un serpent tacheté, le détournant de Cluna.

Cluna cria quelque chose en solindien, le bras gauche serré contre sa poitrine. Il était clair que le serpent l'avait mordue.

Hart tenta de descendre de cheval. Aidan l'en empêcha d'un geste.

— Laissez nos *lirs* s'occuper du serpent, dit-il en montrant Teel, venu à la rescousse de Rael. Si nous nous précipitons tous, nous risquons de les gêner plus qu'autre chose.

Jennet gémit.

— Le serpent t'a-t-il aussi mordue ? demanda Hart.

— Non. Seulement Cluna.

Rael s'envola, le serpent entre les serres.

Hart fourra Dulcie dans les bras d'Aidan.

Tevis se précipita vers Cluna, un couteau à la main. Il incisa les marques de morsure, déjà noires et enflées, puis suça le venin.

Jennet s'approcha d'Aidan, murmurant en solindien. Il sentit de la peur et de l'angoisse mêlées de honte dans l'esprit de la jeune fille.

— Je comprends peu ta langue, *meijhana*. Je suis désolé.

— J'ai peur, répéta-t-elle en homanan.

— Inutile ! Ton *jehan* est cheysuli. Il lui suffit de faire appel à la magie de la terre...

— Mais il n'a qu'une main...

— *Shansu, meijhana*. Cela ne fera aucune différence. Ton *jehan* n'est pas infirme.

— Mais il ne peut pas être un vrai guerrier, à cause de sa main. Il nous l'a dit !

— Ton *jehan* est un vrai guerrier. On lui a refusé ses droits dans le clan à cause de coutumes dépassées. Je t'assure que ta *rujholla* va se remettre.

Cluna tendit la main vers Hart quand il se pencha sur elle.

— Je saigne..., gémit-elle.

— Ça vaut mieux, dit Hart. Viens, *meijhana*. Retournons au palais. J'invoquerai la magie de la terre pour toi.

— Pourquoi pas ici ? demanda Aidan. Je peux vous aider.

— Non. Tevis a aspiré le plus gros du venin. Le reste peut attendre qu'elle soit dans sa chambre. Ainsi, elle aura moins peur. Aidan, Tevis et toi pouvez-vous vous occuper de ramener Dulcie ?

— Bien entendu, *su'fali*.

Hart installa Cluna sur sa selle, puis monta derrière elle, la tenant fermement dans ses bras.

— Dépêche-toi, dit Hart à Jennet.

Elle se précipita vers sa monture.

Les deux chevaux et le faucon eurent bientôt disparu.

Aidan regarda Tevis.

— Il se souviendra de vous remercier quand Cluna sera hors de danger. En attendant, acceptez ma gratitude de membre de la famille.

— Pour Cluna, pas pour Blythe, je suppose ?

Aidan soupira.

— Je ne suis pas aveugle. Vous avez gagné, Tevis. Vous pouvez en être fier. Mais prenez garde : elle fait partie de ma famille, et elle est cheysulie. Quand vous épousez l'un de nous, vous épousez aussi les autres.

— Si j'avais voulu d'un Cheysuli roux comme parent, je vous aurais fait la cour, à *vous*...

L'ironie tranquille de la remarque fit sourire Aidan, peu prompt à se choquer de ces choses.

Quelque chose scintillait dans l'herbe. Aidan ramassa le couteau de Tevis.

— Tenez, fit Aidan.

Tevis tendit la main. Aidan lui posa l'arme dans la paume. A cet instant, le *kivarna* s'éveilla. Aidan lut en Tevis comme dans un livre ouvert.

— Ainsi, vous voulez le trône ! Et tout ce qui va avec.

Tevis ne demanda même pas comment Aidan était au courant.

— Oui. Je veux le récupérer !

— Le *récupérer* ? Il n'a jamais été à vous !

— Mais il aurait été à Dar. Il était l'héritier légitime de Solinde, celui d'Ilsa. Puis le métamorphe est venu et il nous a tout pris !

— Il a hérité le royaume de son père, qui le tenait du sien, qui l'avait reçu des mains de Karyon.

— Peu m'importe l'histoire d'Homana ! Par tous les dieux de Solinde, pensiez-vous que j'allais rester sans rien faire quand notre pays est gouverné par un usurpateur ? Le cas échéant, vous réagiriez comme moi !

— Le trône n'a pas été usurpé, Solindien. Karyon l'a conquis. Solinde est désormais à nous.

— Elle sera à moi. Ou, plus probablement, à mon fils. Je veux Blythe pour elle-même, *et* pour Solinde. Si la reine ne donne pas de fils à Hart, ce sera à moi d'engendrer l'héritier.

— Et si la reine accouche d'un garçon ? Tous vos plans tomberont à l'eau...

Tevis sourit.

— Si Ilsa donne le jour à un fils, mes espoirs s'évanouiront. Mon seigneur, croyez-vous que je sois un imbécile ? Je souhaite ce qui sera le mieux pour Solinde. Dar aussi le désirait, même s'il s'y est mal pris...

— C'est le moins qu'on puisse dire ! Il a coupé la main de mon oncle, puis il l'a livré à Strahan !

— Exact. Mon oncle était impétueux et obsédé, m'a-t-on dit.

— Et vous ne l'êtes pas ?

— Je ne veux aucun mal à Hart. Il existe des moyens pacifiques de faire la révolution, mon seigneur. Si j'épouse Blythe et que j'engendre un fils, la révolution sera accomplie sans verser de sang. Voilà ma façon de me battre.

Dulcie s'agita dans les bras d'Aidan. Elle voulait son père, pas un étranger.

— Vous vous battez de façon plus intelligente que votre oncle.

— Et peut-être réussirai-je là où il a échoué.

— Etes-vous venu de vos montagnes dans ce but ? Pour séduire la fille du roi ?

Après tout, réfléchit Aidan, ce n'était pas très différent de sa propre motivation...

Tevis remonta en selle.

— Nos mères s'écrivaient depuis longtemps, mon seigneur... Elles m'ont bien préparé le terrain. J'ai vu ma chance, je l'ai saisie. Seul un idiot ne l'aurait pas fait.

— Si Blythe souffre à cause de vous...

— Ce ne sera pas le cas. Je suis un patriote, un Solindien loyal, mais aussi un *homme.* Qui voudrait faire souffrir une femme comme elle ?

Tevis prit les rênes du cheval de Cluna et s'éloigna.

Aidan soupira.

— Qu'allons-nous faire, Dulcie-*meijhana* ?

Rentrer au palais, dit Teel. *Quoi d'autre ?*

Aidan monta en selle, la petite Dulcie confortablement nichée dans ses bras.

Puis il repartit vers Lestra.

CHAPITRE VII

Le palais était en émoi quand Aidan y arriva. Il crut d'abord que c'était à cause de Cluna. Puis il découvrit rapidement qu'Ilsa était en travail.

Une nourrice se chargea de Dulcie. Elle lui dit de se rendre immédiatement au solarium du prince, où se trouvaient Hart, Tevis et Blythe.

Hart avait l'air fatigué.

— Comment va Cluna ? demanda Aidan.

— Bien. Elle est au lit avec un peu de fièvre, mais ça passera.

— Et la reine ?

— Il y en aura pour des heures. A part Blythe, toutes les autres naissances ont été difficiles.

Tevis se leva et servit une coupe de vin à Aidan, le regardant dans les yeux.

Il se demande si je dirai quelque chose à Hart.

Aidan soupira. La situation ne lui plaisait pas, mais il jugea inutile d'ajouter aux soucis de Hart. Il fit un signe discret à Tevis. Celui-ci sourit à Aidan, puis se tourna vers Hart.

— Mon seigneur, je dois vous avouer quelque chose. J'aime et j'honore Blythe, mais je ne suis pas l'homme que vous pensiez...

— Tu veux dire que tu convoites le trône de Solinde ?

— Mon seigneur... Vous saviez ?...

Blythe laissa échapper un petit cri.

— Oui. Depuis un moment... Tu n'es pas le premier, et tu ne seras sans doute pas le dernier : j'ai trois autres filles.

— Mais... si vous étiez au courant...

— Pourquoi t'ai-je permis de rester ? Parce que Blythe t'aime, et que je pense que tu l'aimes aussi, à ta façon. Pourquoi m'opposerais-je à votre bonheur, simplement parce que tu es ambitieux ? De plus, si tu avais un jour envie de te retourner contre moi, Blythe ne te soutiendrait pas. Tu n'aurais plus rien, comme Dar avant toi... Si la reine ne me donne pas un fils, tu obtiendras ce que tu désires.

Tevis ne dit rien.

— En revanche, reprit Hart, si Ilsa accouche d'un garçon, il aura plus de droit au trône que ta lignée. De toute façon, tu ne seras jamais roi. Mais ton fils pourrait l'être... Si tu épouses Blythe, tu resteras ici, après m'avoir juré allégeance.

Tevis s'agenouilla devant Hart.

— Mon seigneur, je vous ai fait du tort.

— Tu m'as sous-estimé, c'est tout. Tu n'es pas le premier, non plus !

Aidan sourit.

Moi aussi, je vous ai sous-estimé, su'fali. *Tevis sera un bon exemple pour tous les autres...*

— Relève-toi. Tu me prêteras serment une autre fois. Je crois que Blythe et toi avez des choses à discuter. En privé.

Tevis regarda Blythe.

— Veux-tu venir avec moi ?

— Oui. Et nous allons parler. De *tout* ! cracha la jeune femme.

Elle sortit, Tevis sur les talons.

— Je le fais surveiller depuis le début, dit Hart à son neveu. Je ne commettrai pas la même erreur qu'avec Dar, que je n'ai pas pris au sérieux. Tout ce que fait Tevis m'est rapporté.

— Vous avez fait preuve de prudence, *su'fali.*

— Pourtant, tu penses que j'aurais été mieux inspiré de donner ma fille à un homme plus apte à monter sur le trône de Solinde, n'est-ce pas ?

— J'aurai un jour le trône du Lion. Je n'ai nul besoin d'un autre, dit Aidan.

Il s'assit en face de Hart, devant la coupe contenant les pièces du jeu de bezat.

Hart tira une pièce et la posa devant Aidan. Puis il la retourna.

Elle était lisse des deux côtés.

— Bezat, dit Hart. Tu es mort.

Aidan posa sa coupe de vin.

Soudain, il n'avait plus envie de jouer...

Plusieurs heures plus tard, Aidan somnolait en compagnie de Hart quand un serviteur vint murmurer quelque chose à l'oreille de son maître.

Le prince de Solinde se leva d'un bond et cria à Aidan qu'il avait un fils.

Hart quitta la pièce avant que son neveu ait vraiment compris ce qui se passait.

Il rejoignit les autres membres de la famille dans l'antichambre des appartements d'Ilsa. Blythe ne se tenait pas à côté de Tevis, mais près de la porte. Cluna était absente, sans doute alitée, mais Jennet était là, les mains serrant le tissu de sa robe de chambre.

Aidan sut aussitôt ce qu'elle ressentait. Il l'attira à l'écart.

— Viens. Ça te fera du bien d'en parler.

Jennet poussa un soupir.

— Je suis contente qu'il y ait un héritier pour le prince de Solinde.

— Mais tu penses que sa présence te privera de l'affection de ton *jehan.*

Les lèvres de la gamine tremblèrent.

— Oui... Blythe a toujours été sa favorite... Et maintenant, il a un fils... Il n'y aura plus de place pour Cluna et pour moi.

— Tu lui as demandé ?

— Inutile ! Je le sais.

La petite n'étant pas érinnienne, elle n'avait pas de *kivarna.* Aidan sentit seulement en elle la peur et la solitude.

— Ton *jehan* sera blessé que tu penses ça de lui sans preuve.

— Mais... si c'était vrai ?

— Je t'assure que non, Jennet. Sur la vie de mon *lir.* Tu sais qu'un tel serment ne se prête pas à la légère.

Elle le savait, mais sa détresse ne diminua pas.

— Tu es assez âgée pour comprendre que le royaume a besoin d'un héritier. Mais les princesses aussi sont importantes. Solinde a besoin de vous.

— Parce que *jehan* peut nous marier pour entrer dans les bonnes grâces d'autres royaumes...

Son amertume surprit Aidan.

— Quelqu'un te l'a dit ?

— J'ai entendu Blythe en parler à Tevis. Elle était en colère. Je ne comprends pas... Elle a toujours voulu épouser Tevis, et maintenant...

— Elle ne veut plus ?

— Si... Elle lui a promis qu'elle l'épouserait, parce qu'ils avaient fait en sorte que ce soit inévitable. Je n'ai pas compris ce qu'elle voulait dire.

Aidan pensa que cela valait mieux.

— Tu n'as pas à t'inquiéter. Je t'assure que personne ne te forcera à épouser un homme dont tu ne voudrais pas. Quant au petit prince... Je ne te mentirai pas, Jennet. Au début, tu auras l'impression que ton *jehan* ne s'intéresse plus à toi. Mais cela passera. Personne ne peut prendre ta place dans son cœur, car personne d'autre n'est *toi.*

— Tu me le jures ? Sur la vie de ton *lir* ?

— Je te le jure.

Hart sortit de la chambre d'Ilsa.

— Solinde a un prince, dit-il avec fierté. Et une reine en bonne santé !

Jennet se jeta dans ses bras. Il éclata de rire. La petite se blottit contre lui, redevenue une enfant en sécurité près de son père.

Le regard d'Aidan croisa celui de Tevis. Le jeune homme sourit amèrement. Désormais, il n'avait plus aucune possibilité de placer son fils sur le trône, et il le savait.

Aidan regarda Blythe, puis contacta mentalement Teel.

Crois-tu que j'aie encore une chance avec elle ?

Blythe traversa la pièce et alla vers Tevis, qui posa ses mains sur les joues de la jeune femme.

Non, comprit Aidan.

Teel, qui savait tout, n'avait pas daigné répondre.

CHAPITRE VIII

L'enfant reçut son nom trois jours plus tard, lors de la cérémonie officielle à laquelle toute la famille participait.

Debout sur une estrade, Hart tenait le bébé endormi dans ses bras, Ilsa à ses côtés.

— Nous sommes réunis aujourd'hui pour nommer cet enfant, né de deux races et de deux royaumes. Nul ne devrait tourner le dos à une partie de lui-même, car ce sont toutes ces parties qui font de nous ce que nous sommes. Ainsi, l'enfant sera nommé suivant la coutume de Solinde et celle d'Homana, afin qu'aucun dieu ne soit offensé, et aucune race oubliée.

« Un enfant solindien, surtout de sang royal, doit avoir un père-en-second, qui s'occupera de lui si un malheur frappait ses parents naturels.

Il défit les langes de l'enfant. Suivant la coutume cheysulie, il devait s'assurer que le nouveau-né était physiquement parfait.

Hart, qui avait été exclu des clans à cause de sa main coupée, trouverait sans doute difficile cette partie de la cérémonie, pensa Aidan.

Brennan avait essayé de persuader le conseil des clans de modifier la coutume, mais on le lui avait refusé, prétextant que trop de choses avaient déjà changé.

L'amour d'Ilsa adoucit sa douleur, comprit Aidan, regardant la femme radieuse debout à côté de Hart.

Ayant examiné l'enfant, Hart le montra à tout le monde.

— Je déclare, devant les dieux d'Homana, que cet enfant est parfaitement formé et digne d'être accepté dans les clans. En recevant son nom, il devient un véritable Cheysuli, destiné à avoir un *lir* et à servir la prophétie. Je le nomme Owain, fils de Hart et d'Ilsa, prince de Solinde et héritier du trône. Que les dieux lui accordent un *tahlmorra* digne de lui.

Aidan avança et salua Hart d'un signe de tête. Puis il prit la main du bébé et prononça la bénédiction traditionnelle d'un parent souhaitant santé et prospérité à l'enfant. Ensuite il se tourna vers l'assemblée.

— Cet enfant est celui des dieux. Qu'ils lui accordent de servir parfaitement la prophétie ainsi que le peuple de Solinde, qu'il gouvernera un jour. *Tahlmorra lujhala mei wiccan, cheysu.*

Ceux qui la connaissaient donnèrent la réponse traditionnelle.

— *Ru'shalla-tu.*

Qu'il en soit ainsi.

Son rôle dans la cérémonie terminé, Aidan retourna à sa place.

— *Leijhana tu'sai*, dit Hart. Le devoir du père-en-second est de prendre soin de l'enfant si quelque chose arrive à ses parents. Il doit l'élever comme le sien et lui offrir tout ce qu'il donnerait à ses propres petits. Quand l'enfant sera adulte, il quittera la maison de son père-en-second, mais il gardera sa reconnaissance à celui qui l'aura élevé. Le choix d'un père-en-second n'est jamais fait à la légère. C'est une marque d'honneur et de respect accordée à un homme dont la loyauté est sans faille.

« Souvent, on choisit un parent pour remplir ce rôle, car le même sang coule dans leurs veines. Mais il est possible de conférer cet honneur à quelqu'un d'autre.

Hart sourit.

— Tevis de Haute Roche, appela-t-il.

— Mon seigneur ?

— Acceptes-tu, en tant que père-en-second, de jurer d'élever le prince Owain comme ton propre fils, de le défendre et de le protéger ?

— Mon seigneur... Vous avez parlé d'un parent... Et le prince Aidan ?

— Le *tahlmorra* d'Aidan le pousse dans une autre direction. Nous aimerions que tu sois le père-en-second de notre fils.

Aidan comprit pourquoi Hart avait pris cette décision : une manœuvre de vrai politicien...

— Mon seigneur, je ferai comme bon vous semble. J'accepte l'honneur de servir le prince Owain en tant que père-en-second.

Tevis s'approcha de l'estrade et s'inclina devant Hart et Ilsa.

— Lève-toi, dit Hart. Prends sa main dans la tienne.

Tevis obéit.

— Je jure de t'élever comme mon propre enfant. De te servir et de t'accepter comme mon seigneur. Jamais je ne trahirai ta confiance.

Inclinant la tête, il embrassa la main minuscule du bébé.

Blythe avait les larmes aux yeux. Ilsa regarda Tevis avec fierté. Hart semblait satisfait et triomphant.

Tevis recula, s'inclina de nouveau, puis retourna à côté de Blythe. Aidan ne sentit rien de son état d'esprit à travers le *kivarna*. Son don était erratique, comme toujours, et refusait de se laisser contrôler.

Tevis croisa le regard d'Aidan et lui sourit avec sincérité.

Peut-être se contentera-t-il de ce qu'il a...

Plus tard dans la soirée, après avoir réussi à faire partir les femmes, les hommes s'attelèrent aux choses sérieuses : le bon vin, les récits d'aventures et le jeu.

Hart ramassa ses gains et les ajouta à son impressionnante pile.

Tevis gémit.

— Que quelqu'un l'arrête avant qu'il nous mette sur la paille.

— Ça ne sera pas moi, dit Aidan. Il ne me reste presque plus rien.

Hart montra la chevalière d'Aidan.

— Tu as ça.

— C'est l'emblème de mon rang, fit Aidan, choqué.

— Ça ne m'a jamais arrêté...

— Un homme digne de ce nom ne parie rien d'important.

— Et les maillons que tu portes à la ceinture ? Ils ne servent à rien. Pourquoi les as-tu, *harani* ?

— Parce que j'en ai envie. Quant à parier... Tenez, fit-il en poussant son dernier argent au centre de la table.

Hart mélangea les pièces de bezat et les distribua.

— Ah ! s'écria Tevis. La fortune me sourit enfin !

Fronçant les sourcils, Hart passa les pièces au jeune homme. Puis il se tourna vers Aidan.

— Il faut que tu continues à jouer.

— J'ai perdu, *su'fali.* C'étaient mes dernières pièces.

— Brennan n'est pas très généreux.

— Il me donne assez pour mes besoins. Je ne suis pas dépensier.

— N'importe. Tu es mon invité, tu dois jouer ! Je t'avancerai l'or nécessaire.

Ils jouèrent en silence.

— Tevis, à ton tour de tirer une pièce.

Les yeux de Tevis étaient rivés sur la coupe, mais Aidan eut l'impression qu'il ne la voyait pas. Il avait le regard d'un homme perdu dans ses pensées.

— Tevis ? fit Hart.

— Mon seigneur ?

— Tire une pièce. Pour Aidan.

— Oui... C'est un bezat. La pierre de mort.

— Aidan, tu as perdu ! Maintenant, c'est à Tevis et moi de nous départager.

La porte s'ouvrit à la volée. La nourrice de Dulcie entra, l'air affolé.

— Mon seigneur... Venez tout de suite, je vous en prie !

— Qu'y a-t-il, Helda ? demanda Hart, inquiet.

— Oh, mon seigneur... Le bébé...

Hart se leva d'un bond, laissant tomber sa coupe de vin. Aidan renversa son tabouret. Tevis, blanc comme un linge, les suivit hors du solarium.

Aidan arriva dans la nourricerie sur les talons de Hart. Ilsa était agenouillée près du berceau, l'enfant serré contre son sein. Son visage reflétait un chagrin indicible.

— Sortez ! cria Hart aux suivantes. Dehors !

Blythe entra, en vêtements de nuit.

— Que se passe-t-il ? Oh, non, pas Owain !

Ilsa ne semblait pas s'être aperçue de la présence de Hart. Il lui toucha l'épaule.

— *Meijhana*...

— Il est mort, dit-elle à voix basse.

Les mains tremblantes, Hart écarta les langes.

— Il est si froid... Froid comme la mort.

— Mais il était en parfaite santé pendant la cérémonie..., murmura Blythe.

— Rien de ce que je pourrais dire n'adoucira ta douleur, *meijhana*, souffla Hart en caressant la tête de son épouse.

— C'était aussi mon fils, dit soudain Tevis. J'étais son père-en-second...

Il avança vers la reine et le Cheysuli agenouillé près du corps sans vie de l'enfant qui ne monterait jamais sur le trône.

— Non, dit Blythe. Tu ne comprends pas. Le chagrin d'un Cheysuli est privé ; il doit être respecté.

Aidan s'interposa.

— Tevis, laissez-les seuls pour le moment. Qu'ils aient le temps de se reprendre...

Il posa une main sur le bras de Tevis...

... Et sentit des flammes infernales parcourir son corps, comme si son sang s'était transformé en une rivière de feu.

— C'est vous ! fit-il d'une voix rauque. Vous...

— Ne me touchez pas, dit Tevis.

— Vous ! cria Aidan, s'étranglant à demi. *Vous* avez tué l'enfant !

— Etes-vous devenu fou ? cria Blythe. Pourquoi *Tevis* aurait-il...

Hart se releva, agrippa le bras d'Aidan et lui fit faire volte-face.

— Que dis-tu ?

— Tevis a tué l'enfant, déclara Aidan.

Etait-il le seul à percevoir la vérité ? Le *kivarna* rendait les choses si claires et les intentions de Tevis si transparentes...

— Aidan, Tevis est resté toute la soirée avec nous...

— Je sais. Mais je l'ai *senti*...

Les derniers vestiges du déguisement de Tevis se dissipèrent devant les yeux d'Aidan.

— Par les dieux... Un Ihlini !

— Vous êtes fou ! cria Blythe.

Les barrières s'étaient écroulées. Aidan sentit l'ambition démesurée, la soif de pouvoir et la puissance qui habitaient l'homme. Et la haine. Tout cela au service d'un dieu si monstrueux que l'idée même en faisait frémir Aidan.

Tevis leva la main. Autour de ses doigts dansa le *feu de dieu*, révélant qui il était en réalité.

— Oui, cracha Tevis. Un rejeton des dieux : un enfant de la prophétie, comme *toi* !

— Ce n'était qu'un bébé sans défense ! cria Hart. Pourquoi l'avoir tué ?

— Parce que je dois éliminer toutes les vies, dit Tevis. Toutes...

— Tevis, murmura Blythe.

— ... Jusqu'à ce qu'il reste seulement notre lignée ! Si vous n'aviez pas engendré cet enfant, vous ne connaîtriez pas la douleur de sa perte. Tout est votre faute, seigneur de Solinde. Pour épargner cette souffrance à votre épouse, il vous suffisait d'une chose très simple...

— Une chose ?... fit Hart d'une voix distante.

— Me désigner héritier, mon seigneur. Me mettre sur le trône de Solinde après vous.

— Non ! hurla Blythe. Dieux, non ! NON !

— Ah, fit Tevis. Elle vient de comprendre qu'elle a couché avec un Ihlini. Comme la prophétie le dit : une Cheysulie et un Ihlini...

Ilsa se leva, le visage ravagé de chagrin.

— Vous avez toujours livré la guerre aux adultes, Ihlini. Quel mal pouvait vous faire cet enfant ?

Il haussa les épaules.

— A son âge, pas grand-chose. Mais il est important pour moi que personne ne survive. Asar-Suti a dit que pour retrouver notre domination sur le monde, nous devons d'abord exterminer les Cheysulis et ceux qui les servent.

— Comment avez-vous fait pour que nous ne nous apercevions pas de ce que vous êtes ? demanda Aidan. Comment avez-vous touché l'enfant, alors que vous étiez avec nous ?

Tevis montra la bague au saphir.

— Un souvenir de votre père, mon seigneur d'Homana. Quelque chose qu'il a donné à ma tante, il y a bien des années. Tout ce qui a été porté par un homme contient l'essence de sa personne. Avec nos arts ihlinis, nous en faisons un bouclier qui nous permet de nous déplacer librement au milieu des Cheysulis et des *lirs*. Quant à atteindre l'enfant, rien n'a été plus simple. J'ai imaginé que son cœur cessait de battre. Puis j'ai *souhaité* que cela se réalise. Un bon outil, cette bague. Brennan n'aurait jamais dû la donner à Rhiannon.

— Rhiannon est votre *tante* ?

Blythe gémit et Hart pâlit davantage.

Les traits de Tevis avaient peu changé, mais il semblait à la fois plus sauvage et plus raffiné.

— Dieux, fit Aidan. Strahan avait un *fils* !

— Qu'est-il arrivé à Tevis ? S'il a existé un jour...

— Je l'ai tué, en même temps que son père, quand j'ai appris qu'il devait se rendre au palais. J'ai *utilisé* le corps de Tevis pour les modifications nécessaires. Ceux qui le connaissaient voyaient Tevis, les autres me voyaient, moi.

Blythe, tremblante, mit ses mains sur sa bouche.

Ilsa fit un pas en avant, l'enfant assassiné toujours serré contre sa poitrine.

— Je te maudis ! Je suis de la plus ancienne Maison de Solinde, Ihlini. Et je te maudis !

Tevis lui sourit, inclinant la tête. Puis il se tourna vers Hart.

— J'ai tué le fils, il me reste à éliminer le père.

Quelque chose scintilla dans sa main. Aidan reconnut aussitôt la roue à rayons acérés appelée la Dent du Sorcier. L'objet jaillit de la main de l'Ihlini à la vitesse de l'éclair.

— Je me nomme Lochiel, dit-il. Ainsi, vous saurez qui je suis au moment de mourir.

Sans réfléchir, Aidan se jeta en avant. Il avait l'intention de détourner l'objet mortel de sa trajectoire. A l'instant où il tendit la main, il comprit qu'il venait de commettre une erreur fatale.

L'arme pénétra dans la paume de sa main, les rayons coupant les muscles, les os et les tendons. Puis elle ressortit de l'autre côté. Aidan sentit sa vue se brouiller.

Hart le rattrapa avant qu'il tombe.

Le jeune homme eut juste le temps de se souvenir que les Ihlinis trempaient leurs armes dans un bain empoisonné.

Blythe cria.

Aidan plongea dans l'inconscience.

CHAPITRE IX

Aidan ne sentait rien sauf le froid. Il était mort, se dit-il, et pourtant il avait conscience d'exister.

Il gisait sur une barque qui flottait silencieusement dans les ténèbres, un linceul de soie couvrant son corps. Personne ne pleurait sa mort ni ne le veillait. Il était seul. Même son *lir* était absent.

Teel !

Il entendit l'eau frémir autour de la barque. Pensant d'abord qu'il avait imaginé le bruit, il s'aperçut bientôt qu'il était réel. Quelqu'un, ou quelque chose, approchait de lui.

Teel ?

Pas de réponse. Aidan n'éprouva aucune peur — les morts n'ont plus rien à craindre —, mais la curiosité le poussa à ouvrir les yeux.

Un Cheysuli monta dans la barque. Il portait le cuir et l'or-*lir* des clans. Aidan vit que l'homme était sec.

— Vous n'êtes pas venu à la nage ? demanda-t-il d'une voix rauque.

L'homme sourit.

— Si ! Mais où je suis, l'eau ne peut pas m'atteindre.

Aidan le regarda de plus près. Il vit l'épée à large lame dont la garde représentait le Lion d'Homana, et le rubis rouge sang incrusté dans le pommeau.

Aidan pensa aux deux maillons qu'il possédait. Deux Mujhars, Shaine et Karyon.

— Donal...

— Oui, dit le guerrier, souriant.

Aidan regarda de nouveau le rubis. L'œil du Mujhar...

— Niall m'a rendu mon épée, dit Donal.

— Il l'a jetée, objecta Aidan. Il est allé dans la Matrice de la terre et il l'a laissée tomber dans l'oubliette.

— Cette épée a été fabriquée pour moi par Hale, mon grand-père. Quand j'en ai besoin, elle répond à mon appel.

— Je n'ai pas rêvé d'une chaîne, cette fois. C'était toujours le cas, avant que je rencontre un Mujhar...

— En es-tu si sûr ?

Aidan baissa les yeux et vit la chaîne scintiller sur le catafalque. Parfaite, comme toujours.

Mortellement dangereuse...

Il faillit éclater de rire.

— Qu'êtes-vous venu me dire ?

— Rien. D'autres te parleront. Les dieux m'ont assigné une tâche différente.

— Laquelle ?

— Pour le moment, celle de timonier.

Donal leva son épée, qui changea de forme et se transforma en un bâton de timonier en or. Le rubis scintillait toujours à son sommet.

— Pour tenir l'Obscurité à distance, expliqua Donal. Ton voyage a été interrompu. Je suis ici pour te remettre sur le bon chemin.

— Alors, je ne suis pas mort ?

— Pas vraiment. Mais tu n'es pas en vie non plus. Disons que, pour le moment, tu es *ailleurs*. La mort est une chose naturelle. Mais parfois, les dieux font en sorte qu'un homme ne meure pas, parce qu'ils en ont l'usage.

— L'*usage*, dit Aidan amèrement. Un terme de poids, n'est-ce pas ?

— Comme presque tous les mots. Ils m'ont envoyé. Je suppose donc qu'ils ont des plans pour toi.

Aidan se souvint des paroles du Chasseur, de la Fileuse et des deux autres Mujhars.

— Vous ont-ils donné la permission de me révéler ces plans, ou dois-je deviner ?

Le soleil couchant illumina le visage de Donal. Aidan s'aperçut qu'il ressemblait beaucoup à son ancêtre, mais son sang érinnien avait atténué les traits et le teint typiques des Cheysulis.

J'aurais pu être comme lui, si ma lignée n'avait pas décidé de chercher des alliances extérieures...

— Il ne servirait à rien que je te donne les réponses, dit Donal. Les dieux connaissent les faiblesses des hommes. Ils attendent de voir s'ils seront fidèles à leur *tahlmorra.* Quel chemin choisiras-tu, Aidan ?

— Tous les Cheysulis obéissent à leur *tahlmorra*, dit Aidan. J'ai l'intention de faire de même.

Une intention qui lui sembla stupide, à cause des actions de Tiernan et des autres *a'saii.*

— Librement, ou parce que tu y es contraint par ton héritage ?

— Quel autre choix ai-je ?

— Nombreux sont les chemins qui s'ouvrent devant toi. Certains te sembleraient plus faciles que la voie que tu dois suivre. Peut-être haïras-tu les dieux avant la fin de ton temps sur cette terre.

— Je ne crois pas !

— L'innocence s'exprime parfois hâtivement.

Aidan fronça les sourcils, écœuré. Cet ancêtre mort tenait un discours aussi obscur que les précédents.

— Vous êtes mon arrière-grand-père, dit Aidan.

— C'est exact.

— En tant que tel, je vous demande de me faire une faveur. Dites-moi ce que je dois faire. Ce que je vais devenir.

— Je ne peux pas te dire ce que tu dois faire. Les dieux me l'interdisent. Mais j'ai le droit de te révéler qui tu dois devenir.

Il souleva la chaîne du bout de son bâton, redevenu une épée. Puis il la laissa tomber dans le giron d'Aidan.

— Tu dois devenir Aidan. Pas le prince Aidan, le fils de Brennan ou le petit-fils de Niall. Simplement toi-même.

— Comment puis-je *ne pas* être ce que je suis ? L'héritier de ma lignée ?

— C'est à toi de choisir.

— A moi... ou aux dieux ? fit Aidan en regardant la chaîne.

Mais quand il leva les yeux, Donal avait disparu.

Aidan se réveilla en sursaut. Il frissonna et ouvrit les yeux sur la vision du visage hagard de Hart.

— Sais-tu, dit son oncle après un long moment, que j'avais déjà préparé la lettre pour Brennan dans ma tête ? Mais l'idée de devoir l'écrire...

— Ce n'est plus nécessaire, fit Aidan d'une voix rauque. Combien de temps suis-je resté inconscient ?

— Quatre jours. Nous n'osions plus espérer... Comment avons-nous pu être aveugles au point de laisser ce monstre s'infiltrer en notre sein ? Dans le lit de notre fille ? Blythe dit qu'elle va se tuer. Que c'est la seule façon de se racheter... Mais j'espère qu'une fois le premier choc passé, elle se reprendra... Brennan et Ian ont bien survécu.

— Et Keely, ajouta Aidan en regardant autour de lui.

Personne d'autre que Hart ne se trouvait dans la chambre d'ami qu'on lui avait attribuée.

Teel ?

Je suis là. Repose-toi, lir.

Le corbeau était perché sur le toit du lit à baldaquin.

— Et l'Ihlini ? demanda Aidan.

— Il est parti. Comme le font souvent les siens, dans un halo de fumée et de feu pourpre.

Aidan se revit soudain dans la salle d'audience, tenant le nouveau-né dans ses bras. Le *kivarna* lui fit ressentir à la fois sa peine et celle de Hart.

— Je suis désolé, *su'fali*. Pour l'enfant.

— Je sais, dit Hart, avec un geste bref indiquant que le sujet était clos.

Soudain, Aidan se souvint de ce qui lui était arrivé. Il leva la main gauche et la vit couverte de bandages.

— Ma main ? murmura-t-il. Comment est-elle ?

Hart inspira à fond.

— Abîmée.

— A quel point ? Pourrai-je de nouveau l'utiliser ?

— Je ne saurais le dire.

— Vous ne pouvez pas, ou vous ne voulez pas ?

— Je t'ai dit la vérité, Aidan. Tu as toujours ta main, mais elle a été endommagée. Personne ne sait si tu en retrouveras l'usage.

— Un guerrier handicapé n'a plus de place dans les clans... , commença Aidan.

— Exact, acquiesça Hart.

Aidan ressentit la douleur comme un coup de maillet.

— ... mais je suis toujours un prince, comme vous, et nous avons tous deux notre place auprès du Lion, avec ou sans main. Les dieux devront s'en contenter. Où sont mes maillons ?

— Tes maillons ?

— Ceux qui sont attachés à mon ceinturon.

— Nous les avons rangés. Tu en as besoin ?

— Non. Je voulais juste m'assurer qu'ils étaient en sécurité.

En attendant le troisième. Qui ne saurait tarder à arriver, puisque j'ai rencontré Donal.

— Quand tu te sentiras un peu mieux, veux-tu que je prépare ton voyage de retour à Homana ?

— Non, murmura Aidan. Je dois d'abord aller à Erinn.

Je vois que tu n'as pas perdu tout sens commun, dit Teel d'un ton acide.

Non. Seulement l'usage d'une main.

Teel ne répondit pas. Il se cacha la tête sous une aile.

Comme Aidan s'y était attendu, Blythe vint le voir au moment où il finissait de ranger ses affaires dans ses sacoches. Il ferma la dernière de la main droite, puis se tourna vers la jeune femme.

— Il paraît que ta main ne bouge plus, murmura-t-elle.

— Non, elle bouge encore. Mon pouce aussi, un peu. Mais mes autres doigts ne me servent plus à rien.

— Tu seras rejeté des clans ?

— Probablement, dit-il, cachant sa peur sous une indifférence apparente.

— Comment peux-tu rester si calme alors que tu sais ce que cela signifie ? Tu as vu ce que cette coutume stupide a fait à mon père !

— Je sais. (Il haussa les épaules.) Hart m'a rapporté ce que tu voulais faire.

— Je n'ai plus d'honneur ! J'ai été *salie*...

— Tu as été trompée, c'est tout.

— J'ai couché avec un Ihlini !

— Tu n'es pas la première de notre lignée ! Il y a d'abord eu Ian, puis mon propre père, Brennan. Et Keely, ma tante. Tous ont été trompés. Et tous ont survécu. Tu feras de même.

— Il me voulait à cause du trône, dit Blythe.

— Et pour avoir un fils. Je le sais. Je comprends ce que tu ressens. Mais cela aurait pu être pire.

— Pire ? Il a tué un bébé de trois jours !

— Mais pas toi, ni Dulcie, ni les jumelles. Ni tes parents. Réfléchis.

— Il nous aurait tous tués...

— Parce qu'il a été démasqué. Il n'était pas venu dans le but d'assassiner pour obtenir le trône, mais de se marier pour y accéder.

— Et c'est censé me faire plaisir ? Tu ne sais pas de quoi tu parles, Aidan !

— Crois-tu ? Après tout, tu as couché avec lui de ton plein gré ! C'était sans doute ton idée, afin de mettre un terme à mes demandes. Et c'est pour cela que tu es tellement furieuse, chère solindienne de haut rang !

Toute couleur déserta le visage de la jeune femme.

— Par les dieux, j'ai si honte de moi, murmura-t-elle. Je veux mourir...

— Tes parents ont déjà perdu trois enfants. Veux-tu leur en enlever un autre ?

— Je voudrais que les choses redeviennent comme elles étaient avant.

La Roue de la Vie a tourné.

— Les dieux sont cruels...

— Parfois, acquiesça Aidan, pensant à la Fileuse, qui laissait mourir tant de gens pour que la Roue continue de tourner...

TROISIÈME PARTIE

CHAPITRE PREMIER

Aidan se dirigea vers la côte est de Solinde. A Andemir, il prendrait un bateau pour Kilore, où régnait la maison des Aigles d'Erinn. Il se demanda s'il reconnaîtrait ce que sa mère et Deirdre lui en avaient décrit.

Teel passa au-dessus de lui.

Alors, tu ne vas pas épouser la jeune fille ?

Blythe ? Non. Pas tout de suite, de toute façon. Il pourrait y avoir un enfant en route... Mais si je revenais bredouille d'Erinn et qu'elle ne soit pas enceinte, nous pourrions penser au mariage.

Tu ne veux pas d'enfants ?

Aidan se demanda comment expliquer tout ça à un corbeau, dont la compréhension des choses humaines n'était pas toujours parfaite.

J'aimerais mieux que ce soient les miens, dit-il enfin.

Et la prophétie ? Les deux races magiques destinées à s'unir...

Veux-tu dire que je devrais épouser Blythe, même si elle porte un demi-sang ihlini ?

C'est à toi de choisir.

Comme toujours, Teel ne donnait jamais de réponse directe. Aidan fronça les sourcils, irrité.

— C'est cette maudite bague, dit brusquement Aidan. Celle de mon *jehan*. J'aurais dû trouver un moyen de la lui prendre.

Il regarda sa main gauche, dont les trois doigts du milieu se recourbaient petit à petit, les tendons ayant été trop endommagés. Il lui restait l'usage partiel du pouce et du petit doigt. Bientôt, ce qui avait été une main deviendrait une sorte de serre à l'aspect bizarre.

Je ne suis pas si courageux que ça, pensa-t-il amèrement. *Je ne veux pas qu'on efface mon nom du registre de ma lignée à la Citadelle...*

— Je ne peux pas rentrer, dit-il à haute voix. Sinon, ils feront de moi un guerrier sans clan. Quelle sorte de Mujhar serais-je ?

Lir, demanda Teel, *as-tu l'intention de t'arrêter, ou de chevaucher toute la nuit ?*

— De continuer toute la nuit ! lança Aidan.

Il se reprocha aussitôt son irritation. Il n'avait aucune raison de la diriger contre Teel.

— D'accord, soupira-t-il. Va chasser ton repas de ce soir. Je préparerai le campement.

Il découvrit à quel point l'usage de sa main lui manquait quand il voulut ôter la selle de son étalon.

La dernière boucle fut impossible à défaire.

— Est-ce un test ? cria-t-il, levant les yeux au ciel. Ou une simple et ironique coïncidence ? Je ne veux pas être rejeté comme Hart ! J'irai voir le Conseil, et j'insisterai pour qu'on change la coutume ! Un futur Mujhar ne peut pas être expulsé de son clan ! Ils *devront* m'écouter !

Sa résolution vacilla aussitôt. Brennan avait tout tenté pour faire modifier cette coutume. Mais le Conseil avait refusé, même pour le fils du Mujhar, arguant que trop de choses déjà avaient changé.

— Ce sont de vieux idiots, aveugles et arrogants, dit Aidan. Nous ne sommes plus en guerre. Pourquoi rejeter ainsi un membre du clan ? Si j'en avais le pouvoir, je changerais tout ça...

Tu remets en question ton tahlmorra ? demanda Teel sévèrement.

— Et pourquoi pas ? Si les dieux nous ont donné la parole, c'est pour que nous nous en servions !

Exaspéré par sa maladresse, Aidan sortit son couteau et coupa la sangle récalcitrante.

Ça n'était pas une bonne idée. Comment attacheras-tu tes sacoches, demain ?

— Trop tard.

Teel avait raison, comme d'habitude.

Si tu voyages sous ta forme-lir, *tu n'auras pas besoin de sangles.*

— Je peux toujours recourir à la forme-*lir* ?

Tu n'as pas perdu ta main. Elle a seulement changé d'apparence.

Soulagé d'apprendre qu'il volerait encore, il pensa à Niall, à qui il manquait un œil. S'il avait pu avoir la même force de caractère que lui...

— Si je ne me considère pas comme un infirme, je ne le serai pas, dit-il.

C'est déjà mieux, répondit Teel. *Au fait, prépare à manger pour deux.*

— Tu n'as rien attrapé ?

Pas pour moi. Pour lui.

Aidan se retourna, la main sur son couteau. Il ne le tira pas de son fourreau.

— Très bien, dit l'homme. Tu n'es pas trop impulsif...

— Si vous surprenez souvent les gens comme ça, quelqu'un le sera un jour !

— Non. Les autres ne me perçoivent pas comme un être humain. Ils pensent que je suis un souffle de vent, un animal traversant la forêt...

L'inconnu sortit de l'ombre des arbres. Il avançait gauchement, appuyé sur une béquille. Sa jambe droite s'arrêtait au genou.

— J'ai assez à manger pour deux, dit Aidan, se détendant.

— Tu vois ? Etre infirme n'est pas si grave. Ça adoucit l'humeur des inconnus...

L'homme était vieux. Chauve, il lui restait seulement une couronne de cheveux blancs bouclés. Et son visage était si ridé qu'il ressemblait à une carte d'Homana.

— Un charmant jeune homme, dit-il. Aux bonnes manières, et, je le parierais, de bonne naissance... Tu ressembles un peu à un renard. Ton *lir* en est-il un ?

— Non, dit Aidan, légèrement surpris, c'est un corbeau. Mais quelqu'un de ma famille a une renarde pour *lir.*

Mal à l'aise, le Cheysuli pensa à Tevis qui n'était pas Tevis, mais Lochiel. Solinde était après tout la terre des Ihlinis. Mais son *kivarna* resta muet ; son *lir* aussi.

L'inconnu s'assit près du tas de bois qu'Aidan avait préparé. Il sourit.

— Tu as parlé de nourriture, je crois ?

— Oui.

Aidan s'agenouilla. Il sortit l'amadou de sa sacoche... et comprit aussitôt qu'il lui faudrait deux mains pour faire prendre le feu.

Serrant les dents, il s'interdit de demander à l'homme de l'aider. Il lui faudrait apprendre à se débrouiller seul pour toutes les choses de la vie courante.

Ce ne fut pas facile, mais il y parvint.

— Tu finiras par acquérir de la patience, dit l'homme. Et par *accepter...*

Il montra le moignon de sa jambe.

— Quand ? Pour le moment, ma seule pensée est de redevenir comme j'étais *avant* !

— C'est normal. Tu verras, l'amertume s'estompera quand tu seras moins maladroit. Il y a pire que perdre un peu de chair ! Te considères-tu comme un homme amoindri ?

— Vous n'êtes pas cheysuli. C'est difficile à expliquer, mais nos lois interdisent à un guerrier infirme de rester membre de son clan. Il en est obligatoirement expulsé.

— Pourquoi se priver d'un guerrier simplement parce qu'il a perdu l'usage d'une main ?

— Autrefois, c'était nécessaire pour assurer la survie des clans. Un guerrier infirme ne pouvait plus protéger les siens.

— C'est une dure loi, mais qui a sa raison d'être à certaines périodes. Malgré tout, te considères-tu comme diminué, *personnellement* ?

Qui était ce vieillard pour se permettre de lui poser de telles questions ? songea Aidan.

Puis sa colère se dissipa.

— Ce que je suis ne se définit pas par une main ou une jambe. C'est... en moi, ajouta Aidan en se touchant la poitrine.

— Mais tu préférerais avoir une main intacte, n'est-ce pas ?

— Qui ne le souhaiterait pas ?

— Qu'es-tu prêt à donner pour la récupérer ?

Aidan pensa à son oncle et frémit. Strahan lui avait offert de rattacher sa main coupée à son poignet... au prix de son allégeance à Asar-Suti, le dieu des ténèbres.

— Ce n'est qu'une main, dit-il calmement. Elle ne vaut pas le prix que vous demanderez.

— Pense à ce que cela signifierait d'être de nouveau un homme intact. De ne pas être exclu de ton clan...

Aidan secoua la tête.

Le vieil homme sourit. Il toucha son moignon ; soudain sa jambe redevint normale.

— Viens ici, dit-il.

Aidan s'agenouilla devant le dieu.

— Fais-moi voir ta main abîmée.

Aidan lui tendit la main.

— Quel est votre nom ?

— Sous cette forme, on m'appelle l'Infirme. (Il examina la main.) L'Ihlini ne t'a pas raté. Pourtant, ce n'était pas toi qu'il visait.

— Non. Mais je ne pouvais pas laisser mourir mon oncle.

— Comment sais-tu que ce n'était pas son *tahlmorra* ?

— Je n'avais pas le choix. Je *devais* intervenir...

— Dans ce cas, nous parlons tout de même de *tahlmorra,* Aidan. Du tien.

— Est-ce vous qui m'avez envoyé Donal ?

— Oui. Ce n'était pas encore ton heure... Alors, tu es en vie. Pour le moment...

Aidan frissonna.

— Pouvez-vous me dire quelles sont les intentions des dieux ? Je vous servirai de mon plein gré, si seulement vous m'en donnez l'occasion.

— Non. Aucun homme n'accepte *tout* de son plein gré. Surtout pas les sacrifices, s'il en connaît la teneur à l'avance. Tu sauras ce que tu devras savoir quand le moment viendra. En ce qui concerne ce problème...

Aidan regarda sa main, toujours cachée entre celles du dieu. Un liquide en jaillissait. Pas du sang, mais une rivière dorée.

— Ouvre la main, Aidan.

Ses doigts obéirent à cette demande. Dans la paume d'où l'affreuse cicatrice avait disparu, il tenait un épais maillon d'or couvert de runes ressemblant aux deux autres.

— Tu n'as rien sacrifié de ton *tahlmorra.* Le prix de ta main était la franchise. Tu l'as donnée sans compter.

— Donal, dit Aidan en regardant le maillon.

Il n'y eut pas de réponse.

Le dieu s'était évaporé.

Aidan éclata de rire.

— Pourquoi ? demanda-t-il à Teel.

Je suppose que tu as répondu à ses questions comme il le souhaitait.

— Mais qu'attendent-ils de moi ? Teel, je t'en prie !

Je fais ce que je peux. Nous sommes aussi des créatures des dieux. Même un lir *ne peut prédire ou expliquer un* tahlmorra *qui est encore sur le métier à tisser.*

— Pourquoi moi, Teel ? Que me veulent-ils ?

Je l'ignore, soupira le corbeau. *Personne ne m'a rien dit non plus.*

CHAPITRE II

Aidan s'éveilla en sursaut.

— Ah, cria-t-il, ils recommencent !

Qu'est-ce qui recommence ? demanda Teel.

— Les rêves !

Aidan se frotta le visage, puis examina d'un œil critique sa main miraculée, comme il le faisait tous les matins depuis cinq jours.

Il portait désormais trois maillons à sa ceinture. Malgré tout, il dormait mal, se réveillait souvent pendant la nuit et se sentait désorienté et perturbé au matin.

Aidan se leva en soupirant.

— Il est temps de partir, *lir.* Erinn ne se rapproche pas pendant que je me prélasse dans mon lit de fourrure.

Elle ne s'éloigne pas non plus, souligna le corbeau, sarcastique.

Aidan ne répondit rien. Il avait appris depuis longtemps à ignorer les remarques de son *lir.*

Quand il rattrapa le chariot à la toile brillamment colorée, Aidan se prépara à le dépasser rapidement. Mais la femme assise sur le siège était si étonnante qu'elle l'éblouit littéralement. Il lui sourit, et elle fit de même.

Aidan ralentit l'allure pour rester à la hauteur du chariot. Il salua la jeune femme en solindien. Elle répondit dans la même langue.

Ses cheveux noirs tombaient en boucles serrées jusqu'à sa taille mince. Un châle doré où pendaient de fausses perles soulignait son visage en forme de cœur. Elle portait des boucles d'oreilles en cuivre. Si elle n'avait pas la beauté exceptionnelle d'Ilsa, elle était dotée d'une vivacité et d'un rayonnement qui rappelèrent à Aidan sa mère et Deirdre.

— Vous ne devriez pas voyager seule, dit-il.

— Je sais. C'est pour cela que je suis accompagnée.

Elle écarta la toile de son chariot, révélant le visage d'un jeune homme si remarquablement beau qu'Aidan pensa qu'il aurait été préférable qu'il fût une femme.

— Cela vaut mieux, dit le jeune homme en grimpant sur le siège. Nous ne laissons jamais Ashra se déplacer sans escorte. Trop d'hommes s'abaisseraient à la capturer pour lui prendre ce qu'elle ne voudrait pas donner...

Et certains n'hésiteraient pas à te capturer, toi..., pensa Aidan.

Mais il était trop bien élevé pour faire une telle remarque à voix haute.

Quelque chose dans la structure faciale du jeune homme rappela à Aidan sa propre race, même s'il n'avait jamais vu un Cheysuli ayant des traits aussi purs et des yeux verts. Il ressemblait beaucoup à Ilsa, décida Aidan, mais en brun.

— Mon nom est Tye. Je suis chanteur. Ashra est danseuse. Le vieil homme, Siglyn, est magicien. (Il montra l'intérieur du chariot.) Ses os ont besoin de repos. Vers où vous dirigez-vous ?

— Andemir.

Ashra eut un petit rire.

— Comme nous. Nous pourrions peut-être faire la route ensemble ?

— Ashra ! dit Tye d'un ton inquiet.

— C'est ton tour de conduire, Tye. Je vais questionner cet homme, puisque tu sembles si méfiant.

— J'ai de bonnes raisons, comme tu le sais, dit Tye en prenant les rênes.

Aidan déclina son identité, sans révéler son rang. Il avait appris que les gens parlaient plus librement s'ils l'ignoraient.

Teel se posa sur son épaule.

— Oh, s'écria Ashra, un corbeau apprivoisé !

— Parfois, reconnut Aidan.

Tye lui jeta un regard soupçonneux.

— Vous avez l'air bien méfiants, pour des gens du voyage, dit Aidan.

— A juste titre, déclara Tye. Il y a trois jours, nous avons été dévalisés par une bande de brigands. Mais vous n'en faisiez pas partie. Pardonnez-moi mes mauvaises manières.

— Pardonnez-moi les miennes, répondit Aidan. En fait, Teel est un *lir*.

— Un *lir* ? Mais vous n'êtes pas cheysuli. Comment pouvez-vous avoir un *lir* ?

— Je le suis, malgré mes cheveux roux. Ma mère est érinnienne. Mais j'ai les yeux de mon père.

— Les yeux jaunes d'un animal, dit Tye. (Puis il ajouta, souriant :) Ce n'était qu'une plaisanterie, métamorphe.

— Solinde est gouvernée par un Cheysuli, fit remarquer Ashra.

— L'usurpateur, dit Tye.

Aidan se raidit.

— Allons, n'avez-vous aucun sens de l'humour ?

— Trop souvent, ceux qui parlent de la sorte ne plaisantent pas. Et vous ?

— Si je croyais vraiment ce que j'ai dit, je ne vous laisserais pas faire le chemin jusqu'à Andemir en notre compagnie. En supposant que vous le souhaitiez...

— Peut-être restera-t-il avec nous si tu chantes pour lui, dit Ashra.

Aidan se demanda s'ils étaient frère et sœurs, ou mari et femme. Il aurait préféré la première option, mais il pensait que la seconde était la bonne.

— Allons-nous nous arrêter bientôt ? fit une voix irritée à l'intérieur du chariot. Je commence à en avoir assez d'être secoué comme un prunier !

— Oui, vieil homme. Voulez-vous partager notre repas ? demanda le chanteur à Aidan.

— Volontiers. Je fournirai le vin.

Tye s'occupa des chevaux tandis qu'Ashra aidait le magicien à sortir du chariot. L'homme était très âgé et très maigre. Ses chevilles enflées semblaient rendre chacun de ses pas douloureux.

Aidan s'approcha pour soutenir le vieillard. Celui-ci repoussa la main tendue et le transperça de son regard bleu délavé mais plein de fierté.

— Siglyn, dit Ashra, il se nomme Aidan. Il va à Andemir, comme nous. Ce n'est pas un brigand, mais un guerrier cheysuli.

— Viens ici, petit, dit le vieil homme.

Aidan se mordit la lèvre. Personne ne lui avait jamais parlé avec autant de désinvolture. Il obéit tout de même à l'injonction du vieillard.

— Oui, tu es bien cheysuli, même si tu n'en as pas le physique. Il n'y a pas si longtemps, ta race et la mienne étaient ennemies. J'ai combattu contre Karyon. Tu n'as pas l'accent homanan, petit.

Aidan haussa les épaules.

— Il y en a plusieurs... Je viens de Mujhara.

— Et que fais-tu à Solinde ?

— Je suis en route pour Erinn. Je prendrai le bateau pour Kilore à Andemir.

— Pourquoi ne pas être parti d'Hondarth ? Pourquoi passer par Solinde ?

— J'ai de la famille à Lestra, fit Aidan, tentant de garder un ton neutre.

— Un métamorphe ayant des parents à Lestra... Peu d'entre eux peuvent en dire autant...

— Qui êtes-vous ? intervint Ashra. Il est rare que Siglyn soit aussi curieux.

Aidan soupira.

— Je suis le petit-fils du Mujhar, avoua-t-il.

— Je me disais bien..., fit la jeune femme. Mais pourquoi voyagez-vous sans serviteurs ?

— Je suis aussi un guerrier cheysuli. Voyager avec une escorte n'est pas notre habitude.

Tye éclata de rire.

— Ah bon ? J'aurais cru que la royauté ne pouvait pas se passer du labeur des êtres inférieurs...

Aidan en eut assez. Il se leva.

— Je vous ai proposé du vin, et vous l'aurez. Mais peut-être préféreriez-vous vous passer de ma compagnie ?

— Non, mon seigneur ! s'écria Ashra. Tye parle parfois sans réfléchir, mais il n'est pas méchant. Et quand vous l'entendrez chanter... Passez la soirée avec nous, je vous en prie !

Tye sourit.

— Restez. Prouvez-nous que nous nous trompons à votre sujet, et que vous êtes digne de notre respect.

Aidan allait refuser, mais Teel intervint.

Pourquoi pas ? Ce sera peut-être moins ennuyeux qu'une soirée sans discussion.

Avec toi, je ne risque pas de manquer de « discussion ».

Un lir *peut faire beaucoup de choses, mais il ne peut pas remplacer une femme,* dit Teel.

Aidan faillit éclater de rire. Il se contenta d'un sourire.

— D'accord. Je reste avec vous.

Quand Aidan s'aperçut que la petite troupe avait peu de nourriture, il offrit de partager aussi ses provisions.

Son offre fut acceptée après une brève conversation en dialecte solindien. Il semblait que Tye et Siglyn hésitaient à contracter une dette envers un étranger, mais Ashra était affamée et annonça qu'elle accepterait même s'ils refusaient.

Siglyn dévora la nourriture plus vite que les autres. Cela étonna Aidan, car le vieil homme était d'une maigreur squelettique.

Les outres de vin continuèrent à circuler une fois le repas terminé. Ashra ne but pas grand-chose, mais son visage se colora tandis qu'elle regardait le feu.

— Quel effet cela fait-il de se transformer en animal ? demanda Tye, un peu éméché.

Ayant bu plus que de coutume, Aidan ne se formalisa pas de la question.

— Je ne suis pas vraiment apte à l'expliquer. C'est... plutôt personnel, et difficile à comprendre.

— Je peux essayer, si vous faites un effort pour décrire ce que c'est.

Aidan ignorait par où commencer.

— Vous vous métamorphosez ? Vous devenez votre *lir* ?

— Non. Je deviens un corbeau, comme lui, mais je suis différent de lui. Je reste *moi.* Quoi qu'en disent les récits, nous ne pouvons pas prendre n'importe quelle forme. Seulement celle de notre *lir.*

— Pourquoi avoir choisi un corbeau ? intervint Ashra.

— Ce n'est pas le guerrier qui choisit... C'est plus compliqué. A quatorze ans, j'ai entendu l'*appel.* Je suis parti seul dans la forêt, poussé par le besoin de trouver mon *lir.*

— Ils vous ont laissé faire ? Un gamin de quatorze ans, promis à être roi ?

— *Ils* sont aussi des Cheysulis. Il serait impensable pour nous de s'interposer entre un guerrier et son *lir.*

— Et vous avez trouvé votre *lir* ?

— Nous nous sommes trouvés mutuellement. Le *lir* éprouve aussi le besoin de créer le lien. Quand celui-ci est noué, le guerrier et son *lir* sont enfin *complets.*

— Et vous gagnez la possibilité de changer de forme.

— Oui, mais seulement pour adopter celle de notre *lir*, comme je vous l'ai dit. Les dieux donnent, mais avec parcimonie.

Tye eut un rire moqueur.

— La seule chose que les dieux donnent avec générosité, c'est la malchance !

— Faites attention, ils vous entendent.

— Ils n'entendent rien du tout ! Pensez-vous qu'ils se soucient le moins du monde de nos misérables personnes ?

— Tais-toi ! lança Ashra. Tu offenses notre invité.

— Ne vous inquiétez pas, Ashra, dit Aidan. Je pense que Tye et moi, nous ne serons jamais d'accord sur grand-chose !

— Parce que vous êtes persuadé d'avoir raison, à cause de votre rang ? demanda Siglyn, qui n'avait rien dit depuis la fin du repas.

Aidan soupira.

— Le rang ne signifie rien dans les clans. Seule compte le sang et sa continuation. Je suis d'abord cheysuli, ensuite guerrier, et prince en dernier.

— C'est impossible, décréta Tye.

— J'aurais moins de mal à abandonner mon rang que *vous* à devenir prince ! railla Aidan.

— Probablement, fit Tye sans se vexer. Mais je n'ai aucun désir d'être prince.

Aidan faillit éclater de rire. Son *kivarna* lui révéla le mensonge.

— Si on vous en offrait la possibilité...

— Il la saisirait aussitôt, interrompit Ashra.

— Je n'aurai jamais l'occasion de le savoir, grommela Tye. Je ne suis qu'un pauvre chanteur...

— Tu es le meilleur chanteur que j'aie jamais entendu ! protesta Ashra.

— Avez-vous d'autres dons, métamorphe ? demanda Siglyn.

— Rien qui vaille les vôtres, répondit Aidan, se souvenant que le vieil homme était magicien de son état.

— Vraiment ?

— Nous avons parfois le pouvoir de guérison, si nécessaire, et...

— Et ?

— Il existe un troisième don, admit-il. Mais nous l'utilisons rarement.

— Pourquoi ?

— Parce qu'il absorbe l'âme de celui contre qui nous l'employons. Il ne lui reste rien. Seulement ce que nous le forçons à faire ou à penser.

— Je m'en doutais. J'ai entendu dire que les Cheysulis peuvent se transformer en démons s'ils le souhaitent.

— Nous ne le souhaitons pas ! lança Aidan. Ce *pouvoir* est réservé aux Ihlinis !

— Est-ce vraiment ce pouvoir-là que nous avons ? demanda le vieil homme.

Un feu pourpre joua au bout des doigts du vieillard. Aidan se leva d'un bond, le couteau à la main.

Ashra lui effleura le bras.

— Inutile, fit-elle doucement.

— Je vous ai surpris, fit Siglyn, souriant.

Aidan n'avait pas perdu le contact avec son *lir*, comme il s'en assura aussitôt.

— Mon *lir* ne m'a rien dit... Il aurait dû me prévenir de la présence d'un ennemi.

Ashra repoussa sa main armée vers le bas.

— Cela devrait vous indiquer quelque chose...

— Et vous, qu'êtes-vous ? demanda Aidan à Tye.

— Comme vous, plusieurs choses... Solindien. Et Ihlini. Et aussi chanteur. Mon professeur se nommait Taliesin.

— Taliesin est mort depuis plus de vingt ans !

— Je suis plus âgé que j'en ai l'air. Ne vous comportez pas comme un idiot, Aidan d'Homana !

— Suis-je un imbécile parce que je me méfie d'un ennemi ?

— Vous avez tôt fait de supposer le pire à notre sujet, dit Siglyn. Vous n'avez même pas demandé son avis à votre oiseau !

Teel ? demanda Aidan. *Pourquoi ne m'as-tu pas prévenu ? Je dois toujours être averti de la présence d'un ennemi !*

Es-tu aveugle à ce point ? fit Teel d'un ton dégoûté.

Aidan comprit soudain.

Tu veux dire que ce ne sont pas mes ennemis ? Même s'ils sont ihlinis ?

Tu as compris, soupira Teel. *Mieux vaut tard que jamais.*

Exaspéré, Aidan regarda le vieillard d'un œil mauvais.

— Me blâmez-vous de ma méfiance ? Nos races sont en guerre depuis des siècles. Vous avez combattu contre Karyon, pour Bellam...

— Parce que je suis un Solindien loyal...

— Un Ihlini loyal !

— Tu ne montres aucun respect pour l'âge, grogna Siglyn. Es-tu en colère parce que nous ne t'avons pas annoncé tout de go qui nous étions ? Au contraire de toi, qui exhibes ton or cheysuli ? Les Cheysulis racontent à qui veut les entendre que nous sommes des démons, sans tenir compte de nos sentiments.

— Vos *sentiments* ? Alors que vous êtes nos ennemis ? Certains d'entre vous, en tout cas... Il y a quelques semaines, le fils de Strahan a tué un bébé sans défense, puis tenté d'assassiner son père !

— Quel enfant ? demanda Ashra. Nous sommes sur la route depuis si longtemps...

— Mon cousin. Il l'a tué dans son berceau, sans même le toucher !

Ashra échangea un regard avec Tye. Aidan sentit que la nouvelle ne leur faisait pas plaisir.

Siglyn soupira.

— Es-tu obligé de nous juger par rapport à lui ?

— Il m'est difficile de faire autrement !

— Nous n'appartenons pas à la famille de Strahan, fit remarquer Ashra. Nous sommes seulement des Ihlinis nés à Solinde. Strahan a fait plus de mal à sa propre race que quiconque. A part Tynstar, qui a commencé tout ça.

Siglyn grommela.

— Tu ne sais rien de Tynstar, petite. Moi, je l'ai connu... Assieds-toi donc, dit-il à Aidan. Tu seras plus à l'aise avec un coussin sous les fesses pendant que je te raconterai la vérité.

Aidan s'assit.

Mais il ne se détendit pas.

CHAPITRE III

— Pour commencer, dit Aidan, je veux savoir comment et pourquoi je ne vous ai pas reconnus. J'aurais dû sentir une interférence dans le lien-*lir*. Et mon *lir* aurait dû me prévenir. Nous n'avons pas identifié Lochiel parce qu'il portait une bague ensorcelée ayant appartenu à mon père. Avez-vous quelque chose de similaire ?

— Vous n'avez jamais rencontré quelqu'un de notre race ?

— Aucun Ihlini n'est venu à Mujhara ni à la Citadelle depuis de nombreuses années.

— Et vous n'êtes jamais allé ailleurs ? s'étonna Ashra.

Tye sourit.

— Vous ne nous avez pas reconnus parce qu'il n'y avait rien à *reconnaître*. Nous sommes de la même race. Sans votre or et votre *lir*, un autre Cheysuli vous reconnaîtrait-il aussitôt ?

— Je n'ai peut-être pas le teint typique, mais...

— Réponds à la question, ordonna Siglyn.

— Il est possible que non, reconnut Aidan à regret.

— Aidan, vous ne nous avez pas identifiés parce que nos races sont parentes.

— Et surtout parce que nous n'avons pas bu à la coupe du Seker, intervint Siglyn d'une voix coupante. Asar-Suti n'est pas en nous. Tu sais parfaitement que les Ihlinis qui vous sont hostiles sont tous des serviteurs du Seker.

Aidan pensa aux récits qu'il avait entendus. C'était exact. Tous les Ihlinis qui leur avaient voulu du mal étaient voués à Asar-Suti. Et il avait entendu parler de...

— Taliesin, dit Aidan.

— Il avait renoncé au Seker. C'est pour cette raison que Tynstar l'a forcé à boire le sang du dieu. Pour qu'il vive éternellement en sachant ce qui avait été fait au nom de sa race. C'est aussi pour ça que Strahan avait détruit ses mains.

— Vous prétendez donc que les Ihlinis qui servent le Seker sont différents de vous ?

Ashra sourit.

— Ils l'ont toujours été.

— Et si tous ceux de ma race se trompaient depuis si longtemps ? On nous enseigne dès l'enfance à haïr les Ihlinis, à les craindre et à les tuer quand nous le pouvons. La prophétie dit que les deux races magiques doivent s'unir, alors que les *shar tahls* nous répètent que nous ne devons avoir aucun rapport avec les Ihlinis, qui souhaitent notre perte.

— Ceux qui servent le Seker la veulent, dit Ashra, mais pas les autres.

— Avons-nous tort ? Nos enseignements sont-ils erronés ?

— Pourquoi nous poser la question, à *nous* ? fit Tye. Demandez plutôt à votre *lir.*

Teel ? Est-ce vrai ? Ce qu'on nous a enseigné était-il un tissu de mensonges ?

Teel ne répondit pas, mais le lien-*lir* frémit.

— Dis-moi la vérité ! cria Aidan. J'ai parlé à des dieux ! Ne puis-je obtenir une réponse du *lir* qu'ils m'ont donné ?

Les temps changent. Parfois, il est nécessaire d'enseigner de dures vérités ; d'autres fois, des mensonges encore plus difficiles s'imposent.

Des mensonges ? Tout ce qu'on nous a appris était faux ?

Les hommes ignorants commettent parfois des erreurs.

Comme, par exemple, ne pas tenir compte de la prophétie ?

Oui, dit Teel après un temps de réflexion.

Et ignorer la prophétie peut empêcher les Premiers Nés de revenir. Mais pourquoi voulez-vous leur retour ?

Parce qu'ils étaient là jadis... et que les dieux souhaitent qu'ils existent de nouveau.

Parce qu'ils étaient mieux que nous ? Et maintenant, ils ont l'intention de les reconstituer à partir de pièces et de morceaux récupérés ici et là.

Pas ici et là, dit Teel. *Quatre royaumes, deux races.*

Pourquoi tant de complications ? Pourquoi ne pas les recréer, s'ils en ont tant envie ? C'est ce qu'ils ont fait au début.

Teel soupira.

Les dieux ont donné le libre arbitre à leurs enfants. Ils ne peuvent plus les forcer à faire quelque chose. Suggérer, guider, voilà ce qu'il leur reste...

Mais les dieux sont tout-puissants !

Ils ont même la possibilité de créer un être qui les dépasse, dit Teel. *Ils t'ont tout donné : l'intellect, la liberté, des dons incroyables. A partir de tout cela, tu as fait celui que tu es aujourd'hui.*

Je ne sais plus qui je suis ! s'écria Aidan.

Un enfant des dieux. Quoi d'autre ? fit Teel avec une pointe d'amusement.

— Les temps changent, murmura Aidan après un long silence. Les enseignements n'étaient qu'un moyen de communiquer. Si un homme dit quelque chose, les autres l'ignorent aisément. Mais si c'est un *dieu* qui parle... Nous servons des mots. Une suite de mots dont le sens s'est perverti au fil des ans.

— Redonnez-leur leur vraie signification, dit doucement Ashra. Vous avez cette possibilité en vous.

— Pour le moment je n'ai rien en moi, sauf un grand vide.

— A vous de le remplir, dit Tye, ses yeux verts scintillant.

Aidan soupira.

— J'ai besoin de sommeil. Un vrai sommeil, sans rêves pour le perturber.

— Tout le monde rêve, dit Tye.

— Pas comme moi. Pas de façon aussi *réaliste* et dérangeante.

— Siglyn interprète les rêves, souffla Ashra.

Aidan secoua la tête.

— Je vous remercie, mais je n'ai pas besoin des tours d'un magicien de foire...

— Ce ne sont pas des tours, fit Siglyn d'une voix coupante. Je dis la vérité, pas des mensonges.

Vérité et mensonge. Comme Teel l'avait suggéré.

— Interprétez mes rêves, dit Aidan. Voyons si vous saurez séparer le bon grain de l'ivraie.

— Avant, il y aura Tye. Puis Ashra. Ensuite, je m'occuperai de tes rêves.

CHAPITRE IV

Tye alla chercher son luth, un instrument délicat fait de bois clair et incrusté d'ivoire.

— M'écouteras-tu chanter, Homanan ?

Pas « Cheysuli » ? se dit Aidan.

A la surprise d'Aidan, Tye avait un timbre de baryton contrastant avec sa beauté quasi féminine.

La magie de la voix couplée à celle de l'instrument fit voir d'étranges couleurs au jeune homme, le plongeant dans une sorte de transe.

Puis Ashra dansa. Vêtue de jupes superposées rouge, verte et or et d'un pourpoint de cuir noir étroitement lacé, elle souleva son abondante chevelure bouclée et la fit cascader sur ses épaules et son dos. Renversant la tête, elle montra sa gorge parfaite.

Le chant de Tye devint sensuel et suggestif.

La Roue de la Vie cessa de tourner. Aidan retint son souffle. Ashra était sans doute l'épouse ou la maîtresse de Tye, pas sa sœur. Mais une partie de lui n'en avait rien à faire. Il ne pouvait pas s'empêcher de désirer la jeune femme.

Elle s'approcha de lui, se pencha et lui prit la main. Ce simple geste alluma le feu de la passion dans son cœur.

— Viens, dit Ashra.

Il la suivit et s'agenouilla sur le sol à l'endroit qu'elle lui montra.

— Assieds-toi, dit Siglyn, et ne fais rien, sauf ce que je te dirai.

Ashra se retira. Le vieil homme posa les mains sur la tête d'Aidan. Ses doigts tordus par l'âge étaient étonnamment vigoureux.

— Fils de la forêt et de la ville, enfant du soleil et des ténèbres, dit Siglyn à voix basse, guerrier et prince, croyant et sceptique... Tu es plus de choses que la plupart, et moins que ce que tu devrais être. Et tu rêves...

Aidan sursauta. Il avait presque oublié...

— Tu rêves de chaînes. Elles entravent et libèrent en même temps. Liée, la vie continue. Brisée, elle est libérée. Que cherches-tu ?

— La chaîne se brise toujours, fit Aidan. Il me suffit de la toucher...

— Désires-tu qu'il en soit ainsi ?

— Mes souhaits n'y changent rien ; elle se rompt, voilà tout.

— Je vois un prince, un guerrier et un corbeau enchaînés.

— Si je brisais la chaîne, serais-je libre ?

— Ce n'est pas à moi de le dire.

— Pourtant, vous avez prétendu que la vie est libérée si la chaîne est rompue.

— L'ai-je vraiment dit ? Ou as-tu interprété ainsi mes paroles ?

Aidan eut un rire creux.

— Je ne sais plus que penser.

— Je peux te *montrer* des choses. Si tu l'acceptes...

— A quel prix ? Rien n'est jamais gratuit...

— Bien entendu. On ne gagne rien sans courir de risque. Les dieux exigent de lourds sacrifices.

— Et vous, vieil homme ? Que demandez-vous ?

— Payer le prix sans savoir ce qu'il sera fait partie de l'apprentissage. Le choix t'appartient.

Aidan ne savait pas ce qu'on attendait de lui. Assis devant le magicien ihlini, impuissant, il accepta.

— Dites-moi ce qu'il y a à savoir. J'accepte d'en payer le prix.

— De ton plein gré ?

— Cela fait partie de mon *tahlmorra.* Je suis tenu de l'accepter librement.

— Tye, dit Siglyn.

Tye se leva, posa son luth et entreprit de défaire sa ceinture. Il la donna au vieil Ihlini.

Aidan vit que l'objet était l'œuvre d'un artisan médiocre. Les maillons étaient irréguliers et la dorure, fausse, fondait dans la main du magicien.

Celui-ci jeta la ceinture dans le feu.

— Récupère-la.

— Dans les flammes ? fit Aidan.

— Tu étais d'accord pour faire ce que je te dirais.

— Comment puis-je être sûr qu'il ne s'agit pas d'une ruse ihlinie pour m'estropier ?

— Tu n'as aucun moyen de le savoir, dit Siglyn, les yeux brillants.

Aidan réfléchit un instant. Sous sa forme-*lir*, il aurait été plus rapide, mais la ceinture était trop lourde pour un corbeau. Le seul moyen était de lancer un bras dans les flammes.

Serrant les dents, il plongea sa main gauche dans le feu et attrapa la ceinture.

Il la jeta devant Siglyn et serra sa main contre sa poitrine.

— Es-tu brûlé ? demanda l'Ihlini.

Aidan réalisa qu'il n'éprouvait aucune douleur. Ouvrant la main, il vit qu'elle était intacte.

— Tu ignorais que les flammes étaient une illusion. Tu as mis ta main dans le feu, t'attendant à être brûlé. Ton cas n'est pas désespéré.

L'homme prit la ceinture de métal ordinaire et y fit quatre nœuds. Il tira sur la ceinture, et les nœuds se transformèrent en maillons d'or pur.

— Tu as le choix. La briser, ou faire en sorte qu'elle devienne parfaite.

— Comment ? demanda Aidan avidement.

— C'est ton choix ? Tu veux que la chaîne soit intacte ?

— Oui.

— Sois sûr de ta décision.

— Je le suis, dit Aidan. Je veux que la chaîne soit intacte.

— Donne un de tes maillons à Tye, un autre à Ashra et le dernier à moi.

Aidan obéit.

— Nomme-les.

— Shaine, dit-il, regardant celui de Tye.

Puis il montra celui que tenait la jeune femme.

— Karyon d'Homana.

— Et le dernier ? demanda Siglyn.

— Donal, qui était cheysuli.

— Les maillons ont été distribués. La chaîne t'appartient. La rendre entière te revient.

Aidan s'agenouilla devant le vieillard. Il prit la chaîne faite de quatre maillons joints et la mit en contact avec celui que tenait Siglyn. En un éclair, il sut que l'union s'était accomplie.

Il répéta le rituel avec Ashra, puis avec Tye. Quatre nouveaux maillons se joignirent aux trois premiers. La chaîne était complète.

Aidan regarda avec angoisse le sixième maillon, craignant qu'il se brise.

— La chaîne est entière, dit-il enfin. Le maillon ne s'est pas brisé. Son nom n'est pas Aidan.

Il regarda ses compagnons pour voir s'ils étaient d'accord, mais ils ne dirent rien. Soulagé, Aidan éclata de rire. Puis il bâilla.

— Pardonnez-moi, je ne voulais pas être impoli, fit-il quand il le put.

— La magie est fatigante, dit le vieil Ihlini. Dors, enfant des Premiers Nés. Et rêve en paix.

Aidan dormit d'un sommeil tranquille pour la première fois depuis bien longtemps. Il s'attendait à être seul à son réveil, mais le chariot était toujours là. Ashra était assise près du feu.

— Vous pensiez que nous serions partis, n'est-ce pas ?

— Que s'est-il passé au juste ? A quoi tout cela a-t-il servi ?

— Vous devriez le savoir. C'est à cause de vous que nous sommes là.

— Pourtant, vous n'êtes pas des dieux.

— Non. Nous sommes ce que vous voyez : une danseuse, un chanteur et un magicien. Mais nous sommes aussi les serviteurs des dieux. Nous obéissons à leurs demandes.

— Etes-vous réels ?

— Aussi réels que les dieux nous ont faits, dit Ashra, un sourire éclairant ses yeux. Aussi réels que vous le souhaitez.

Aidan se souvint du désir brûlant qui l'avait envahi quand il avait vu danser la jeune femme.

— J'ai très envie que tu sois réelle, dit-il d'une voix rauque.

— Alors, je le suis.

— Cesserais-tu de partager la couche de Tye si je te le demandais ?

Ashra éclata de rire.

— Je la partage depuis si longtemps ! Bien avant la naissance de ton père... Il est probable que je continuerai de coucher avec lui.

— Il n'y a donc aucun espoir pour *nous*...

— Non. C'est de cela que sont fait les rêves. Illusion, désir... Si tu couchais avec moi, ajouta-t-elle, passant elle aussi au tutoiement, tu ne saurais jamais si cela a été réel ou pas. Donc tu n'en serais pas satisfait.

— Pendant un moment, je crois bien que si ! dit Aidan avec un sourire ironique.

Elle rit et se leva d'un mouvement souple.

— La nuit dernière, je n'ai pas *imaginé* que tu tentais de me séduire... Je sais ce que c'est. J'ai couché avec beaucoup de femmes. J'en ai séduit, et j'ai été séduit par certaines. Pourquoi ?

— Parce que tu es un homme. Le désir est une des émotions les plus violentes. Il te fallait apprendre qu'on ne le contrôle pas toujours.

Aidan pensa aux femmes qu'il avait *utilisées* pour oublier ce qui le troublait. Il avait toujours été un amant attentionné — le *kivarna* y veillait —, mais jamais il n'avait cherché autre chose qu'une brève rencontre.

— Je ne t'ai pas séduit par perversité, reprit Ashra. Je l'ai fait pour te montrer à quel point c'était facile. Pour que tu saches que tu es mortel, et faillible, et que tu t'en souviennes. Même si tu penses avoir plus de dons divins que la plupart des hommes.

— Est-ce le cas ? demanda-t-il d'un ton sceptique.

— Tu es beaucoup de choses, Aidan d'Homana. Mais tu dois en devenir *une seule* avant de comprendre.

Tye s'approcha d'eux.

— Comment se passe la leçon ?

Ashra sourit.

— Il ne comprend pas encore.

— Il y parviendra le moment venu. Nous avons avancé autant qu'il était possible. Il est temps de partir.

Tye se tourna vers Aidan.

— Quand vous reprendrez la route en direction de votre *tahlmorra*, vous vous sentirez très seul. Différent de tous les autres. Mais ne vous croyez pas *meilleur* qu'eux. Comprenez-vous ?

— Je ne comprends rien du tout, reconnut Aidan.

— Ça viendra au moment voulu. Rien n'arrive sans but. Souvenez-vous-en, Aidan.

Aidan regarda le chariot s'éloigner. Puis il baissa les yeux sur sa couche de fourrure et de laine. La chaîne s'y trouvait. Entière. Telle qu'il l'avait *faite* la nuit précédente.

Il la ramassa. A son contact, il comprit que le voyage qu'il entreprenait le conduirait vers des chemins différents et des choix rarement offerts à un mortel.

Il lui reviendrait de les faire.

CHAPITRE V

La première chose qu'Aidan remarqua au sujet de Kilore fut les falaises escarpées jaillissant du rivage comme un poing ganté de blanc. Au sommet du « poing » se trouvait le Nid d'Aigle d'Erinn. Sa mère y était née.

Ensuite, il sentit l'odeur envahissante de poisson et grimaça discrètement de dégoût quand le vaisseau accosta.

Il quitta le navire en hâte, trébucha sur un filet et se rattrapa, évitant de justesse la chute. Embarrassé, il regarda autour de lui, mais personne ne semblait avoir prêté attention à sa maladresse. Les bateaux de pêche rentraient au port, pleins à craquer ; nul n'avait de temps à perdre.

Il traversa le port et arriva au marché, où l'odeur était encore pire.

Comment vais-je trouver le chemin du palais ? demanda-t-il à son *lir.*

C'est plus facile de là où je suis ! Rejoins-moi.

Aidan s'envola, prenant grand plaisir à adopter sa forme-*lir.* Il aurait volé pendant des heures au-dessus de la forteresse, mais ce qu'il avait à faire l'attendait à l'*intérieur*.

A regret, il reprit son apparence humaine, s'engagea sur le sentier qui menait au palais et marcha jusqu'aux portes du château.

Contrairement à celui de Hart, le palais de Sean était bien gardé. Aidan dut montrer sa chevalière pour prouver son identité.

Puis le garde l'accompagna et le remit entre les mains d'un serviteur qui le conduisit devant une porte. Il lui fit signe d'entrer.

Aidan trouva bizarre d'être amené devant son oncle et sa tante avec si peu de décorum. Il savait qu'il ne verrait pas son grand-père, Liam, décédé quatre ans plus tôt.

Puis il s'aperçut avec surprise qu'il se trouvait dans une salle d'entraînement. Un homme robuste au visage taillé à coups de serpe lui jeta un coup d'œil, puis revint aux autres occupants de la salle.

Deux personnes s'affrontaient au centre de la pièce. Aidan les regarda à peine. Il ferma la porte et s'approcha de l'homme musclé.

— Mon seigneur ? dit-il d'un ton incertain.

— Un moment. Ils auront bientôt terminé.

Aidan regarda de plus près. Un homme et une femme. Inutile de demander qui était la femme : Keely, la seule ayant jamais appris à manier l'épée. Les deux adversaires semblaient de force à peu près égale, et ils n'étaient même pas essoufflés. Comment l'homme — Sean, supposa Aidan — pouvait-il deviner qu'ils avaient presque fini ?

— Comment le savez-vous ?

— Je suis le maître d'armes. Se rendre compte de ce genre de choses est mon travail !

— Vous êtes le maître d'armes ? bafouilla Aidan.

— Oui. M'aviez-vous pris pour le seigneur ?

Maintenant qu'il y regardait de plus près, Aidan s'aperçut que l'homme était trop peu raffiné pour être le seigneur. Et trop âgé. Sean avait près de cinquante ans, mais cet homme-là était bien plus vieux.

— Donc c'est Sean que je vois se battre.

— Avec son épouse, confirma le maître d'armes. S'il ne fait pas attention, elle le vaincra. Et il nous en fera une maladie !

— Il est beaucoup plus grand et lourd qu'elle. Comment une femme pourrait-elle battre un homme ?

— Vous n'êtes pas d'ici, mon garçon, en dépit de votre accent érinnien, sinon vous connaîtriez la réponse.

— J'ai du sang érinnien. Cette femme est ma tante, et votre seigneur est mon oncle. Je suis Aidan d'Homana, le petit-fils du Mujhar.

— Nous en avons un autre ici, dit l'homme.

C'était vrai. Riordan, le fils de Keely.

Il regarda de nouveau la joute.

— Elle va *vraiment* le battre ! s'étonna Aidan.

— Ce ne sera pas la première fois. Le repas sera bruyant !

Mais Sean fit un croche-pied à Keely, qui tomba lourdement sur le sol.

— *Ku'reshtin !* s'écria Keely. Tu as triché !

— Je tenais à gagner, dit Sean, jovial.

— Un Cheysuli n'aurait jamais...

— Un Cheysuli n'aurait pas affronté sa femme, pour commencer. (Il tendit la main à son épouse.) Viens, petite. Je ne vais pas te laisser par terre.

— Mais ça ne te gêne pas de m'y jeter, grommela Keely en se relevant.

Grande et mince, elle était en excellente forme. Quand elle se pencha pour ramasser son épée, ses mouvements se révélèrent souples et déliés. Aidan savait qu'elle avait plus de quarante ans, mais elle les portait bien.

— Tu as gagné, mais ça se passera autrement, la prochaine fois.

Sean se tourna vers Aidan.

— Petit, allons-nous savoir qui tu es, pour être entré si aisément dans notre foyer ?

Aidan sourit et montra sa chevalière.

— J'ai passé le test d'admission, fit-il.

Keely le regarda d'un œil critique.

— Tu as les yeux et l'aspect général d'un Cheysuli, mais pas les cheveux !

— Je les tiens de ma mère, Aileen d'Erinn. Mais j'ai tout de même quelque chose de Brennan !

Les yeux de Keely s'écarquillèrent.

— *Aidan ?* Impossible ! Tu étais un enfant si maladif...

— Je vais mieux, dit-il d'un ton grave. J'attendrai demain pour mourir, ce sera plus poli...

Sean éclata de rire. Keely examina Aidan de plus près, comme elle l'aurait fait d'un cheval à acquérir.

— Le fils de Brennan... Es-tu aussi pompeux et empoté que lui ?

Aidan soupira en dépit de son amusement.

— Il espérait que le mariage vous aurait adoucie... Je lui dirai la vérité : vous êtes aussi dure qu'il me l'a raconté !

— Ne prends pas cet accent érinnien, gamin ! Tu n'es jamais venu ici, et j'y vis depuis avant ta naissance, ou presque !

Aidan sourit et lui fit une courtoise révérence, sachant qu'elle la prendrait de travers.

— On raconte pas mal de choses à votre sujet, dit-il. Voulez-vous que je vous les rapporte ?

Sean posa une main immense sur l'épaule de son épouse.

— Pas tout de suite, petit. Autour d'un peu de vin et de nourriture... Rejoins-nous dans la salle à manger ; Keely tiendra sa langue.

— Dans ce cas, je serai déçu !

— *Ku'reshtin*, fit Keely à la cantonade, tendant son épée au maître d'armes. Il m'a battue.

— Parce qu'il a triché. Je vous ai appris tout ce qu'il fallait depuis que vous êtes arrivée.

— Sauf à tricher comme lui ! lança Keely en riant.

— Tu as trop d'honneur cheysuli pour savoir le faire, petite, dit Sean. Es-tu là pour longtemps, mon garçon ?

— Le temps de trouver une épouse.

— Une épouse ? fit Keely en fronçant les sourcils. Tu parles de ma fille ?

— Pas de votre fils, c'est sûr ! répliqua Aidan, pince-sans-rire.

Ce n'était peut-être pas la meilleure façon de se mettre dans les bonnes grâces de Keely. Mais on lui avait répété qu'elle méprisait la politesse affectée de la cour. Aileen et Brennan lui avaient dit que sa tante était parfois difficile. Mais il aurait trouvé absurde de mentir sur la raison de sa venue.

— Brennan le souhaite-t-il ?

— Pas spécialement avec votre fille, mais il veut que je me marie.

— Pas spécialement avec ma fille, répéta Keely. A-t-il quelque chose contre elle ?

— Je doute qu'il soit si bête, intervint Sean. Ce serait une union valable.

— Je ne crois pas non plus qu'il soit idiot, concéda Keely. Que veux-tu dire exactement, mon neveu ?

— Brennan souhaite que je me marie. Il pense que le Lion serait plus tranquille avec un mâle de plus pour poser ses fesses dans son giron de bois.

— Ça lui ressemble bien, dit Keely. Et qu'en dit Aileen ?

— Qu'il faudrait me laisser plus de temps... Je ne crois pas que cela ait la moindre importance. Le Mujhar est en bonne santé ; mon *jehan* est assez jeune pour régner pendant des dizaines d'années après lui. Que je prenne une *cheysula* et que je lui fasse un fils maintenant ou dans dix ans, le Lion n'y verra pas de différence.

— Pourtant, tu es là, souffla Keely.

— Peut-être est-il prêt pour le mariage, dit Sean. Ce n'est plus un enfant. Mais il risque de changer d'idée après avoir vu notre fille.

— Ressemble-t-elle beaucoup à sa *jehana* ?

— Elle tient de nous deux, petit...

— Elle a des idées bien arrêtées, coupa Keely. Ma fille n'acceptera pas d'être la servante de son époux, quand son rôle est d'être sa *compagne.*

— Elle n'oserait jamais y penser, avec toi pour la remettre dans le droit chemin ! fit Sean.

Aidan sourit.

— Au départ, je ne m'étais pas décidé pour Shona. Je suis allé d'abord à Solinde...

— Blythe, dit aussitôt Keely. Il y a déjà eu une Solindienne sur le trône d'Homana. Mais rien de bon n'en est sorti. Electra a trahi Karyon en devenant la maîtresse de Tynstar.

— Et en lui donnant un fils, Strahan. Mais tout ça n'a plus autant d'importance. Blythe n'est pas prête pour le mariage, en ce moment. Avec moi ou avec quiconque...

Pesant ses mots, il leur raconta ce qui s'était passé à Solinde.

— Ne pouvant toucher Homana, ils s'attaquent à Solinde..., dit Keely. Ce sera pire pour Blythe que pour moi. J'ai été forcée, tandis qu'elle a couché avec lui de son plein gré. Elle s'en voudra à mort !

— Keely..., implora Sean.

— Tu as bien fait de la laisser tranquille, Aidan. Et si elle a conçu... Il lui faudra faire un choix. Dans mon cas, les dieux s'en sont chargés à ma place. Si Hart a assez de bon sens, il lui montrera comment pratiquer correctement l'*i'toshaa-ni.*

— Hart a du bon sens. Quant à Shona, il est vrai que je suis venu pour parler mariage. Mais je ne suis pas certain qu'elle soit la seule possibilité. Si nous ne nous convenons pas, je n'insisterai pas. Je sais de quoi je parle.

— Je croyais tout cela terminé, dit Keely, comprenant à qui il faisait allusion. Dans ses lettres, Aileen dit qu'ils s'entendent bien...

Aidan éluda la question.

— Disons que je préférerais une union bien assortie dès le départ, comme la vôtre.

— Penser aux sentiments de Shona plutôt qu'à la politique te fait honneur, dit Sean. L'influence d'Aileen, je n'en doute pas. Brennan pense trop au Lion.

— Une erreur courante dans notre lignée, admit Aidan.

Il se cala dans son fauteuil, fatigué du voyage mais content. Cela provenait du couple en face de lui, il le sentit.

Keely sourit pour la première fois.

— Tu sembles plus adapté à Kilore qu'à Homana-Mujhar ou à la Citadelle. Il y a peut-être plus d'Erinn dans ton sang que d'Homana.

— Ma *jehana* me l'a souvent dit. Mais quand je reviens de la Citadelle, elle jure que je suis plus cheysuli qu'autre chose !

— Combien de temps penses-tu rester ? demanda Sean.

Aidan allait répondre : « Le temps de voir si Shona et moi pourrons nous unir », quand une voix aiguë retentit dans le couloir. La porte s'ouvrit, et un tout jeune garçon entra, furieux.

— Ce n'est pas juste ! cria-t-il en s'arrêtant devant son père. Elle n'a pas le droit de me traiter comme ça ! Ni de me prendre l'arc !

Il était blond aux yeux bleus, comme ses parents. Aucune trace d'héritage cheysuli n'était visible sur lui.

— L'arc ? dit Sean.

— Mon arc. Enfin, ce serait mon arc si vous me laissiez en avoir un. Shona en possède un, elle !

— Elle est plus âgée que toi, dit Keely.

— Mais c'est une *fille* ! déclara Riordan.

— Il n'est pas aveugle, en tout cas ! remarqua Sean. Quand tu seras un peu plus vieux, tu auras ton arc. Si Shona te l'a refusé, c'est qu'elle pense à ta sécurité.

— Non. C'est parce qu'elle se croit plus douée que moi !

— Un arc cheysuli n'est pas un jouet d'enfant, Riordan, soupira Keely.

— Je ne jouais pas, dit Riordan. Maintenant, tous les autres garçons penseront que j'ai peur de ma sœur !

Keely et Sean échangèrent un regard.

— Nous réglerons cette question demain, dit Sean. Je trouverai un arc convenant à un garçon de ton âge, et nous ferons en sorte que tu apprennes à l'utiliser correctement. Mais pas question d'arc de guerre cheysuli pour le moment. Tu risquerais de blesser quelqu'un.

Riordan, comprenant qu'il n'obtiendrait rien de plus, sortit après un regard curieux à Aidan.

— Il a neuf ans, dit Keely. Et il est gâté par son *jehan*, qui lui permet bien trop de choses !

— Neuf ans... Trop jeune encore pour éprouver le besoin de se lier à un *lir.*

— Il ne l'éprouvera peut-être jamais. Le sang érinnien est plus puissant que le nôtre. Shona n'a aucun de mes dons. Il est possible que Riordan suive le même chemin. Mais comme il héritera d'Erinn, cela n'a pas autant d'importance.

Le *kivarna* d'Aidan lui révéla les sentiments profonds de Keely sur la question. Elle avait espéré que sa fille partagerait la partie cheysulie de son héritage. Maintenant, elle souhaitait que Riordan l'ait. Elle avait envie de laisser la marque de sa race à Erinn.

C'était un désir naturel, mais Aidan le perçut plus fortement chez Keely qu'en lui-même.

Peut-être est-ce sa façon d'oublier la culpabilité qu'elle a éprouvée quand Strahan l'a violée... Donner un seigneur cheysuli à Erinn...

— Shona est sur la lande, avec les chiens. Ce serait peut-être une bonne idée d'aller l'y retrouver.

Keely jeta un regard perçant à Aidan.

— C'est une fille qui n'aime pas les embrouilles. Dis-lui sans détour la raison de ta visite.

— Je serai franc avec elle, *su'fala.* Je ne vois pas de raison de mentir à une femme que je vais peut-être épouser. Mais cela laisse la place à un peu de diplomatie et de courtoisie. Je lui dirai la vérité au bon moment.

— Brennan t'a appris au moins ça, constata Keely.

— Mon *jehan* m'a appris beaucoup de choses. Mais je ne suis pas plus mon père que vous n'êtes votre mère.

La mère de Keely, Gisella la Folle, était la dernière personne au monde à qui elle souhaitait être comparée. Aidan le savait.

— *Ku'reshtin*, dit-elle calmement. Va ! Je laisserai Shona s'occuper de toi. Elle saura te tenir tête. Elle est quelque part sur la lande, comme Sean l'a dit. Au milieu d'une meute de chiens-loups.

CHAPITRE VI

L'herbe était luxuriante. A Homana-Mujhar, Aidan ne l'avait jamais vue aussi verte et aussi épaisse. Le climat d'Erinn était beaucoup plus humide que celui d'Homana, et sa flore en témoignait.

Je suis si loin de chez moi... Il n'était jamais allé nulle part, et cela ne lui avait pas posé de problème. Maintenant, il regrettait un peu de ne pas connaître plus d'endroits.

Pourtant, un jour, il s'enchaînerait à un animal, le Lion d'Homana, et verrait encore moins de pays.

Est-ce une si mauvaise chose ? demanda Teel. *Il y a des* tahlmorras *pires que devenir Mujhar.*

C'est vrai, répondit Aidan, peu enclin à discuter.

Tu veux des chiens ?

Il fronça les sourcils, désorienté par le brusque changement de sujet. Puis il comprit ce que Teel voulait dire.

Ou est-ce que je veux la femme qui est avec eux ?

Teel repartit vers Kilore.

Vas-y. Tu le sauras bientôt.

Aidan regarda devant lui. L'avancée de terre était plate et verdoyante, mais elle se terminait par une falaise crayeuse tombant à pic vers le rivage. Quelque part par là, se souvint-il, son grand-père avait sauté avec son cheval, décidé à s'échapper. Deirdre elle-même l'y avait poussé.

S'il n'était pas parti, il n'aurait pas épousé Gisella d'Atvia et ne lui aurait pas fait quatre enfants... y compris mon jehan...

Il entendit des aboiements au loin.

Aidan s'arrêta et attendit, sachant ce que le son signifiait.

Ils arrivèrent. Neuf ou dix chiens, ou plutôt, des chiennes, qui se rangèrent en cercle autour de lui.

Il y avait cependant deux ou trois chiots mâles, dégingandés et maladroits, plus un énorme adulte arrivant à la hauteur de la hanche d'Aidan.

Le jeune homme ne bougea pas. Nul homme doté de son bon sens n'aurait provoqué une telle meute.

Aidan se demanda combien de temps mettrait Shona à venir le libérer. Il aurait pu s'échapper en prenant sa forme-*lir*, mais il préférait la rencontrer sous son apparence humaine.

Puis il la vit, chevauchant avec aisance tout près du bord de la falaise.

Arrivée près des chiens-loups, elle les caressa et leur parla d'un ton apaisant. Visiblement, elle se souciait d'Aidan comme d'une guigne : les chiens étaient sa priorité.

Elle était grande. Aussi grande que lui. Même si Aidan n'avait pas la taille imposante de la majorité des Cheysulis, il mesurait près de deux mètres.

Shona aussi.

Elle avait l'ossature correspondante. Robuste, les épaules larges, sans la moindre trace de fragilité ou de féminité, elle ressemblait plus à Sean qu'à Keely, qui aurait eut l'air presque frêle à côté d'elle.

Une véritable Erinnienne, grande et forte...

Il pensa à Blythe, mince, élégante et si *femme.* Bien que le sexe de Shona ne fît aucun doute, elle ne ressemblait en rien à Blythe, qu'Aidan avait trouvée splendide.

Shona avait de la *présence*. Blonde, comme Keely et Sean, elle portait une tresse épaisse comme l'avant-bras d'Aidan.

Vêtue de braies ocres et d'une tunique beige, elle l'observa calmement. Son visage aux yeux marron était régulier, mais il n'avait pas l'élégance de celui de Blythe.

C'était un visage presque masculin, dénué de délicatesse ou d'élégance. Il évoquait la force et la puissance, pas la grâce.

Cette femme est née pour monter sur un trône, pensa Aidan.

Il se demanda ce que Teel en penserait.

Ou Shona elle-même...

— Ça suffit, dit-elle.

Les chiens cessèrent de grogner et de se tenir sur leurs gardes.

— Bon, lança-t-elle, tu es là ! Que veux-tu ?

T'épouser, pensa Aidan.

Mais il ne dit rien.

Elle haussa les sourcils.

— Es-tu muet ?

Aidan se racla la gorge.

— Ce sont de beaux chiens, dit Aidan, ébahi par sa propre inanité.

— Ils ne sont pas trop mal. Je les fais se reproduire entre eux, mais j'amène de nouvelles femelles quand il le faut. Si la lignée est trop consanguine, les chiens ne vaudront plus rien.

Oui, pensa Aidan. *Comme la nôtre...*

— Regarde : celle-ci vient de l'autre côté de l'île, et celle-là d'Atvia.

Pourquoi sommes-nous en train de parler de l'élevage des chiens ? se demanda Aidan.

— J'aime bien celui-ci, dit Aidan en montrant un des chiots.

Shona lui jeta un regard méprisant.

— Tu es un bon juge des chiens-loups ? lança-t-elle, ironique.

— Non, avoua Aidan.

— Parfait, au moins tu le reconnais ! C'est le plus raté de la portée. Il a la croupe déformée. Tu le sais, je suppose ?

— Non. J'ignore tout des chiens-loups.

Et aussi de moi-même. Voilà une femme que je n'aurais pas regardée deux fois à Homana.

— J'apprécie qu'un homme sache reconnaître ses faiblesses, dit Shona, en riant. Tu dois valoir la peine d'être fréquenté !

— Parfois, fit-il.

Shona sourit. Elle se tourna vers les chiens et dit un mot. Aussitôt, la meute dansa autour d'Aidan, lui faisant la fête.

— Voilà. Maintenant, aucun d'eux ne te fera de mal.

L'accueil enthousiaste des animaux parut un peu excessif à Aidan. Il marcha sur une patte, essaya d'en éviter une autre et tomba de tout son long dans l'herbe, plusieurs chiens lui léchant le visage.

— Allons, laissez-le respirer ! fit Shona en repoussant les bêtes.

Aidan éclata de rire. Les Cheysulis n'avaient pas d'animaux de compagnie. Quelques Homanans élevaient des chiens pour la chasse ou des chats pour se débarrasser des rats, mais il n'avait jamais été en contact avec eux.

— Ils ne te veulent aucun mal. C'est leur façon de te souhaiter la bienvenue.

Aidan ne se releva pas aussitôt.

Il pensa à un autre type de bienvenue. Celui qu'une femme offre à son homme quand il revient de la chasse ou de la guerre. Il eut une vision de Shona, vêtue comme une reine, recevant les envoyés des royaumes voisins, sidérés par la taille et l'allure de la reine d'Homana.

Il l'imagina aussi agenouillée sur une paillasse souillée, couverte de sueur, aidant une chienne à mettre au monde un chiot dégingandé.

Il ne voyait plus les chiens, seulement Shona. Il avait uniquement conscience de la soudaine découverte qui le clouait au sol.

Voilà ce que c'est de reconnaître son tahlmorra...

Elle lui tendit la main, souriante.

— Lève-toi, ou ils vont te transformer en carpette !

Leurs doigts se touchèrent, puis leurs mains se joignirent. Aidan sentit le pouvoir jaillir entre eux comme une langue de feu.

Il ressentit un choc et de l'étonnement.

Puis du refus et de la colère.

Et une excitation si intense qu'elle en devenait douloureuse.

Shona.

Elle arracha sa main à celle d'Aidan. Le contact se rompit abruptement, mettant fin à la compréhension et à l'empathie. Le jeune homme, secoué et trempé de sueur, ne comprenait plus rien. Il savait seulement qu'il était *incomplet.*

Comme un guerrier sans *lir.*

Shona était blanche comme un linge.

— Qui es-tu ? demanda-t-elle.

Il tenta de parler. En vain. Tendant la main, il essaya de prendre celle de la jeune femme.

Elle recula.

— Non !

— Attends..., commença-t-il.

Elle se retourna et partit en courant.

CHAPITRE VII

Il resta allongé sur l'herbe fraîche, enveloppé dans son manteau, à défier le vent venant de la lande. Cela lui apportait une sorte de paix née de l'absence de sentiments. Pas la paix véritable, qui vient du contentement de l'esprit, mais un détachement lui permettant d'oublier ce qui s'était passé.

— Je devrais rentrer chez moi...

— Mon garçon !

Aidan leva les yeux, vit Sean et s'assit avec l'intention de se lever. Sean lui fit signe de rester où il était et le rejoignit sur l'herbe.

Il portait des braies, un pourpoint rouge foncé et de larges bracelets d'argent travaillé.

— Elle vous a tout dit.

— Elle nous a dit qu'elle avait rencontré un étranger sur la lande. Quand elle lui a tendu la main pour l'aider à se relever, le monde est tombé en morceaux autour d'elle.

— Pour ma part, ce n'est pas le monde mais *moi* qui suis tombé en pièces.

Aidan savait de quelle façon Sean était venu à Homana pour gagner l'estime de Keely, conscient qu'il perdrait tout en cas d'échec. Il avait réussi de justesse à prouver qu'il n'était pas un imbécile, mais un homme digne d'être épousé. Aidan avait espéré, l'espace d'un instant, qu'il deviendrait aussi son beau-père.

Sean fronça les sourcils.

— Il existe un pouvoir érinnien, mon garçon, difficile à expliquer. Un peu comme vos dons-*lir*... Et qui exige parfois son prix, comme les vôtres.

— Parlez-vous du *kivarna* ?

— Que sais-tu à son sujet ? dit Sean, surpris.

Aidan haussa les épaules.

— Seulement qu'il donne la possibilité à certains de comprendre les émotions des autres. (Il hésita un instant.) Et que je le possède.

Sean soupira.

— Depuis combien de temps sais-tu ça ?

— Le nom ? Quelques mois, seulement. Ma *jehana* me l'a dit quand elle a compris que j'avais ce pouvoir. Avant, je croyais que c'était le cas de tout le monde. Je n'avais jamais posé la question.

— Peu d'entre nous l'ont... Surtout les membres du Nid d'Aigle d'Erinn. Shona l'a hérité de moi.

— Même si elle a le *kivarna*, quel rapport avec ce qui s'est passé quand nos mains se sont touchées ?

— Quand j'étais jeune, dit Sean, j'étais pire qu'un taureau en rut. J'avais toutes les femmes que je voulais, du moins si elles étaient consentantes. Et elles l'étaient *toujours* pour le prince d'Erinn. On m'a appris tout jeune ce qu'était le *kivarna*, et il ne me serait pas venu à l'idée de poursuivre de mes assiduités une femme qui n'aurait pas voulu de moi. On dit que j'ai engendré la moitié des bâtards de l'île. C'est faux... Rory Barberousse m'a un peu aidé !

Aidan se demanda pourquoi Sean lui racontait sa vie. Il se souciait peu du nombre de bâtards qu'il avait produits.

— Mon seigneur...

— Ce que je voulais dire, mon garçon, c'est que j'ai eu de la chance parce que j'ai fait en sorte qu'il en aille ainsi. Je savais que j'étais destiné à épouser la princesse royale d'Homana, et que si je n'étais pas très prudent, je risquais de détruire l'avenir d'Erinn, et peut-être celui d'Homana. Un homme ayant le *kivarna*, comme tu le sais, est une sacrée affaire au lit, car il *comprend* ce que la femme ressent. Mais s'il couche avec une femme qui a ce don, il se lie à elle pour toujours. Et elle à lui.

« Si j'avais fait l'amour avec une femme ayant le *kivarna*, je n'aurais jamais pu aimer Keely. Même si ma tête avait dit oui, mon corps aurait dit non.

— Comment ça ?

Sean fit une petite grimace.

— Pour castrer un homme, il y a d'autres moyens que le couteau...

— Ainsi, Shona et moi ayant ce *kivarna*, si nous couchons ensemble, nous serons liés à jamais ?

— Exact, dit Sean.

— Mais vous ne partagez pas ce lien avec Keely ?

Le seigneur d'Erinn sourit.

— C'est une façon de me demander si je suis fidèle à ta tante ? Ne t'inquiète pas pour elle ! Elle est assez femme pour satisfaire pleinement un homme, même un ancien taureau en rut ! Quant à Shona...

— Où pourrait être le problème ? Je suis venu à Erinn voir si elle et moi nous convenions. De toute évidence, c'est le cas.

— Crois-tu ?

— Oui ! Même le *kivarna* le dit !

— Tu oublies un détail.

— Lequel ?

— Shona. Elle ne veut pas de toi.

Incapable de rester tranquille, Shona faisait les cent pas dans la salle principale. Les chiens commencèrent à gronder.

Keely ordonna à sa fille de cesser.

— Cesser ? Alors que le mouvement est la seule chose qui me permette de garder ma santé mentale ?

— Il est inutile de te mettre dans un tel état, dit Keely, dissimulant à peine son mépris.

— Et *vous*, cela ne vous perturberait pas ?

Keely soupira. Sa fille avait hérité de son obstination et de son franc-parler. Elle était telle que sa mère l'avait faite. Maintenant, elle devrait s'en accommoder...

Shona avait déboulé dans la salle, ses onze chiens sur les talons. Elle avait claqué la porte au nez des serviteurs ébahis. Sean était parti à la recherche d'Aidan. Keely, après avoir dit aux serviteurs de ne pas les déranger, avait expliqué à sa fille la raison de la visite d'Aidan.

— Il veut m'épouser, c'est ça ? Il aurait pu prévenir de son arrivée ! Croyait-il que j'allais l'accueillir à bras ouverts ?

— Je doute qu'il ait pensé au *kivarna* en allant te retrouver sur la lande. Aileen ne m'en a jamais parlé dans ses lettres... Nous avons tous oublié qu'il est à demi érinnien. De plus, je crois qu'il a été aussi troublé que toi. Es-tu égoïste au point de ne penser qu'à tes propres réactions ?

Shona eut l'air honteux. Elle cessa de marcher et s'assit dans le fauteuil favori de son père.

— C'est vrai. Vous auriez dû voir la tête qu'il a fait... J'ai senti tout ce qu'il sentait, et vice-versa. Ce n'est pas quelque chose que j'ai envie de revivre. Il était si *ouvert*... Et j'ai perçu, pendant que nous étions en contact, qu'il me désirait et qu'il avait besoin de moi... Le pire, c'est que je voulais la même chose ! Je ne pouvais pas m'en empêcher. Que faire d'autre sinon fuir ? Je me sentais si impuissante...

— C'était l'effet du *kivarna.*

— Je le sais. Mais je n'aurais jamais cru... Comment pourrais-je l'épouser ? Nous sommes des étrangers l'un pour l'autre.

Keely haussa les épaules.

— Comme la plupart des gens...

— Mais ça ne s'est pas passé ainsi pour mon père et vous.

Keely grommela.

— Tu le sais. Je t'ai déjà raconté cette histoire.

— Lui aussi. Vous étiez amoureux avant de vous marier !

— Pourtant, quand nous nous sommes rencontrés pour la première fois, ton *jehan* et moi avions moins en commun que toi et Aidan. Nous n'avions pas de *kivarna.*

— C'est vrai, mais je connais le prix du *kivarna.* S'il mourait, je resterais seule jusqu'à la fin de ma vie. Que feriez-vous si père mourait ?

— Je continuerais à vivre. C'est ce qu'il souhaiterait. J'ai appris au fil des ans qu'une femme n'a pas besoin de se soumettre à un homme pour vivre avec lui. Ni de renier ses croyances. S'il s'était attendu à ce que je me suicide s'il mourait, je l'aurais quitté.

— Cela serait plus difficile s'il y avait le *kivarna* entre vous.

— Peut-être. Mais si le *kivarna* existait davantage entre les hommes et les femmes, il y aurait sans doute moins de problèmes dans les couples.

— Vous pensez que je devrais l'épouser ?

— Je crois que tu dois faire ton choix et accepter les conséquences de ta décision.

— C'est facile à dire ! Vous n'êtes pas à ma place. Vous étiez amoureuse de mon père...

Keely repensa à la décision qu'elle avait prise des années et des années plus tôt, quand elle portait l'enfant engendré par son pire ennemi et avait résolu de ne pas mettre au monde cette abomination.

— Il existe des gens qui souhaiteraient prendre tes décisions à ta place. Certains pensent même que cela serait dans ton intérêt. Ils sont persuadés qu'ils te rendent service en te privant de la liberté de choisir au nom de leur propre morale. Mais je ne m'arrogerai pas ce droit. Je répondrai à tes questions et je te donnerai les conseils que tu me demanderas, mais je ne prendrai pas la décision à ta place. Cela te revient.

Shona hésita un instant. Puis elle sourit à sa mère.

— C'est vrai. Et je vous suis reconnaissante de la liberté que vous m'accordez.

— Oui, dit Keely, pensant à Aileen et à Brennan, qui n'avaient pas eu le choix.

Puis à sa fille et à Aidan, qui seraient peut-être dépossédés de leur liberté par ces « dons » inattendus.

CHAPITRE VIII

Debout près de son lit, Aidan examina ses bagages. On lui avait offert l'aide d'un serviteur pour déballer ses affaires, mais il n'était pas sûr de rester assez longtemps pour avoir besoin de défaire ses sacoches.

Tu peux au moins prendre le repas du soir. Bon sang, tu ne vas pas partir le ventre vide !

Pourquoi rester là où l'on ne veut pas de moi ?

La jeune fille n'est pas la maîtresse de maison. Permets aux autres de décider s'ils souhaitent te garder un peu plus longtemps.

Aidan avait laissé la porte ouverte. Quelqu'un entra. Aidan l'identifia aussitôt grâce au *kivarna.*

— Je pense que nous avons des comptes à régler, dit Shona.

— Oui. Immédiatement !

Il se retourna. Grande et large d'épaules, elle irradiait la détermination.

— Dois-je rester ou partir ? Je peux retourner au port et prendre le premier bateau.

— Tu abandonnes aisément ! Savais-tu ce qui se passerait quand tu me toucherais ?

— Je connaissais le *kivarna* à peu près aussi bien que tu connais les *lirs*. Tu n'en as pas, n'est-ce pas ?

Un muscle frémit sur la mâchoire de la jeune femme.

— Non.

Elle se sent diminuée d'être purement érinnienne. Il n'y a rien de cheysuli en elle...

— J'ignorais l'effet qu'aurait le *kivarna* entre nous, reprit Aidan d'un ton plus modéré. Je savais seulement que je l'avais.

Cela sembla la radoucir. Il réalisa abruptement qu'elle pouvait, tout comme lui, lire ses émotions comme dans un livre ouvert.

Il n'était pas très sûr d'apprécier...

Shona éclata de rire.

— C'est désagréable, n'est-ce pas ? Te rends-tu compte de ce que nous aurions à subir jour après jour ?

— Il n'y a pas que cet aspect, objecta Aidan.

— Non. Il y a aussi celui-ci.

Elle approcha de lui et prit ses deux mains dans les siennes.

— Ça aussi, mon garçon ! Tu crois que nous pourrions nous en arranger ?

Le *pouvoir* surgit de nouveau entre eux. Cette fois, il mettait moins l'accent sur le désir à l'état brut, car il évoquait les plaisirs à venir, la perspective d'un confort physique et mental, le fait d'être *complet*.

Autrefois, Aidan aurait été effrayé par la permanence que promettait une telle union.

A ce moment précis, il la souhaitait plus que tout.

Il rompit le contact, pour lui montrer qu'il en était capable.

— Il y a autre chose dans la vie que ce qu'on fait au lit. Et j'attends plus !

Shona rougit.

— Moi, je veux la liberté de choisir.

— Tu l'as.

— Vraiment ? Si chaque fois que nous nous touchons, nous ressentons *ça*, ce n'est pas un choix, mais l'impuissance totale !

— La première fois qu'une de tes chiennes a mis bas un chiot mort, tu as aussi connu l'impuissance. Pourtant, tu continues à élever des chiens.

— Je refuse d'être liée de cette façon. Je ne veux pas renoncer à ma liberté pour un caprice des dieux, qui, je n'en doute pas, trouvent tout ça très drôle !

— Dans ce cas, prouve que tu es la plus forte. Provoque ce *kivarna* en duel, et vois lequel de vous deux l'emportera.

— Pourquoi le ferais-je ? Tu ne me connais que depuis quelques heures ; rien ne nous oblige à nous marier, au contraire de tes parents, ou des miens. Pourquoi es-tu prêt à te lier à une étrangère au nom du *kivarna* ?

— Parce qu'il est possible que le *kivarna* soit une partie de mon *tahlmorra*. Et donc de la prophétie... J'ai l'habitude de faire ce qu'on attend de moi, que ce soit mes parents ou les dieux.

Shona grimaça.

— Ma mère m'a parlé de tout ça. Je sais qu'elle y croit. Et toi ?

La main d'Aidan se referma sur la chaîne passée à sa ceinture.

— Oui, dit-il. J'y crois.

— Et tu es donc prêt à payer le prix du *kivarna* ? Sachant que si l'un de nous meurt, l'autre est condamné à une vie d'abstinence et de solitude ?

— Etant donné le prix du lien-*lir*, je trouve celui du *kivarna* plutôt léger.

— Vraiment, mon petit ? Tu es un menteur !

— Utilise ton fameux *kivarna* pour savoir si je dis la vérité ou pas, *ma petite* ! Les émotions, au contraire des mots, ne mentent pas.

— Tu es un beau parleur, mon garçon. Pardonne-moi de ne pas m'évanouir à tes pieds. Je ne suis pas ce genre de femme.

— Parfait. Je veux une compagne, pas une servante !

— N'oublie pas de qui je suis la fille ! dit Shona avec mépris. Ils n'ont pas élevé une imbécile.

— C'est vrai. Seulement une mule obstinée !

Il ramassa ses sacoches et sortit, la laissant dans la pièce.

Lir, *tu viens ?*

J'utiliserai la fenêtre. L'air est pur dehors.

— Aidan. Aidan !

Il continua à marcher.

— Reviens, espèce de *skilfin.* Crois-tu que je vais te laisser partir comme ça ? Que diraient mes parents s'ils savaient que je t'ai forcé à quitter le château sans avoir reçu l'accueil digne d'un invité ?

— Tu n'as qu'à leur raconter la vérité. As-tu peur d'eux ? Ou du *kivarna* ?

— Je n'ai nulle raison de craindre mes parents, mais j'ai peur du *kivarna.* Il te suffit d'utiliser le même don que moi pour savoir la vérité sur quelqu'un. Je manie l'épée et l'arc, et je suis plus à l'aise avec les travaux masculins. Je tiens ça de ma mère. Mais il y aussi en moi une femme qui désire un homme, comme toutes les autres femmes. Un homme qui m'aime, et que j'aimerai... Comprends-tu, Aidan ? Ce que tu m'offres est vide de sens, ou au moins *détourn*é de son sens.

— Je n'en avais pas l'intention. Je suis venu pour te rencontrer et voir si nous nous conviendrions. Pas pour te forcer ou te faire prisonnière. Mais quand nous nous sommes touchés pour la première fois, moi non plus, je n'ai plus eu le choix. Nous avons été piégés *tous les deux.*

— Je sais. Le *kivarna* est capricieux. Mais cela n'est pas fait pour nous. Tu serais mieux avec une femme sans magie érinnienne, une Cheysulie ou une Homanane. Et moi, je crois que je devrais épouser un solide gaillard érinnien sans *kivarna.*

— Aidan.

C'était Sean, le visage grave.

— Oui, mon seigneur ?

— Viens avec moi, je te prie. Cela concerne Gisella.

— Ma grand-mère ?

— Oui. Corin a envoyé un message d'Atvia. Gisella est mourante.

Le visage de Keely était comme un masque de pierre. Elle se tenait debout dans la salle quand Sean, Aidan et Shona entrèrent. Un parchemin froissé traînait sur une table. Keely serrait un gobelet, les jointures de ses doigts blanchies par la pression qu'elle exerçait.

— Enfin, dit-elle. Cela va arriver. Des années trop tard, mais c'est mieux que rien.

La grande main de Sean se posa sur l'épaule de Keely.

— Ainsi, Gisella agonise et veut voir sa famille, dit Keely.

— Allez-vous vous rendre auprès d'elle ? demanda Aidan.

— Moi ? fit Keely, ébahie.

— Oui. Elle est votre *jehana*. En parlant de sa famille, elle pensait sûrement à vous.

— Peu importe. Elle a renoncé à ses droits sur moi il y a plus de quarante ans, quand elle a essayé de livrer mes *rujholli* à Strahan. Je la renie dans la mort, comme elle m'a reniée dans la vie.

— Petite, dit Sean, tu devrais penser à Corin. Si personne n'y va, le déshonneur retombera sur sa tête.

— Corin comprendra. J'ai pensé qu'Aidan pouvait peut-être y aller.

— Moi ? Je ne l'ai jamais rencontrée. Deirdre est ma véritable grand-mère. Je n'ai nulle envie de voir une vieille femme agonisante.

— Son sang coule dans tes veines, dit Keely. Elle est ce qui a fait de toi une part de la prophétie. Je ne peux pas y aller. Je *devrais*, je le sais, mais je ne peux pas. J'ai passé ma vie à la haïr. Pourtant, il faudrait que quelqu'un se dévoue, pour Corin, et aussi pour Gisella. Je ne pourrais lui donner que de la haine et une mourante a besoin de pardon. Une chose que je suis incapable de lui offrir.

— Elle ne connaît aucun de ses petits-enfants, Aidan, dit Sean. C'est une vieille femme solitaire. Te rencontrer pourrait adoucir ses derniers moments.

Aidan céda.

— Je comprends. Ensuite, je pourrai apporter la nouvelle de sa mort à Homana, en personne. Ce sera mieux qu'un messager anonyme. D'accord. J'irai.

— Attends, dit Keely. Si tu acceptes de te rendre à Atvia, tu devras laisser ton *lir* ici.

— C'est impossible !

— Il y a de bonnes raisons, petit, dit Sean.

— A Atvia, les corbeaux sont considérés comme des oiseaux de mauvais augure. Les Atviens les tuent chaque fois qu'ils le peuvent. Tu risquerais de le perdre.

Aidan n'arrivait pas à y croire.

— Corin est leur chef ! Ils doivent savoir ce qu'est un *lir*.

— Oui, mais Kiri est une renarde. Les Atviens n'ont jamais vu d'autre *lir* qu'elle. Crois-tu nécessaire de risquer la vie du tien de cette façon ?

— Sans lui, je n'aurai pas accès à ma forme-*lir*, ni à mon don de guérison...

— En auras-tu besoin ? Reste une semaine, puis reviens ici... Et règle les affaires en suspens, ajouta-t-elle avec un coup d'œil à sa fille.

Aidan et Shona se regardèrent un long moment. Puis la jeune femme se détourna, et Aidan sentit ses dernières hésitations s'évanouir.

Il irait à Atvia. Il valait sans doute mieux que Shona et lui se séparent un moment. Cela leur donnerait le temps de mieux comprendre ce qui leur était arrivé.

— Je vais parler à Teel, puis je partirai.

— Reste au moins ce soir, petit. Nous festoierons en ton honneur, et demain, je m'occuperai de te faire traverser la Queue du Dragon !

CHAPITRE IX

Les Atviens attendaient Keely ou quelqu'un de sa famille. Ils furent surpris de voir seulement Aidan, dont l'arrivée n'avait pas été annoncée. Ils lui dirent d'attendre et le firent entrer dans une salle.

Comme Kilore, Rondule était une forteresse à l'ameublement simple et fonctionnel. On était loin du luxe raffiné d'Homana-Mujhar.

Aidan soupira et se réchauffa les mains au feu qui flambait dans la cheminée. Le voyage à travers la Queue du Dragon avait été bref, mais Aidan n'avait pas le pied marin. Il était content d'être de retour sur la terre ferme.

Atvia et Erinn, après avoir été ennemies pendant longtemps, avaient finalement fait la paix sous le règne de Corin, qui avait signé un traité avec Liam, le père de Sean. Ayant épousé la sœur de Corin, celui-ci n'avait pas eu la moindre envie de reprendre les hostilités. Il avait donc honoré les accords conclus par son père.

La porte s'ouvrit. Aidan se retourna, pensant voir Corin.

Une femme entra. Ses longs cheveux noirs étaient tressés, dégageant un cou et un visage délicats. Sa robe de velours rouge foncé soulignait son teint mat. De toute évidence, ce n'était pas une servante.

Aidan inclina courtoisement la tête et expliqua qui il était et la raison de sa venue.

Les yeux de la femme montrèrent de la surprise. Souriante, elle releva ses jupes d'un geste gracieux et lui fit une révérence, toujours sans rien dire.

Et pour cause...

D'une minceur extrême, elle était gracieuse comme un cygne. Aidan pensa à Shona. A côté de cette femme, la princesse érinnienne aurait eu l'air d'une solide fille de cuisine.

La porte s'ouvrit. La femme se retournant, Aidan s'aperçut qu'elle était muette mais pas sourde. Son visage délicat s'éclaira à l'entrée d'un homme qui ne pouvait être que Corin. Elle lui prit la main, l'amenant vers Aidan.

Peu d'hommes au monde ressemblaient autant au Mujhar, nonobstant leur différence d'âge. Il portait la barbe, comme Sean, et n'avait ni la carrure ni la taille impressionnante de Niall. Mais il était au moins aussi grand que Brennan ou Hart, et peut-être un peu plus. Il portait des cuirs cheysulis, ce qui étonna Aidan. Puis il comprit : Corin ne ressemblait pas à ses frères, mais à sa sœur.

— Tu n'as pas l'air si faiblard que ça, fit Corin après un coup d'œil. Est-ce l'obstination d'Aileen ou la droiture de Brennan qui t'a fait défier ceux qui prédisaient ta mort ?

Aidan sourit.

— En étiez-vous ?

— Jamais de la vie ! Je connais ta *jehana*, *harani*. Un fils d'Aileen ne lâcherait pas prise si facilement !

— Elle va bien, dit Aidan. Elle vous envoie ses meilleurs sentiments.

— Brennan aussi, je suppose. Je sais pourquoi tu dis ça, *harani*. Mais les vieilles blessures guérissent. Je l'ai aimée autrefois, Aidan. Il y a longtemps. Ce n'est plus qu'un souvenir doux-amer. (Il fit avancer vers son neveu la femme debout à ses côtés.) Rends-lui hommage, *harani.* Cette femme est la reine d'Atvia. Ma *cheysula*, dans la haute langue. Elle s'appelle Glyn.

Aucun message n'avait jamais annoncé le mariage de Corin. A entendre les récits, Aidan avait cru que Corin resterait célibataire.

Etrangement, il avait l'impression que son oncle avait trahi sa mère !

— Si j'avais su, dit-il au bout d'un instant, j'aurais apporté un cadeau de mariage.

— La cérémonie s'est passée en privé. Je ne voulais partager Glyn avec personne. Peu de gens auraient compris que le seigneur d'Atvia prenne pour épouse une femme incapable de parler.

Aidan sentit que le mutisme de Glyn n'avait pas grande importance. Il suffisait de voir son expression quand elle regardait Corin pour comprendre qu'il était tout son univers.

— Quand un homme cesse de se rebeller contre son *tahlmorra*, les dieux lui donnent plus qu'il ne mérite. Après des années de solitude, ils m'ont envoyé Glyn. J'ai appris à vivre dans le présent. A propos, je suppose que Keely a refusé de venir ?

— Elle a dit que vous comprendriez.

— C'est vrai. J'aurais tout de même préféré... (Il s'interrompit.) Si Gisella avait aussi essayé de livrer Keely à Strahan, elle serait moins amère au sujet de tout ça. Mais Gisella n'a rien tenté contre elle. Keely a été dédaignée, simplement parce qu'elle était une fille. Ma sœur est ainsi faite : elle n'a pas apprécié d'avoir été épargnée à cause de son sexe !

— Et sa fille lui ressemble beaucoup. Vous avez dit que Gisella voulait voir sa famille. Ferai-je l'affaire ?

Corin répondit d'une voix étrange.

— Ce n'est pas la bonne question. Je me demande plutôt si ta dignité survivra à l'entretien. Suis-moi.

La pièce était chichement éclairée par quelques chandelles. Aidan entendit la porte se fermer derrière lui. Gisella n'avait pas la force de recevoir plus d'un visiteur à la fois, avait dit Corin.

Aidan se demandait s'il aurait le courage d'être ce visiteur.

Il n'avait jamais approché la mort de si près. Dans sa famille, il n'avait jamais vu de vieillard décliner.

Il ne s'était pas attendu à la puanteur, ni aux émotions qui l'assaillirent. Quand ses yeux se furent habitués à la pénombre, il vit la silhouette menue à demi-assise dans le lit à baldaquin, soutenue par des coussins et des traversins.

Des yeux jaunes semblables aux siens le regardèrent avec une intensité sauvage.

Gisella avait les cheveux gris ; sa peau foncée de Cheysulie avait jauni. Aidan se demanda quelle maladie l'emmenait au tombeau. L'âge faisait rarement autant de dégâts chez les Cheysulis, qui mouraient avec plus de décorum.

— Lequel es-tu ? demanda la vieille femme.

— Aidan d'Homana. Le fils de Brennan.

Gisella sourit, ressemblant à un animal sauvage qui montre les dents avant d'attaquer.

— Un des fils qui ne sont pas venus me voir.

— Vous avez Corin, dit Aidan.

— Qui ?

— Corin, votre troisième fils, le seigneur d'Atvia.

— Mon père est le seigneur d'Atvia. Corin est-il mon père ?

Par les dieux...

— Non, votre fils.

— Et toi, qui es-tu ? demanda-t-elle d'une voix exaspérée.

— Aidan d'Homana...

— Le fils de Brennan, je sais. On ne cesse de me répéter les choses ! Les gens me prennent-ils pour une idiote ?

— Pas du tout, dit Aidan.

— Seras-tu Mujhar ?

— Oui. Un jour.

— Mais Niall est toujours sur le trône... Niall..., fit-elle d'une voix rêveuse.

— Mon grand-père. Peut-être devrais-je revenir à un autre moment ?...

— Non ! Approche ! Viens ici !

Malgré lui, il avança vers le lit.

Gisella le regarda. Le *kivarna* d'Aidan ressemblait à un tourbillon de feu. Les émotions de la femme étaient si confuses, si sombres et si incompréhensibles qu'il eut envie de s'enfuir en courant. Elle était folle, mais il y avait autre chose en elle. Il imagina l'enfant qu'elle avait été avant que Lillith déforme délibérément son esprit. Une gamine mentalement retardée, enfermée dans un corps de femme, mais avec l'innocence de l'enfance. Lillith l'avait détruite avec son désir de blesser Homana.

— Tu es cheysuli, dit Gisella. Tout le monde me l'a dit. Lillith, mon père... Cheysuli, atvien, erinnien, solindien et homanan. Toutes les races nécessaires pour réaliser la prophétie.

Aidan la regarda, surpris par ce soudain éclair de lucidité.

— Ils mélangent les lignées pour obtenir l'enfant adéquat. Celui qui régnera sur tous les pays. L'enfant qui combinera le sang de deux races magiques et... (Elle fronça les sourcils.) ... apportera la paix.

— C'est la prophétie, grand-mère. Deux races magiques et quatre royaumes ennemis vivront en paix.

— Le *tahlmorra*, murmura Gisella.

— Chacun de nous en a un, dit Aidan.

— Non, non, non..., chantonna Gisella. Lillith me l'a expliqué. Le *tahlmorra* est une invention pour obliger les gens à penser que les Premiers Nés étaient meilleurs que tout le monde !

— Grand-mère, Lillith mentait...

— Elle m'a tout dit, continua la femme. Les Cheysulis sont devenus comme ils sont à cause des Premiers Nés. Ils se sont dotés d'une armée pour l'utiliser contre leurs frères de race. Les guerriers contre les sorciers...

— Lillith vous a menti. Répéter ses mensonges ne me détournera pas de mon *tahlmorra.* Je ferai ce que j'ai à faire.

— Le trône ne sera jamais à toi. Jamais.

Aidan en resta muet de saisissement.

— Il te renie. Le Lion te renie. Je le *sais*, Aidan. Un Mujhar sans trône. Un roi sans couronne. Touché par les dieux, mais ignorant... Un homme que les dieux ont marqué comme toi ne connaîtra pas la paix. Tu ne régneras jamais sur Homana.

— Voulez-vous dire que je vais mourir, grand-mère ? s'écria Aidan.

D'une voix de petite fille, Gisella commença à chantonncr.

CHAPITRE X

Aidan s'éveilla un peu avant l'aube, glacé et tremblant de peur. Il remonta ses couvertures, mais le froid ne le quitta pas : il était en lui.

Teel ?

Il se souvint aussitôt que le corbeau était resté à Erinn. Son absence créait en lui un vide douloureux.

— J'ai encore rêvé, marmonna-t-il, écœuré.

Ce rêve-là était différent.

Il se remémora les différentes parties du cauchemar. Il se vit, assis sur le trône du Lion, puis mort dans le giron du Lion, du sang coulant de sa bouche et de sa gorge.

Il se vit pleuré comme un roi sans couronne, un prince sans nom qu'on oublierait bientôt.

— Ce n'est qu'une sorcière atvienne, ayant reçu les enseignements d'une Ihlinie...

Il se sentait vide. Incomplet. Trop loin de Teel pour le lien-*lir.* Trop loin de Shona pour le *kivarna.*

Il avait besoin de l'un d'eux, ou des deux. Chacun était lié à son *tahlmorra*, il le sentait.

Il entendit de nouveau les paroles de Gisella.

Tu ne régneras pas sur Homana.

Aidan se leva et chercha des vêtements propres dans ses sacoches. Il les enfila, puis sortit la chaîne d'or de la bourse où il la gardait la nuit. Les maillons étaient massifs et lourds.

Il connaissait les noms de six d'entre eux : Shaine, Karyon, Donal, Niall, Brennan et lui-même. Le suivant appartenait sans doute à son fils...

Aidan posa un doigt sur le sixième maillon, le sien, se demandant quel genre de roi il ferait.

Puis il se demanda s'il serait jamais roi.

Aidan ôta sa ceinture, y passa les maillons et la remit. Nombre d'hommes auraient tué pour une telle fortune. Il ferma son manteau pour dissimuler la ceinture et quitta la chambre.

Sans Teel, il se sentait la moitié d'un homme. Cela le rendait irritable et impatient. Le jeune palefrenier, éveillé en sursaut, lui prépara une monture tandis qu'il s'excusait de sa brusquerie. Dès que le cheval fut prêt, il sortit au trot de la cour, espérant oublier le malaise qu'avait provoqué son rêve.

Il quitta la ville et chevaucha dans les collines entourant les terres qui surplombaient la Queue du Dragon. Tout était tranquille. Il était seul sur le Crâne du Dragon, la falaise à pic où était bâtie la citadelle.

Apercevant une tour à demi-écroulée, sentinelle solitaire surveillant la mer, il décida de s'y rendre.

Pourquoi pas ? Je n'ai rien d'autre à faire...

Quand il y arriva, il vit que la tour ronde avait été transformée en habitation. Il y avait un banc près de la porte basse, et les volets étaient ouverts pour laisser entrer la lumière. Autrefois poste de guet, la tour était devenue la demeure incongrue de quelque fermier. Aidan, affamé, descendit de cheval et approcha, espérant qu'on lui permettrait de partager le repas du matin en échange de quelques pièces.

La porte était ouverte. Aidan appela mais n'obtint pas de réponse. Il se décida à entrer. Les murs étaient blanchis à la chaux et du bois attendait dans la cheminée rudimentaire. Sortant son amadou, il alluma le feu.

La tour semblait déserte, mais tout montrait pourtant les signes d'une présence. Une étroite paillasse s'étendait contre un mur. Une table et un tabouret un peu bancal trônaient au centre de la pièce circulaire.

Un escalier menait à l'étage supérieur.

Aidan entendit des pas. Il se retourna, toujours agenouillé, pensant que cela paraîtrait moins menaçant à l'homme qui habitait la tour.

Mais il s'agissait d'une femme.

Aidan se leva et rangea son amadou.

La femme portait sa longue chevelure noire défaite.

Il lui sembla qu'elle lui rappelait quelqu'un.

Une beauté vivace, attirante...

Soudain, le désir naquit en lui.

Elle pourrait me donner un moment de répit.

Tant de femmes l'avaient fait. Il sentit que celle-ci s'y attendait et le souhaitait aussi. Il avait appris à juger les subtilités du langage corporel des femmes.

Elle entra. Il tendit la main ; leurs doigts se touchèrent.

Le *kivarna* lui révéla la vérité. Elle en avait envie autant que lui.

La femme ne lui demanda pas ce qu'il faisait dans sa tour. Elle n'avait pas l'air effrayée de trouver un étranger chez elle.

Son manteau tomba de ses épaules. Elle portait une robe d'un rouge profond semblable à du sang frais. Sa chevelure lui arrivait presque jusqu'aux chevilles.

Elle sourit, entrouvrant une bouche à la moiteur attirante.

Il pensa à Shona. A Ashra. A Blythe. Aux femmes avec qui il avait couché. A celles qu'il avait désirées sans les avoir. Devant *cette* femme, toutes devenaient insignifiantes.

Elle me donnera la paix du cœur et bannira les paroles de Gisella.

D'une voix langoureuse, la femme demanda :

— Quelqu'un vous a-t-il envoyé ? Ou êtes-vous simplement venu ?

— Je suis venu, dit Aidan.

Elle alla vers la cheminée.

— Je vous remercie pour le feu, mon seigneur.

Aidan savait que son or-*lir* était caché par ses cheveux et ses vêtements, de même que la chaîne. Rien ne permettait de lui attribuer une quelconque noblesse.

— Pourquoi m'appelez-vous ainsi ?

— Vous portez ce titre comme une couronne. Savez-vous qui je suis ?

Il secoua la tête. Peu lui importait.

Elle rit doucement. C'était un son rauque et subtilement séduisant.

— Je suis une femme et vous êtes un homme. Peut-être n'avez-vous pas besoin d'en savoir plus. (Elle eut un sourire énigmatique.) Je suis une prostituée, mon seigneur. Du moins, c'est ce qu'*ils* aimeraient vous faire croire.

— « Ils » ?

— Les gens du château. Ceux qui vous ressemblent, fit-elle en montrant la citadelle.

— Est-ce le cas ?

Il se moquait de la réponse. C'était la femme la plus attirante qu'il ait jamais vue. Elle brillait d'une lueur si vive qu'il la sentait dans sa propre chair, envahissant jusqu'à la moelle de ses os.

Elle se passa langoureusement une main dans les cheveux.

— Avez-vous envie de moi, mon seigneur ?

— Si j'acceptais votre offre, ma dame, cela signifierait que les gens du château ont raison.

— Cela vous inquiète-t-il ?

Non, pensa Aidan.

— Quel paiement demandez-vous, ma dame ?

— Vous ne pourriez pas vous le permettre, mon seigneur.

Il eut le sentiment qu'elle mentait sur sa « profession ». La paillasse était trop étroite pour deux...

Il ignorait quel jeu elle jouait, et cela l'exaspéra.

— Je suis entré parce que j'avais faim. Je voulais acheter un peu de nourriture. Mais je partirai, si vous le souhaitez.

Elle rit.

— Je ne souhaite rien de tel ! Otez votre manteau. Je vais vous donner à manger.

Il lui tendit le vêtement et vit les yeux de la femme s'écarquiller à la vue de son or-*lir* et de la chaîne passée à sa ceinture. Il se demanda si elle n'était pas vraiment une prostituée évaluant le prix qu'elle obtiendrait.

Elle lui apporta du pain de seigle et des œufs. Quand il demanda où étaient ses poules, elle sourit et dit qu'elle n'en avait pas besoin.

Lorsqu'il fut repu, elle lui prit la main et le conduisit à l'étage supérieur.

Un lit immense et luxueux trônait au milieu de la pièce.

Il n'y avait pas d'autre meuble.

Il la regarda.

— Peux-tu m'aider à oublier mes cauchemars ? demanda-t-il d'une voix rauque.

Le sourire de la femme fut sa seule réponse.

Il tendit la main. Elle l'attira vers elle.

Il s'éveilla en entendant le tintement de l'or. On eût dit que quelqu'un comptait des pièces.

Mais il s'aperçut bientôt qu'il s'agissait des maillons de sa chaîne.

La femme s'était enroulée dans le manteau d'Aidan, cachant le corps splendide qui lui avait apporté tant de plaisir peu de temps auparavant.

— Où est ton *lir ?* demanda-t-elle.

— A Erinn.

— C'est ce que je pensais, dit-elle, énigmatique.

Puis, agitant la chaîne :

— Comment es-tu entré en possession de *ça* ?

Il n'apprécia pas son comportement. Délibérément, il prit un ton arrogant.

— Un cadeau des dieux !

— Oui. Je m'en doutais...

Il lui posa la question qu'il aurait dû formuler dès le début.

— Qui es-tu ?

— Lillith, dit-elle doucement. Lillith l'Ihlinie.

Une crampe retourna l'estomac d'Aidan. La peur, le dégoût et l'horreur l'envahirent.

Et la *compréhension* de ce qui s'était passé.

— Je n'aurais jamais cru que ce serait si *facile*... Je pensais que tu me reconnaîtrais... Corin m'a bannie, bien entendu, mais j'en ai eu assez de Valgaard, un lieu bien ennuyeux sans mon frère, ni Lochiel, parti à Solinde pour y jouer ses petits jeux. Donc je suis revenue à Atvia, pour voir comment Corin se débrouille avec Gisella.

— Gisella est en train de mourir.

— Vraiment ? Je suppose que c'est le prix à payer pour rester entièrement humain. Moi, je sers Asar-Suti. Il y a certains avantages... Sais-tu quel âge j'ai ?

Aidan avait entendu les récits. Lillith était l'enfant de Tynstar, décédé depuis près de cent ans, et il avait engendré sa fille plusieurs siècles avant sa mort.

Pourtant, en regardant Lillith, Aidan n'arrivait pas à croire qu'elle soit si vieille.

— Qu'attends-tu de moi ? demanda-t-il.

— Un enfant, je suppose, fit Lillith après avoir fait semblant de réfléchir. Un enfant, comme Rhiannon, la fille que Ian m'a faite, et que j'utiliserai pour atteindre les buts des Ihlinis. Votre fameuse prophétie vous pousse à recréer les Premiers Nés. Nous n'avons pas pu vous arrêter. Alors nous nous sommes dit que nous pourrions, au contraire, vous *aider* un peu. Si nous contrôlons les Premiers Nés, nous aurons la mainmise sur tout ! La meilleure façon est de les *faire* nous-mêmes. Et toi, Aidan, tu es très important pour moi, car tu as toutes les lignées requises, à part le sang ihlini. Un enfant de toi, s'il naît de moi, sera un Premier Né. La prophétie sera accomplie, mais *selon les conditions des Ihlinis.*

Il la regarda, impuissant, annoncer tranquillement la fin de sa race.

D'abord Rhiannon, puis l'enfant que Brennan avait fait à Rhiannon... Quel serait le résultat de son accouplement avec la sorcière ihlinie ?

— Tu me donnes envie de vomir, dit-il, sachant qu'il était aussi responsable qu'elle de la situation.

Elle ne répondit rien.

— T'abaisserais-tu à commettre un viol ? reprit Aidan.

Lillith éclata de rire.

— Un viol ? Mon seigneur, ce qui s'est passé dans mon lit a prouvé que tu étais *sensible* à mes charmes... Quant à recommencer, n'oublie pas que ton *lir* est à Erinn, et que tu es en mon pouvoir. Ai-je besoin de te le démontrer ?

Elle se glissa contre lui, l'embrassant à pleine bouche. Il tenta de résister, mais une force invisible le cloua sur place.

Je suis un enfant des dieux...

— Non ! cria-t-il.

Lillith rit et ramassa la chaîne d'or.

— Ian a dit la même chose plus d'une fois. Ce n'est pas un enchantement capable de briser le mien !

— J'ai dit non ! répéta Aidan.

La chaîne bougea, se repliant sur elle-même. Elle entoura les poignets de Lillith comme une paire de menottes.

Le *feu de dieu* jaillit de ses doigts et mourut aussitôt avec un bref crépitement.

La chaîne s'entortilla autour de son bras droit et grimpa vers son épaule.

— Arrête-la! siffla Lillith.

Aidan se jeta hors du lit, la pierre froide du mur égratignant ses fesses nues.

— Aidan ! hurla-t-elle. Oblige-la à s'arrêter !

La chaîne s'enfonça dans la masse de sa chevelure et s'enroula autour de sa gorge.

Lillith cessa de supplier Aidan ; dans une langue qu'il ne connaissait pas, elle émit une suite de syllabes rauques, appelant sans doute au secours le dieu maléfique qu'elle servait depuis si longtemps.

Mais la chaîne étouffa sa voix.

Lillith tituba hors du lit, les yeux commençant à lui sortir de la tête. Elle regarda Aidan, ses doigts essayant toujours désespérément de dénouer la chaîne.

Elle lut la réponse à sa supplication muette dans le regard du Cheysuli.

Se détournant, elle courut vers la fenêtre et se jeta dans le vide.

Quand il fut capable de bouger, il se rhabilla, toujours tremblant. Puis il prit son manteau et partit à la recherche de Lillith.

Elle était étendue sur l'herbe épaisse, le corps brisé par sa chute, disgracieuse dans la mort comme elle ne l'avait jamais été dans la vie.

Mais elle semblait toujours aussi jeune.

Ses mains étaient nouées autour de la chaîne.

Une curieuse indifférence permit à Aidan de forcer les doigts morts à la lâcher.

Puis il la récupéra et la posa sur le sol. Enfin, il couvrit le cadavre de son manteau.

Il alla au bord de la falaise, la chaîne à la main. Un bref instant, il envisagea de la jeter à la mer, mais il y renonça dès que sa colère se dissipa.

La chaîne lui appartenait. Les dieux eux-mêmes l'avaient fabriquée. Elle faisait tellement partie de lui qu'elle obéissait à ses souhaits.

Ou étaient-ce les *dieux* qui lui obéissaient ?

Aidan laissa son regard errer sur les turbulences de la Queue du Dragon.

Et il *accepta* !

— *Resh'ta-ni,* murmura-t-il. *Tahlmorra lujhala mei wiccan, cheysu. Y'ja'hai.*

CHAPITRE XI

Quand Aidan arriva au château, toujours secoué, un serviteur lui demanda de se rendre aussitôt dans la chambre de Gisella.

L'appréhension l'envahit. Aidan comprit que l'équilibre mental qu'il avait cru avoir en revenant de la tour n'était qu'un leurre.

Corin l'attendait devant la porte, les yeux injectés de sang.

— Elle te demande, dit-il d'une voix rauque. Elle a dit qu'elle chanterait jusqu'à ton retour, et elle a tenu parole...

— Dieux, lâcha Aidan, comment avez-vous supporté ça tout ce temps ? Comment pouvez-vous la regarder, sachant qu'elle est folle, et vous dire qu'elle est votre *jehana* ?

— Deirdre a toujours été ma vraie *jehana*. Gisella... est Gisella. Va la voir, Aidan. Ce sera la dernière fois. Et je viens avec toi...

Aidan entra. Assise près de la porte, Glyn montait la garde. Une reine, même exilée, méritait qu'on lui montrât quelque respect à l'heure de sa mort.

Glyn regarda Aidan, lui offrant sa compréhension et la force dont il avait besoin en cet instant. Il lui fit un signe de tête et approcha du lit.

La respiration de Gisella était rauque et bruyante.

Elle avait les yeux fermés, mais les rouvrit à l'approche d'Aidan.

— Tu connais l'histoire ?

Il attendit, méfiant.

— Celle qui raconte pourquoi je suis folle.

Dieux...

— Oui. Je l'ai entendue, dit Aidan, la gorge serrée.

— Ma mère était un corbeau... Elle ne savait pas qu'ici, on les tue sans pitié. Ce sont des oiseaux de mauvais augure, tu comprends ? Ils annoncent la mort... Mon père l'a vue et lui a décoché une flèche, sans savoir qu'il s'agissait de Bronwyn sous sa forme-*lir*. Il ignorait qu'elle essayait de retourner à Homana. Elle a repris son apparence humaine en s'écrasant sur le sol. Je suis née pendant qu'elle mourait. On dit que c'est pour ça que je suis folle.

A cet instant, elle semblait normale. Totalement lucide. Aidan se demanda si la mort de Lillith avait libéré en partie l'esprit confus de Gisella.

— La chaîne est brisée, dit la mourante.

— Comment ?

— La chaîne. Lillith a dit qu'elle la détruirait, et que ce serait la fin de la prophétie.

— Quand vous a-t-elle dit ça ? demanda Aidan, fronçant les sourcils.

— Il y a... quelques jours ? Quelques mois ? (Elle regarda Corin, qui s'était approché.) Il a dit qu'il l'avait bannie, mais elle est revenue. Lillith est revenue parce qu'elle m'aime.

Aidan ne se sentit pas le cœur de lui expliquer que les attentions de Lillith n'avaient jamais rien eu à voir avec la tendresse.

— Elle a brisé la chaîne.

— Non.

— Elle avait dit qu'elle le ferait !

— La chaîne n'est pas rompue. Regardez.

Il posa la main sur un des maillons.

— Elle avait *promis* !

— Elle a échoué. Lillith est morte.

— Non !

— Ils sont tous morts. Tynstar, Strahan, Lillith. Leur temps est révolu. La prophétie est presque réalisée. La chaîne reste entière et je suis en vie. Tout ce qu'elle vous a raconté n'était que mensonge.

— Non. Mujhar sans trône. Roi sans couronne !

— Grand-mère, c'est terminé.

— Je parle aux *dieux...*, dit Gisella.

L'estomac d'Aidan se noua.

Corin murmura quelque chose sur la folie de la mourante. Mais Aidan frémit. Peut-être Gisella parlait-elle *réellement* aux dieux...

— Tu ne seras pas Mujhar. Le Lion veut quelqu'un d'autre.

Aidan posa sa main sur le sixième maillon. Le sien, à sa connaissance.

— Grand-mère...

Mais Gisella ne s'occupait plus de lui. Elle se tourna vers Corin.

— Ce que j'ai fait n'était pas si grave. Strahan ne voulait pas vous tuer, seulement se servir de vous.

— Votre fourberie vous a damnée aux yeux de vos enfants, dit Corin. A vous de décider si cela en valait la peine.

Quand Gisella exhala son dernier soupir, les yeux rivés sur son fils, elle murmura quelque chose que personne n'entendit.

Lorsqu'il fut certain qu'elle était morte, Corin appela les serviteurs et ordonna que la nouvelle soit annoncée dans le royaume.

Puis il retourna près du lit et prit un collier d'or torsadé. Aidan reconnut le bijou : c'était un présent de mariage cheysuli.

— Niall le lui a donné avant d'avoir un *lir*. Et avant de savoir qu'elle était folle, puis de découvrir ce qu'elle avait l'intention de faire de ses fils. Elle était cheysulie, mais ils ne lui ont jamais laissé la possibilité de savoir ce que cela signifiait *vraiment*.

— Keely ne lui a jamais pardonné. Je ne saurais parler à la place de Hart et de mon *jehan*. Qu'en est-il de vous ?

— Elle ne l'a jamais demandé. Je crois qu'elle ignorait comment le faire.

— Et si elle avait essayé ?

— Je pense que je lui aurais pardonné... Si elle avait su me le demander.

Aidan regarda une dernière fois la vieille femme, puis se tourna pour sortir.

Glyn lui posa une main sur le bras, le regard plein de compassion.

— Attends-moi, dit Corin. Allons dans le couloir. Tu as dit que Lillith était morte. En es-tu certain ?

— Oui.

— J'espère que tu comprendras que j'insiste pour savoir comment ! Lillith nous a fait du mal pendant tant d'années...

— Je l'ai tuée.

— *Toi* ? Dans ce cas, nous te devons notre gratitude. *Leijhana tu'sai, harani.*

Aidan ne se sentait pas le courage d'expliquer ce qui s'était passé. Le pouvoir qu'il avait utilisé pour la tuer était aussi réel que s'il l'avait étranglée de ses mains.

Et cela le terrorisait.

Corin montra la chaîne passée à la ceinture d'Aidan.

— Gisella en a parlé. Elle a dit que Lillith la briserait.

— Pardonnez-moi, *su'fali*, certaines choses sont trop personnelles pour que je puisse les évoquer. Qu'il vous suffise de savoir que Lillith et Gisella sont mortes, et que la chaîne est entière.

— Quant à ce que Gisella a raconté à ton sujet, ce n'était que des fantaisies d'agonisante. Et dire qu'elle a prétendu avoir parlé aux dieux ! Oublions tout ça. Il y a des préparatifs à faire...

Aidan se souvint que Gisella n'était ni la seule ni la première à lui prédire qu'il ne monterait jamais sur le trône du Lion. Shaine, puis Karyon... Même les dieux semblaient le préparer pour autre chose.

Quelque chose de *plus*...

— Je dois partir, dit-il d'une voix rauque. Teel est à Erinn. J'ai été séparé de mon *lir* trop longtemps.

— Aidan, dit Corin d'une voix ferme, Gisella était folle. Quoi qu'elle t'ait raconté, ne te laisse pas impressionner.

Il aurait voulu dire à Corin qu'il avait raison. Mais il en était incapable. Tout comme il ne pouvait pas lui révéler que Gisella n'avait pas été la première à l'avertir de sa fin. Et qu'il était effrayé.

CHAPITRE XII

Shona lança le bâton à ses chiens. La meute était autour d'elle, prête à jouer jusqu'à ce que la jeune femme en ait assez.

— Shona.

— Oui, dit-elle.

Comme sa fille, Keely portait des braies et une tunique de laine tenue par une ceinture de cuivre érinnien.

— Tu me ressembles beaucoup, commença Keely. Tu dis ce que tu penses. Mais cela rend difficile de cacher tes sentiments, même quand tu le désires.

— Que puis-je dire ? fit Shona. J'avais l'intention de le renvoyer chez lui sans épouse. Mais c'est trop tard. Le *kivarna* ne me laisse pas le choix. Je me sens comme un nouveau-né mis au sein : j'en veux toujours plus. Et maintenant que j'ai eu une idée de ce que c'est...

— Quand j'ai su que j'attendais un enfant, dit Keely, j'ai fait jurer une chose à ton père : si c'était une fille, elle serait élevée avec les mêmes droits qu'un garçon. Y compris celui de choisir son conjoint. Et voilà qu'à cause de *ça*, ce choix t'est refusé. J'appartiens à une race gouvernée par le *tahlmorra*. Peut-être ne suis-je pas la personne la mieux placée pour te donner un conseil. Mais il me semble que si les dieux ont mis le *kivarna* en toi et en lui, puis ont fait en sorte que vous vous rencontriez... il y avait peut-être une raison.

Shona ricana.

— C'est la voie de la facilité. Laisser les dieux choisir à notre place.

— C'est à toi de décider, puis de vivre avec.

— Dans ce cas, il s'agit plutôt de vivre avec *Aidan.*

— Tu aurais pu tomber plus mal.

— Il est à demi érinnien. De plus, les chiens l'aiment bien.

Keely soupira.

— Je suppose que c'est une façon comme une autre de juger la valeur d'un homme !

Dès qu'Aidan quitta le bateau à Kilore, il sentit le lien-*lir* se renouer brutalement. Tremblant, il s'appuya contre des caisses et se plongea dans le contact avec son *lir.*

Aidan leva les yeux et vit le corbeau descendre vers lui.

Teel se posa sur son épaule.

As-tu éprouvé le même manque que moi ? demanda-t-il au bout d'un moment.

Les dieux nous ont fait l'un pour l'autre, répondit Teel. *Je t'ai conseillé de partir, c'est vrai, mais je n'ai pas affirmé que ce serait plaisant. Veux-tu me suivre dans les cieux ?*

Oui, dit Aidan. *Il y a trop longtemps que je suis cloué au sol.*

Il vola jusqu'à la forteresse, puis reprit sa forme humaine devant le portail, saluant poliment les gardes ébahis.

— Vous avez sans doute vu votre maîtresse faire la même chose, dit-il.

— Oui. Mais elle nous prévient toujours.

Cela ne ressemblait pas à ce qu'on lui avait dit de Keely, mais elle avait sans doute changé depuis son arrivée à Erinn.

Sean et Keely étaient dans la grande salle. Ils avaient des invités. Sean vit son neveu et lui fit signe d'entrer.

Aidan regarda l'homme qui se tenait près de son oncle, aussi grand et roux que lui.

— Alors ? demanda Keely.

— La reine d'Homana est morte.

Keely poussa un profond soupir.

— *Leijhana tu'sai.*

— Remerciez-vous le messager, ou louez-vous les dieux d'avoir accédé à votre demande ?

Keely se détourna et se laissa tomber sur une chaise.

— *Jehana*, dit-elle doucement. (Puis, secouant la tête :) Non. Ma *jehana* a toujours été Deirdre.

Elle se leva, une résolution nouvelle sur le visage.

— Aidan, je voudrais te présenter des membres de la famille.

— Rory Barberousse, n'est-ce pas ?

— Et ta *su'fala*, Maeve, ainsi que quatre de tes cousins sur cinq.

Il les salua tous. La femme blonde aux yeux bleus ressemblait beaucoup à Deirdre. Le garçon roux de seize ans était une version plus jeune de Rory. Il y avait aussi deux filles, une d'environ quatorze ans et l'autre de dix, et un bébé.

Mais son seul désir était de voir Shona. Il avait des choses à lui dire.

— Où est...

— Dehors, avec Riordan et Blais. Ils s'exercent au tir, du côté sud des remparts.

— Aidan.

Keely se leva, tenant une épée.

— Prends-la. C'est une arme de femme.

— Je vous remercie, *su'fala*, mais que ferais-je d'une épée conçue pour une main féminine ?

— Pas pour toi, Aidan. Pour la fille que tu auras avec Shona. Donne-lui l'épée et les moyens de l'utiliser.

Elle lui tendit l'arme.

Aidan regretta de devoir refuser le cadeau, mais il n'y pouvait rien.

— Gardez-la, dit-il doucement. Le moment venu, *vous* la donnerez à la fille de *Shona.*

Il les trouva près du mur d'enceinte sud. Shona, Riordan et un garçon qui devait être Blais...

Il portait des vêtements érinniens, mais ses cheveux noirs, son teint mat et ses yeux jaunes ne trompaient pas.

Il a l'air plus cheysuli que moi, même sans or-lir, pensa Aidan, mal à l'aise.

Shona se retourna. Il oublia tout au sujet du guerrier inconnu.

Le jeune femme pâlit et se figea.

— Tire, Shona, ou donne-moi l'arc, fit Riordan, dont la réaction montrait qu'il ne possédait pas la plus petite trace de *kivarna.*

Aidan approcha avec l'intention de parler à Shona.

L'étranger debout près d'elle s'interposa entre eux.

— Aidan, n'est-ce pas ? fit-il avec un accent érinnien.

— Blais ? dit Aidan, se souvenant du nom mentionné par Sean

— Oui. Nous sommes à demi cousins. Maeve est ma mère et Rory est mon père. Par l'esprit sinon par la chair.

Aidan se souvint soudain de l'identité du vrai père de Blais.

— Je reviendrai avec vous, si vous n'y voyez pas d'inconvénient, dit Blais. Je crois qu'il est grand temps que je rencontre mon *jehan.* J'ai un *lir,* mais pas d'or. Et je n'ai pas eu de cérémonie des Honneurs. Pourtant, je suis aussi cheysuli que vous, cousin. N'ai-je pas les mêmes droits ? Un guerrier doit connaître sa lignée, pour que les dieux gardent les yeux sur lui.

Un beau parleur...

Aidan regarda Shona et oublia son cousin.

— Donne-moi l'arc, Shona, fit Blais. Vous avez des choses à vous dire...

La jeune femme tendit l'arc à Blais et s'approcha d'Aidan.

Quittant les remparts, ils partirent vers la lande.

Ils s'arrêtèrent quand ils furent sortis de Kilore.

— Je pensais que tu serais absent plus longtemps, dit Shona.

— Elle est morte hier en fin de matinée.

— Je croyais que tu resterais avec Corin pour les cérémonies. Elle était aussi ma grand-mère.

Il n'y avait pas pensé.

— Tu ne l'as jamais vue ?

— Ma mère ne me l'aurait pas permis. Mais je n'ai pas demandé, non plus. (Shona sourit.) Maintenant, le Mujhar est libre. Penses-tu qu'il va épouser Deirdre ? Et faire enfin d'elle la reine d'Homana ?

— J'en suis persuadé. Mais il sera obligé d'attendre un peu. Par respect pour la mémoire de la défunte reine...

— Et Maeve deviendra légitime ! Un peu trop tard au goût de ma mère ! Elle m'a toujours dit que si Maeve n'avait pas été une bâtarde, cela lui aurait donné une plus grande liberté.

— Et elle n'aurait sans doute pas épousé ton père. (Il fit une pause.) Je rentre à Homana. Seul.

— Pourquoi ? s'écria Shona, livide.

— Parce que je vais mourir.

— Comment pourrais-tu le savoir ? Et me prends-tu pour une imbécile ? Me raconter de telles sornettes ! Si tu ne veux pas de moi, dis-le. Crois-tu que je ne peux pas savoir la vérité avec le *kivarna*...?

Elle s'interrompit, écarquillant les yeux.

— Par les dieux, tu es vraiment persuadé que tu vas mourir !

Il se détourna.

Elle le suivit.

— Aidan. Pourquoi crois-tu ça ?

— Parce que je pense y être obligé.

— Obligé ! Pour quelle raison ?

— A cause de la prophétie...

— Je la connais.

— Et des dieux... Et de *ça.*

Il montra la chaîne passée à sa ceinture.

— J'ai tué une femme sans même la toucher, dit-il.

Elle tendit une main vers lui.

— Non !

— Tu as besoin de moi. Je suis parfois égoïste, mais jamais cruelle.

Elle le toucha et le *kivarna* surgit.

Il lui raconta tout, comment il avait été séduit par une sorcière ihlinie en dépit des avertissements donnés par Ashra, par Karyon et par Shaine. Et même par Gisella la folle, qui prétendait parler aux dieux. Mais qui était-il pour dire que c'était faux, alors qu'il s'entretenait lui aussi avec les dieux ?

Il ne pensait pas avoir la force de faire ce qu'ils attendaient de lui...

— Que crois-tu qu'ils attendent de toi ? demanda Shona d'une voix incertaine.

— Que je meure.

Shona le prit dans ses bras pour le réconforter.

— Calme-toi, mon petit, dit-elle. Tu es tout retourné ! Et comment peux-tu savoir que c'est ta mort qu'ils veulent, et pas autre chose ?

Aidan avait été si seul toute sa vie... Il se raccrocha à la jeune femme, heureux de sa sollicitude.

A ce moment précis, il avait terriblement besoin d'elle.

Il réalisa qu'ils étaient proches de l'irrémédiable.

— Non, Shona ! Je ne peux pas courir ce risque. Si je dois mourir, pas question de te condamner à une vie de solitude. Je ne te ferai pas une chose pareille !

Il la repoussa doucement.

— Je repars seul. Si je dois mourir, inutile que je te fasses du mal.

— Et si tu ne meurs pas ? Que se passera-t-il, espèce de *skilfin* ?

— Non, répéta-t-il.

Se détournant, il repartit vers Kilore.

CHAPITRE XIII

Elle vint à lui dans la nuit. Il était couché mais éveillé et plein de mépris pour lui-même.

Qui était-il pour se croire choisi par les dieux ?

Mais comment nier ce qui était incarné par une lourde chaîne d'or aux maillons épais et sans défaut ?

Il entendit la robe de chambre glisser de ses épaules.

Pas besoin de lumière pour savoir qui elle était.

Le *kivarna* s'éveilla.

Nue, elle monta dans le lit et posa une main sur sa poitrine.

— Ne laisse pas la peur l'emporter, mais la joie, dit-elle.

Tu connais la vérité, *meijhana*...

— Qui la connaît ? Si c'est un mythe, nous aurons partagé une nuit de plaisir. Si c'est vrai, nous partagerons beaucoup plus qu'une seule nuit !

Malgré lui, il sourit.

Puis il la prit dans ses bras.

Deux mois plus tard, sur le quai, Keely donna à Aidan une épée glissée dans son fourreau.

— Tiens. Tu n'as aucune raison de la refuser, maintenant !

— C'est vrai, *su'fala*. Et je veillerai à ce que votre petite-fille apprenne à s'en servir !

— Où est Shona ? demanda soudain Keely.

— Elle est allée chercher les chiens.

— Tous ?

— Le grand mâle, cinq chiennes dont deux grosses, et les chiots de la dernière portée. Dix ou douze, au minimum. De quoi repeupler Homana-Mujhar !

— Ça te dérange ? Elle a du caractère. J'y ai veillé. Mais elle sait ce qu'elle fait. Elle adore ses chiens. Peut-être pour se consoler de n'avoir pas de dons-*lir.*

— A moins qu'elle n'aime les chiens pour eux-mêmes, dit Aidan, souriant. La voilà. Avec Sean, et Blais.

— Et les chiens ! Il n'y aura pas beaucoup de place sur ce bateau.

— Sans compter que les chiennes n'ont pas encore mis bas... Riordan est là aussi.

Blais arriva le premier, sa louve rousse sur les talons. Elle avançait sans crainte devant la meute de chiens-loups, normalement élevés pour chasser les membres de sa race. Mais comme tous les *lirs*, elle avait fait la paix avec les animaux non élus par les dieux.

Sean supervisa le chargement des bagages de Shona. Les chiens ne restaient pas en place, toujours dans le chemin de quelqu'un.

Shona eut quelque peine à convaincre ses bêtes de gravir la passerelle de bois, mais quand le grand mâle l'eut suivie à contrecœur, le reste de la meute lui emboîta le pas.

Shona revint sur le quai pour serrer ses parents dans ses bras. En les regardant, Aidan craignit d'avoir moins à offrir à sa future femme que ce qu'il lui prenait. Il l'emmenait loin d'une famille aimante qui lui avait appris le courage, la détermination et la fierté. Trouverait-elle la même chose à Homana ? Il l'ignorait.

— Tu t'en sortiras bien, petit, dit Sean. Et Shona aussi.

Aidan comprit que le *kivarna* de Sean l'avait averti de ses angoisses.

Blais sortit sur le pont et s'accouda à la rambarde.

— Nous partons aujourd'hui ou demain ?

— *Skilfin*, murmura Shona.

Aidan monta à bord.

— Elle sera là dans un instant.

— Ou dans deux jours, grogna Blais, sarcastique.

— Elle a le droit de faire ses adieux. Erinn est son pays. Et le tien ! ajouta-t-il.

— Non. Elle quitte son pays. Moi, je rentre vers le mien.

— Tu as l'intention de rester à Homana ?

— Ça dépend de beaucoup de choses.

— Ton père, par exemple ?

Les yeux jaunes du guerrier étincelèrent.

— Un homme a le droit de chercher à connaître son *jehan*.

— Tu te considères comme un Cheysuli, n'est-ce pas ?

— Je le suis. J'en ai le teint, les cheveux, les yeux, le *lir*... Tout sauf l'or. Mais personne à Erinn ne comprend ce que c'est.

— Keely comprendrait.

— C'est elle qui m'a suggéré de partir.

— Même en sachant qui est ton père ?

— Bien qu'elle n'ait aucune affection pour Tiernan ou les *a'saii*, elle ne blâme pas un fils de vouloir connaître son *jehan*.

— Tu n'apprécieras peut-être pas ce que tu trouveras.

— Ma mère ne m'a jamais menti. Je sais ce qu'il est et ce qu'il veut faire. J'aimerais seulement entendre sa version des faits.

Shona serra Riordan une dernière fois dans ses bras, et monta à bord. Aidan savait ce qu'elle ressentait en dépit de son visage impassible. Malgré les promesses échangées, ses chances de revoir vite ses parents étaient négligeables. Keely n'était retournée que deux fois à

Homana en vingt-deux ans, la dernière remontant à quinze ans.

Blais regarda vers le quai tandis que le bateau se préparait à partir.

— Maeve ne voulait pas que je m'en aille, dit-il.

— Aucun d'eux n'avait envie de se séparer de nous, fit remarquer Shona.

— Maeve moins que les autres. Elle pense que je vais me joindre à mon père.

— A toi de choisir, dit Shona. Tu peux te comporter comme un imbécile... ou pas !

— Il ne t'a pas adouci le caractère, je vois, dit Blais, en jetant un coup d'œil à Aidan.

Shona eut un sourire sauvage.

— Il ne se risquerait pas à essayer !

Aidan agita la main en signe d'adieu.

Le vaisseau commença à s'éloigner. Sur le quai, les aigles d'Erinn regardèrent partir leur enfant.

QUATRIÈME PARTIE

CHAPITRE PREMIER

Quand le vaisseau atteignit les eaux homananes, les onze chiens en étaient devenus vingt-quatre. Blais passait le plus clair de son temps enfermé avec son *lir*, tandis que Shona et Aidan exploraient la magie du *kivarna.*

Ils furent presque déçus de perdre l'intimité qu'ils avaient connue sur le bateau, loin des responsabilités qui les attendaient.

Quand ils entrèrent dans le port d'Hondarth, Shona montra l'île enveloppée de brouillard, si proche de la côte.

— C'est elle, n'est-ce pas ?

— L'Ile de Cristal ? Oui. Les *shar tahls* disent que c'est le lieu de naissance des Cheysulis. Les Premiers Nés sont apparus là, puis ils sont partis pour Homana.

— C'est là qu'il l'a emmenée...

— Qui a emmené qui ?... Oh ! Et c'est là qu'elle l'a tué.

— Strahan a fait de cet endroit un domaine ihlini. Elle me l'a dit.

— Pendant un certain temps. Mais il n'y a plus personne sur l'île. Elle est redevenue un lieu éminemment cheysuli.

— Cheysuli..., soupira Shona. Pendant des années, j'ai prié pour parler aux *lirs* et prendre leurs formes... Mais je n'ai rien, sinon le *kivarna.*

— C'est suffisant, me semble-t-il, dit Aidan en souriant.

— Pourrions-nous aller sur l'île ? demanda Shona. Ma mère m'en a tant parlé...

Blais apparut flanqué de sa louve rousse.

— Si c'est le lieu de naissance de notre race, nous devrions tous nous y rendre. (Il jeta un coup d'œil ironique à Aidan.) Mais peut-être n'en as-tu pas besoin, cousin ? Tu es si sûr de ton héritage...

Aidan céda et ordonna que le vaisseau fasse route vers l'île.

Un chemin pavé de pierres blanches menait de la plage à l'intérieur des terres.

— Où conduit-il ? demanda Shona, faisant avancer les chiens adultes qu'elle avait emmenés avec elle.

— Au château, sans doute, répondit Aidan, (Il désigna une masse blanche visible entre les feuillages.) Karyon en avait fait une prison pour son épouse exilée, Electra. Puis Strahan s'y est caché un certain temps. Maintenant, le palais est inhabité.

Les herbes sauvages avaient envahi le sentier, mais il était assez facile à suivre grâce aux pierres. Il les conduisit directement devant les portes de bois massives de la cour extérieure.

— Regarde, dit Shona. Keely a grimpé le portail à cet endroit. Taliesin est mort non loin d'ici. Il l'a aidée à s'enfuir, puis il a retenu Strahan le temps qu'il fallait.

Aidan fit un signe de tête, écoutant à demi les commentaires de Shona.

La jeune femme poussa le battant de fer.

La rouille tomba en poussière, suivie par les charnières. La porte s'écroula.

Shona la rattrapa. Aidan avait tendu la main pour la retenir, se coupant légèrement le pouce.

Il suça le sang de sa blessure.

— Vas-y, dit Shona. Ou veux-tu que je passe la première ?

Teel ? demanda Aidan.

Je sens de la moisissure et de l'humidité. Et un cousin, quelque part ...

Rien de plus ?

Pas ici.

Ce n'était pas la réponse qu'Aidan espérait. Que voulait dire son *lir* ?

Devant eux, la poussière avait été soulevée par des pas : les bottes d'un homme et les pattes d'un loup.

Ils entrèrent dans le palais.

— Regarde ces colonnes ! s'écria Shona. Spiralées et couvertes de runes ! Peux-tu les lire ?

— Certaines. Cela a quelque chose à voir avec la bénédiction des dieux, et la création des Premiers Nés.

Aidan se tut, frissonnant.

Ils continuèrent d'avancer.

Sur une estrade, ils aperçurent...

— Le Lion ! cria Aidan. (Puis, soulagé :) Non. Celui-là est plus petit et moins décoré.

Quelque chose bougea sur le trône.

Un dieu venu lui parler, ou, plus probablement, le tancer pour ses échecs.

— C'est Blais, dit Shona en riant.

— Il me convient, dit celui-ci, une jambe négligemment posée sur l'accoudoir.

— Pas mieux qu'à moi, *skilfin* ! rugit Shona.

— Tu le veux ? demanda Blais en regardant Aidan. Me combattrais-tu pour lui ?

Aidan toucha le bois en forme de patte de lion.

Etrangement, au contraire de l'autre, qui l'avait renié, ce lion-là l'accepta.

Blais se leva.

— Tiens, prends-le. Il est à toi. Tu y as plus de droits que moi. Au moins jusqu'à ce que j'aie réglé mes affaires avec mon père.

— Ton *jehan* est un traître. Un hérétique ! Veux-tu devenir comme lui, et être exclu des clans ?

— Mon *jehan* ignore jusqu'à mon existence. Ma mère ne lui a jamais dit qu'elle était enceinte. Je ferai ce que je déciderai...

Le *kivarna* d'Aidan lui parla d'une mission à accomplir, d'une connaissance à acquérir et d'un peuple à naître. Il se détourna de Blais, regardant Shona.

— Tu veux bien m'attendre ici ? J'ai quelque chose à faire.

— Ici ? Tu vas bien, Aidan ?

— Oui. Je dois y aller.

— D'accord. Mais si tu restes trop longtemps absent, je partirai à ta recherche.

— Moi, ajouta Blais, je reste ici avec l'animal. Je l'aime bien.

— *Skilfin*, murmura Shona.

Aidan s'éloigna, n'accordant aucune attention à leur joute verbale.

CHAPITRE II

Aidan quitta le palais par la porte principale et suivit le chemin que lui suggérait son *kivarna.* Ou était-ce autre chose ?

C'était plus ancien, et plus fort. Un appel enraciné au plus profond de son être.

Il entendit Teel voler au-dessus de lui.

Es-tu sûr de vouloir suivre cette voie ? demanda le corbeau d'un ton presque trop doux.

C'est le chemin que je dois *suivre. Me conseilles-tu de faire demi-tour ?*

Non. J'ai simplement posé la question.

Aidan inspira à fond et regarda autour de lui. Il ne sentait aucun danger imminent.

C'est quelque chose que je dois faire !

Il continua. Bientôt il aperçut devant lui les ruines d'une chapelle. Il était seul. Le lien-*lir* restait étrangement muet.

Aidan baissa la tête pour passer sous le linteau craquelé, une des rares parties toujours debout de l'édifice.

L'intérieur était encore plus délabré. Pourtant, Aidan sentit le pouvoir qui en émanait. L'autel incliné selon un angle bizarre était gravé de runes presque illisibles.

Sans savoir comment c'était arrivé, Aidan se retrouva à genoux devant l'autel, l'humidité du sol traversant ses vêtements de cuir. Il avait les mains appuyées contre le marbre, comme s'il priait.

Etait-ce cela qu'on attendait de lui ?

— Dieux, murmura-t-il.

Il se sentait si insignifiant, si fragile.

Si sûr que son maillon se briserait...

— Tu es ce que tu souhaites être.

Aidan se redressa brutalement et pivota sur ses genoux.

C'était le Chasseur.

— Me donnerez-vous les réponses, maintenant ?

— Si tu poses les bonnes questions.

Le Chasseur entra dans la chapelle et s'assit sur une pierre.

— Par quoi dois-je commencer ?

— Tu as commencé il y a bien longtemps. Tout enfant. Les rêves, Aidan ! Tous ces rêves étranges qui troublaient ton sommeil...

— Je n'en ai plus fait depuis mon départ d'Erinn.

Le Chasseur esquissa un sourire.

— Les femmes ont souvent le pouvoir de changer les idées d'un homme... Profite du calme et du sommeil tant que tu le peux. Tu as passé une grande partie de ta vie sans eux... Tes genoux ne sont-ils pas engourdis ?

Ils l'étaient. Aidan se releva.

— Pourquoi êtes-vous ici ? Vous ai-je fait venir ?

— En un sens. Je suis là parce qu'il est temps que tu en saches plus. Et personne d'autre ne pouvait répondre à tes questions.

— Parfait, dit Aidan.

Le Chasseur sourit.

— Les hommes croient que nous nous conduisons de façon mystérieuse pour les troubler. C'est faux. Il y a des raisons à nos actes. Nous ne pouvons pas nous montrer à tous, car nous perdrions notre importance aux yeux des mortels. Les dieux doivent garder du mystère... Pour certains, ils sont les produits de l'imagination humaine, une façon pour les plus rusés d'entre vous de tenir les autres à leur merci. D'autres ne croient pas du tout en nous. Grand bien leur fasse !

— C'est de l'hérésie ! protesta Aidan.

— De l'ignorance. Ils ont peur et ils pensent que la vérité est ailleurs que dans l'existence des dieux. Mais c'est nous qui avons donné à l'homme le libre arbitre et la capacité de penser par lui-même. Nous lui autorisons donc quelques hérésies. A chacun de décider quelle vie il veut après la mort... ou s'il n'en veut aucune.

— J'ai toujours été croyant.

— Nous le savons. Et tu en bénéficieras.

La Fileuse apparut dans l'entrée.

— Aidan, tu as montré plus de patience que la plupart des hommes.

— Non. J'ai douté et j'ai protesté. Puis j'ai posé des questions.

— Bien entendu. Les hommes ont toujours des questions à poser. Nous leur avons donné la curiosité, l'impatience, la colère et le besoin de savoir. Mais tu as tout de même été très patient.

— Allez-vous tout m'expliquer ?

— Nous te donnerons les moyens de prendre ta décision.

— Ce n'est pas nécessaire. Je ferai tout ce que vous me demanderez.

Elle sourit.

— Nous n'exigeons pas une obéissance aveugle. Si nous demandons des choses difficiles et des sacrifices, ils doivent être effectués volontairement, parce qu'on n'apprend rien sans cela.

— Ai-je assez appris ? Ou rien appris du tout ?

Un troisième personnage apparut.

— Tu as au moins appris qu'il était aisé pour un homme de se laisser détourner du droit chemin par une femme, dit l'Infirme.

— Parlez-vous de Shona ? Voulez-vous dire que je ne devrais pas l'épouser ?

— Nous ne disons rien de tel. Elle a le sang dont ta Maison a besoin.

— De qui... ? Oh ! Lillith...

— Ashra t'avait prévenu. Et tu as choisi d'ignorer son conseil.

— Je n'avais pas mon *lir* avec moi.

— Une simple excuse.

— Mais c'est vrai ! Elle a utilisé la sorcellerie !

— Non. Pour te séduire, elle n'a utilisé qu'elle-même. Avec toi, c'était suffisant. Mais je t'accorde que tu as retiré quelque chose de l'expérience.

— Oui. Vous avez répondu à mon appel. Quand j'ai demandé votre intervention à travers la chaîne.

Aucun des trois dieux ne répondit.

Puis le Chasseur prit la parole.

— Pense à ce que cela signifie... Quand un homme a le pouvoir de faire appel aux dieux, cela fait-il de lui un dieu ?

— Non !

— Réfléchis, Aidan. Cela doit forcément avoir un sens.

— Peut-être les dieux l'ont-ils choisi pour quelque chose..., commença Aidan.

— Cela le rend-il meilleur que les autres ?

— Non. Différent, peut-être.

— Te penses-tu différent, Aidan ? Réponds franchement.

— Oui. Parce que je le suis.

— Et que feras-tu de cette différence ?

Aidan s'assit, soudain épuisé.

Il ne sut quoi répondre.

— Bien, dit la Fileuse. Au moins, tu ne jacasses pas à tort et à travers quand tu n'as pas de réponse.

— Qu'attendez-vous de moi ? Vous me parlez de tâches et d'entreprises mystérieuses. Que dois-je faire : attendre que vous décidiez si je suis digne du nouveau jeu que vous avez inventé ?

— Chacun a sa place sur la Roue de la Vie.

— Guerrier enchaîné, murmura le Chasseur.

— Prince enchaîné, dit la Fileuse.
— Corbeau enchaîné, termina l'Infirme.
— Enchaînée, la vie continue. Brisée, elle est libérée. Qu'as-tu choisi ?
Aidan toucha la chaîne.
— Je l'ai voulue entière.
— As-tu librement choisi ?
— Oui.
— Qui es-tu ? demanda la Fileuse.
— Aidan d'Homana. Prince et futur Mujhar. Un Cheysuli des clans. Mais je suis surtout très perturbé...
— Oui, nous nous en sommes aperçus. Le chemin est encore long. Tu n'es pas allé aussi loin que nous l'avions pensé.
— Non ?
— Il te reste une tâche à accomplir, dit la Fileuse.
— Quelle tâche ?
— Et un sacrifice à faire, ajouta l'Infirme. Je crois que, le moment venu, tu y consentiras librement.
Aidan ouvrit la bouche pour poser une autre question.
Mais il était seul dans la chapelle.
Et il ne savait rien de plus.

CHAPITRE III

Ils achetèrent des chevaux à Hondarth ; les bagages de Shona suivraient plus lentement.

Arrivés au croisement le plus proche d'Homana, Blais demanda :

— Quel est le chemin de la Citadelle ?

— Par ici, à l'est. C'est à une demi-journée de route.

— Tu devrais d'abord venir avec nous à Homana-Mujhar, dit Shona, pour rencontrer ta famille et rendre hommage au Lion. Ne peux-tu attendre quelques jours avant de partir à la recherche de Tiernan ?

— Il n'y a pas que ça. Je veux d'abord la cérémonie des Honneurs à laquelle j'ai droit, pour recevoir mon or-*lir*. *Ensuite* j'irai à la recherche de mon père.

— Pardonne-moi, dit Aidan, mais qui sera ton *shu'maii* ? Tu ne connais personne dans les clans. A moins que tu ne comptes me le demander ?

— Non, dit Blais. Et je connais quelqu'un. Un *shar tahl* nommé Burr.

Aidan sursauta.

— Burr vient du Nord. Je l'ai rencontré. Comment le connais-tu ?

— J'ai écrit à la Citadelle. Il m'a répondu et m'a dit ce qu'il savait de mon père. Personne d'autre n'a accepté de le faire. Ont-ils peur que je devienne comme lui ? Sans même me connaître ?

— Je ne saurais répondre à la place des anciens de la Citadelle. Mais sache que la rune de naissance de Tiernan a été effacée des registres. Il n'existe plus aux yeux des clans.

— Pourquoi me jugeraient-ils en fonction de ça ? Ce n'est pas héréditaire, que je sache ! Ni contagieux.

Aidan comprit l'amertume de Blais. Il n'était pas juste de juger un homme à l'aune des actes de son père. Bien des choses, pensa Aidan, n'étaient pas justes dans les traditions cheysulies...

— Vas-y, dit Aidan. Burr est un homme de bien. Il fera un bon *shu'maii*. Si tu as besoin de moi, envoie ton *lir*, ou viens en personne. Tu seras toujours le bienvenu à Homana-Mujhar.

— C'est toujours ça, dit Blais en riant. Et toi, Shona, fais attention à ce petit. Les Homanans sont plus fragiles que les Erinniens.

— Blais, réfléchis avant d'agir ! La méditation n'est pas ton point fort. Prends ton temps, afin d'être sûr de ta décision.

— Et toi, tu as pris le temps de réfléchir ?

Avant que Shona ait le temps de répliquer, il partit vers l'est, sa louve à ses côtés.

Dans les rues d'Homana, Shona passa le plus clair de son temps à empêcher sa meute de se disperser ou de gêner les habitants.

Aidan fut soulagé d'arriver enfin aux portes d'Homana-Mujhar.

— Nous y sommes ? demanda la jeune femme.

— Oui. C'est le portail principal.

Les gardes lancèrent des salutations et des plaisanteries à Aidan, qu'ils connaissaient bien. Tout le monde entra, les chiens compris.

Les deux chiennes ayant mis bas pendant le voyage ainsi que leurs petits étaient restés avec le convoi de bagages pour ne pas les ralentir.

Shona regarda autour d'elle, marmonnant quelque chose sur l'épaisseur des murs d'enceinte et l'importance des défenses.

— Pas étonnant que la ville ne soit jamais tombée, dit-elle.

— Pourtant, elle a été prise une fois. Par Bellam, avec l'aide de Tynstar l'Ihlini.

Aidan descendit de cheval, puis se tourna pour aider Shona. Elle le repoussa avec un regard glacial et sauta à terre.

— Et mes chiens ? demanda-t-elle.

— Nous avons des chenils, bien entendu.

— Ne pourrions-nous pas les emmener avec nous, au moins cette fois ?

Aidan pâlit.

— Tous ?

— Nous les mettrons dans notre chambre.

— Eh bien, dit Aidan, gêné, au début, nous devrons faire chambre à part. Il y a des règles à respecter. Les Homanans...

— ... sont des *skilfins* ! cria Shona. Nous couchons ensemble depuis des mois, et nous n'en avons jamais fait mystère ! Bon, tant pis... Dans ce cas, je mettrai les chiens dans *ma* chambre.

— Cela ne veut pas dire que nous devrons rester abstinents, Shona. Si je te rejoins discrètement, personne n'en saura rien.

Il se leurrait et il le savait. Les domestiques voyaient et répétaient tout. Mais peu lui importait.

Un serviteur s'approcha d'eux.

— Mon seigneur, dit-il, vous devez vous rendre immédiatement dans les appartements du Mujhar. Par ordre du prince d'Homana.

— Mais... Pourquoi ?

— Tout de suite, mon seigneur !

Aidan se tourna vers Shona.

Elle parla aux chiens d'un ton ferme.

— Ils ne bougeront plus jusqu'à mon retour. Allons-y.

Aidan fit un signe de tête et guida Shona dans les couloirs éclairés par des torches et les escaliers en colimaçon qui menaient aux appartements du Mujhar, situés au troisième étage.

La porte de la chambre était ouverte. Il entra, et comprit ce qui se passait en voyant Deirdre. D'une pâleur de cire, elle était assise au chevet du Mujhar.

Ian tournait le dos à l'entrée.

Brennan vint à la rencontre d'Aidan.

— Il sera content de te voir. Suis-moi.

Aidan sentit le froid de la mort l'envahir. Il aurait voulu s'enfuir, comme si cela avait pu empêcher la mort de frapper.

Il avança lentement vers le lit. Aileen était assise sur un tabouret près de Deirdre. Serri, son loup à la fourrure rousse, était couché à côté de Niall.

Voir quelle maladie emportait le Mujhar n'avait rien de sorcier. Le côté droit de son visage était paralysé. Sa peau semblait flasque et livide...

— *Jehan*, dit doucement Brennan, Aidan est revenu.

Le *kivarna* d'Aidan s'éveilla d'un coup, lui révélant ce que ressentait Niall : il savait ce qui lui était arrivé, et combien de temps il lui restait.

Son bras droit était posé sur le loup, maintenant le contact mental et physique.

La tête de Serri reposait contre la poitrine de Niall.

Aidan s'approcha du lit.

— Prends-lui la main, dit Brennan. Il ne peut plus la bouger lui-même.

Aidan s'agenouilla et obéit. La chair était froide, déjà sans vie.

— Je suis revenu, grand-père.

— La jeune fille ?

Niall parlait lentement d'une voix pâteuse mais compréhensible.

Aidan tendit la main vers Shona, lui faisant signe de le rejoindre près du lit.

— Je l'ai ramenée avec moi. C'est la fille de Keely et de Sean.

Shona regarda son grand-père, sachant que ce serait la seule fois.

Il était clair que Niall ne passerait pas la nuit.

— La fille de Keely..., dit le mourant. Je savais qu'elle porterait une enfant digne de notre sang et de notre confiance. Il te faudra attendre ton tour, ma belle Erinnienne, mais un jour tu seras reine de ce palais, comme Deirdre aurait dû...

— Grand-père...

— Plus tard ! dit Brennan.

— Non, dit Aidan, sachant qu'il n'y aurait pas de plus tard. J'ai des nouvelles d'Atvia. Quelle est la chose que vous désirez le plus au monde ?

Niall s'affaiblissait d'instant en instant.

— J'ai tout ce que je désire...

— Pas tout à fait.

Aidan prit la main de Deirdre.

— Il y a un bonheur que vous n'avez jamais pu obtenir.

— Est-ce vrai ? Gisella... ?

Aidan éleva la voix, sachant qu'une déclaration officielle était nécessaire.

— La reine d'Homana est morte. En ma présence !

La voix de Niall n'était plus qu'un murmure.

— Qu'on fasse venir un prêtre.

— Niall, fit Deirdre, ce n'est pas nécessaire...

— Même si c'est la dernière chose que j'accomplirai en ce monde, belle princesse érinnienne, je ferai de toi la reine d'Homana.

La cérémonie fut des plus brèves. Niall eut du mal à prononcer ses vœux, mais Deirdre énonça les siens d'une voix calme.

— Reine d'Homana, murmura Niall. Cela aurait dû être ta place depuis le début.

— Peu m'importait, répondit Deirdre. Tout ce que je voulais, c'était *toi*. Les dieux nous l'ont permis. Mais comme les années ont passé vite...

— Cela valait mieux que rien, soupira Niall.

Deirdre fut reine quelques instants. Quand la vie quitta le corps de Niall, le titre passa à Aileen, tandis que Brennan devenait Mujhar à la suite de son père.

Ian retira la lourde chevalière noire du doigt du mort. Puis il la remit à Brennan.

— Mon seigneur, vous êtes désormais le Mujhar. Acceptez-vous cette bague, et mon allégeance ?

— *J'hai-na*, répondit-il. *Tu'halla dei, y'ja'hai. Cheysuli i'halla shansu.*

Brennan tendit la main. Ian lui enleva la chevalière au rubis et la remplaça par la bague noire gravée du lion rampant.

Reprenant la chevalière au rubis, qui revenait désormais à Aidan, nouveau prince d'Homana, Brennan récupéra la bague ornée d'une topaze que portait son fils et lui remit la marque de son nouveau titre.

Se sentant étrangement vide, Aidan réalisa que Brennan, au contraire de Niall, n'avait pas d'homme lige, ce que Ian avait été pour le défunt Mujhar.

Quelque chose bougea près du lit. Serri se redressa, ses yeux ambre brillant dans la pénombre. Puis il sortit de la chambre.

Aidan voulut le suivre.

— Laisse-le partir, dit Brennan.

— Mais...

— Serri n'est pas un loup, c'est un *lir*...

L'explication était suffisante. Il fit signe qu'il avait compris.

Ils entendirent tous le dernier hurlement de Serri se répercuter dans les couloirs.

Les chiens-loups lui répondirent en chœur.

CHAPITRE IV

Aidan alla dans la salle d'apparat aux petites heures de l'aube. Il resta un moment immobile près des portes, puis il avança, examinant les murs, les tapisseries, les armes qui les ornaient et les tapis qui décoraient le sol.

Enfin, son regard se posa sur le trône, qui symbolisait le pouvoir d'Homana. Il repensa à la version plus modeste qui se trouvait sur l'Ile de Cristal.

Le Lion d'Homana était différent, avec un Mujhar assis, ou plutôt affalé, dans son giron.

Aidan se sentit trahi. Il était venu invoquer l'esprit de son grand-père et Brennan allait l'en empêcher.

Le *kivarna* intervint. Aidan sentit chez son père du chagrin et de la colère mêlés à la connaissance de la tâche accablante qui l'attendait.

Il perçut aussi un fort désir d'y renoncer, si seulement cela pouvait rendre la vie à Niall.

Brennan ne bougea pas.

— Le fils aîné d'un roi sait qu'un jour il héritera du trône. La seule chose qu'il évite d'envisager est de quelle *façon* ce trône lui reviendra.

— Que voulez-vous dire ? demanda Aidan.

— Un roi doit mourir pour qu'un autre prenne sa place.

— Il n'aurait pas voulu continuer à vivre comme ça, dit Aidan. Son temps était terminé. Le vôtre est arrivé.

— Un peu trop facile, Aidan !

— Mais vrai. (Aidan s'assit au bord du foyer.) Quand est-ce arrivé ?

— Il y a deux jours, il était avec Deirdre, dans le solarium, discutant de choses et d'autres. Rien d'important. A un moment, il était en parfaite santé ; l'instant d'après...

Aidan avait entendu dire que les choses pouvaient se passer ainsi.

— Je n'aurais pas cru qu'il partirait de cette façon..., soupira Brennan.

— Un guerrier ne peut pas plus prédire sa mort que son *tahlmorra.*

— C'est vite dit ! Mais tu as toujours été beau parleur... Pourquoi es-tu venu ici ?

— Je voulais le faire revivre.

Brennan soupira.

— S'il existait un moyen...

— Il existe. Je l'ai déjà fait avec d'autres Mujhars morts.

— Aidan !

— C'est *vrai* !

— Ce n'est ni le lieu ni le moment de parler de tes rêves.

— J'en parle, parce que ce sont plus que des rêves ! *Jehan*, vous n'avez aucune idée de ce qui m'est arrivé. De ce que j'ai vécu...

— As-tu jamais pensé à ce que ta *jehana* et moi avons supporté ? Les nuits sans sommeil, l'inquiétude... Et le soir où ton grand-père nous a quittés, voilà que tu prétends pouvoir le faire revenir d'entre les morts !

— *J'en ai le pouvoir*, murmura Aidan. J'ai parlé à Shaine, à Karyon, à Donal. Pourquoi pas Niall, maintenant ?

Aidan serra les maillons de sa chaîne.

Livide, Brennan ferma les yeux.

Je dois lui prouver que je dis vrai. Sinon, il ne me fera jamais plus confiance.

— Non, dit Brennan d'une voix rauque. Tu ne feras pas ça ! Il est parti. Qu'il reste avec les morts ! Je ne sais pas qui tu es, Aidan. Pour le moment, j'aimerais que tu sois simplement mon fils.

Frappé par la force des émotions de son père, Aidan lâcha la chaîne.

Après un long silence, Brennan reprit la parole.

— Ainsi, tu t'es décidé pour la fille de Keely.

Aidan haussa les épaules, comprenant la raison de ce changement de sujet. Cela permettrait à Brennan de ne pas affronter la révélation que son fils lui avait faite.

— Aucun de nous ne s'est « décidé ». Les dieux nous ont poussés. Nous n'avons pas vraiment eu le choix.

— Elle ressemble plus à Sean qu'à Keely.

— D'apparence. Intérieurement, elle est très semblable à Keely. Mais elle est surtout... Shona.

— Tu sais que vous ne pourrez pas vous unir tout de suite. Il y aura une période de deuil officiel. Les Homanans n'apprécieraient pas qu'un mariage royal soit si proche du décès du Mujhar.

— Peu importe. Shona n'est pas intéressée par le cérémonial. Attendre un peu pour qu'un prêtre marmonne les mots rituels ne la gênera pas.

— Je ne doute pas qu'Aileen tentera de la faire changer d'avis au sujet du mariage, soupira Brennan.

Il se sentit forcé de revenir au sujet qu'il avait tenté d'éviter un peu plus tôt.

— Ces choses que tu m'as dites... Sont-elles vraies ?

— Ian a-t-il raconté quelque chose quand il est revenu de la frontière ?

— Rien de spécial, sinon que vous aviez décidé qu'il valait mieux que tu continues seul. Je savais qu'il ne t'aurait pas abandonné s'il avait pensé que tu courais un danger. Pourquoi ? Aurait-il dû me raconter quelque chose ?

— Non. *Jehan*, je vous ai dit que je parlais aux dieux. Il y a autre chose. Je les ai rencontrés, face à face.

— Comme les Mujhars morts ?

— Oui.

Le *kivarna* révéla la profondeur du désarroi de Brennan, qui soupira.

— Je pense que tu accordes trop d'importance à tes rêves.

— J'ai toujours rêvé. Mais pas de parler avec les dieux, ni de les rencontrer.

— Les hommes ne parlent pas *avec* les dieux, Aidan. Ils s'adressent à eux par la prière et les supplications, c'est tout. Même les prêtres le disent.

— Je ne suis pas prêtre, *jehan.* Pour tout dire, j'ignore moi-même ce que je suis. Mais je reconnais que ces événements semblent quelque peu bizarres.

— Aidan, ces choses sont *impossibles.*

— Alors, je suis fou.

— Mais... Des *dieux*, Aidan ?

— Seulement trois. Ils ont pris une forme humaine pour ne pas me terroriser. Ils ont parlé par énigmes, disant que j'ai une tâche à accomplir, des sacrifices à faire et une chaîne à rendre entière. *Ça*, je l'ai fait.

Brennan regarda les maillons passés autour de la ceinture d'Aidan. Il avait sans doute acheté la chaîne, ou il l'avait fait fabriquer. C'était la seule explication.

— Il me reste la mission à mener à bien. Je voulais vous le dire, afin que *jehana* et vous cessiez de vous inquiéter pour moi.

— Comment veux-tu que nous cessions de nous faire du souci, avec ce que tu me révèles ?

— Je ne suis pas maudit, mais béni des dieux. Ils m'ont choisi pour une raison. Une tâche à accomplir.

— Laquelle ?

— Ils ne me l'ont pas encore révélé.

— Tu seras Mujhar un jour. Ce sera une tâche suffisante !

Aidan secoua la tête.

— Il ne s'agit pas de ça. Ils savent que je suis le successeur désigné du Lion. Mais ils m'ont fait comprendre que je devais faire *autre chose.*

— Je ne sais pas comment Aileen et moi avons pu avoir un fils comme toi... Tu es si différent de ce que nous attendions...

L'estomac d'Aidan se noua.

— Etes-vous déçu à ce point ?

— Non ! Tu es tout ce que des parents peuvent désirer. Mais tu es...

— ... différent, acheva Aidan. On m'a prévenu que cela ne voulait pas dire que j'étais *meilleur.*

Brennan soupira et se frotta les yeux.

— Désormais, tu auras davantage de responsabilité. Tu es le prince d'Homana. Les gens te demanderont des conseils et ils te prieront d'intercéder auprès de moi. Ils ne te laisseront pas tranquille. Tu auras l'honneur lié à ton rang, mais aussi le poids de ses responsabilités. Parfois, cela pèse si lourd... Tu ne connaîtras plus jamais la paix qui était tienne jusque-là.

Aidan pensa à la « paix » qu'il avait connue. Ce ne serait pas une grande perte...

— Les choses ne seront plus jamais les mêmes. Prépare-toi du mieux possible.

Aidan regarda le rubis qui ornait sa main.

— Je le ferai...

CHAPITRE V

Aidan entra dans sa chambre et s'assit lentement sur un siège, près du lit. Shona ferma la porte puis lui enleva le cercle d'or qu'il portait autour du front.

— Tiens, ça soulagera la douleur, à mon avis.

Il soupira, s'appuyant contre le dossier du fauteuil tandis que Shona lui massait les tempes.

— Ces deux mois ont été bien longs, fit-il.

— C'est fini maintenant. Niall repose à côté de ses ancêtres. La famille peut recommencer à vivre normalement.

Les soixante jours de deuil requis par les coutumes homananes avaient été épuisants.

Mais ils étaient terminés.

— Maintenant, il est temps de penser à *notre* cérémonie.

— Je n'en ai pas besoin pour savoir que nous sommes liés.

— Non. Mais les Homanans sont pointilleux sur ces choses-là. Et puis, cela donnera quelque chose à faire à Deirdre.

— C'est vrai. Pauvre Deirdre... Malgré son chagrin, elle s'occupe de tous les autres : Brennan, qui ressemble à un navire sans gouvernail, Ian, qui se renferme sur lui-même...

— Il était l'homme lige du Mujhar. Son frère, son compagnon de toujours...

— Il a passé sa vie à servir notre grand-père, dit Shona. Que va-t-il faire maintenant ? Et Deirdre ? Restera-t-elle ici ? Ou repartira-t-elle à Erinn ?

— Je crois qu'ils resteront ici. Deirdre y a passé presque toute sa vie. Homana est désormais son pays. Et Ian apportera toute l'aide qu'il pourra à Brennan et aux autres.

— Mais la famille de Deirdre, sa fille unique et presque tous ses petits-enfants sont à Erinn. Sauf Blais. Et il ne s'est pas montré depuis deux mois.

— J'aurais aimé qu'il vienne aux cérémonies. Il a sûrement été informé : la nouvelle a couru dans tout Homana.

— Blais est têtu. Il a *choisi* de ne pas venir.

— Dommage. Il aurait été accueilli avec joie.

— Vraiment ? Il est le fils d'un traître, ne l'oublie pas.

— Je crois que les Homanans l'accepteraient mieux que les Cheysulis. Peu leur importent les actions de Tiernan...

— Ton mal de tête est parti, dit soudain Shona. Tu ne seras pas contre une petite promenade avant d'aller au lit ?

— Maintenant ? Il est tard...

— J'aimerais voir quelque chose... Je n'ai pas demandé avant, à cause des cérémonies. Veux-tu me montrer la Matrice ?

— La Matrice de la Terre ?

— Oui. Ma mère m'en a parlé. Elle m'a révélé l'existence de l'oubliette sous le sol de la salle d'apparat, et de tous les *lirs* de marbre.

— D'accord, mais sans les chiens, dit-il.

— Je les ai laissés dans ma chambre.

— Parfait. Ainsi, nous ne les aurons pas dans les jambes.

— Tu es jaloux parce que les chiens me préfèrent, c'est tout ! dit Shona.

— Je ne suis pas jaloux du tout. Je trouve seulement qu'ils sont un peu trop nombreux, et j'apprécie peu qu'ils essaient de dormir dans mon lit....

— Parce qu'ils y sentent mon odeur. Si tu préfères, je coucherai toujours dans mon propre lit !

— Non. Mais nous avons des chenils... Je sais que tu aimes tes chiens...

— Oui !

— ... mais tu pourrais peut-être les traiter comme des animaux. Les serviteurs se plaignent des poils qui envahissent tout, sans parler des os qu'ils laissent traîner, et des *autres choses* qu'on trouve un peu partout...

— Les chiots sont presque tous propres.

— Tu comptes les garder tous ?

— Non. J'ai déjà des offres pour certains. Il est dur de les voir partir, mais c'est aussi pour ça que je les élève. Pour améliorer la race et les vendre.

C'est toujours ça, se dit Aidan.

— Voilà l'entrée de la salle d'apparat.

Aidan poussa les portes d'argent martelé. La salle était vide. Les bannières noires et les couronnes funéraires avaient été enlevées.

Shona regarda le trône.

— Vu d'ici, le Lion a l'air maléfique.

— Celui de l'Ile de Cristal était plus bienveillant, murmura Aidan.

Il avança dans le foyer, écarta les braises encore rougeoyantes et dégagea la plaque qui donnait accès à l'escalier de pierre.

Il la souleva au prix d'un effort violent, puis la posa sur le côté. Un air moisi sortit de l'ouverture, faisant danser la flamme de leur torche.

— Reste juste derrière moi, ordonna Aidan. Si les marches sont humides, elles peuvent être dangereuses.

On lui avait dit qu'il y avait cent deux marches.

Pour la première fois de sa vie, il les compta.

— A quelle profondeur descendons-nous ? dit Shona, impressionnée.

— Pas aussi loin que la Matrice elle-même, répondit Aidan.

Au pied de l'escalier, ils débouchèrent dans une petite pièce. Aidan trouva la pierre qui permettait d'ouvrir la porte. Il appuya dessus. Une partie du mur pivota, donnant accès à la salle des *lirs* de marbre.

— Dieux, fit Shona, regarde tous ces *lirs*... Pouvons-nous entrer ?

— Oui, si nous faisons attention à ne pas tomber dans l'oubliette.

Celle-ci se trouvait au centre de la salle. Ce trou rond entouré d'une margelle de marbre où couraient des runes menait aux profondeurs de la terre.

Shona était impressionnée, mais pas effrayée.

Ensemble, ils regardèrent les *lirs*. Ils paraissaient avoir envie de quitter la salle pour reprendre leur liberté.

Aidan frissonna.

— Oui, je l'ai senti aussi. Ils ont envie de s'en aller.

— Un jour, chacun d'eux partira.

— Que veux-tu dire ?

Le prince se secoua.

— Quoi ?

— Tu as dit : « Un jour, chacun d'eux partira. »

— Ai-je dit ça ?

— Tu as oublié ?

Il frissonna de nouveau.

— C'est cet endroit... On raconte que Karyon, avant de devenir roi, s'est jeté dans l'oubliette.

— Il n'est pas mort ?

— Non. Il est devenu Mujhar à cause de ça. A une époque, c'est ainsi qu'on jugeait si un homme était digne du titre. C'est une histoire qu'on raconte. J'ignore si elle est vraie. Mais je ne doute pas que nos descendants colporteront aussi des légendes à notre sujet...

— Nos enfants ? dit Shona, haussant un sourcil.

— Oui. Un jour...

— Plus tôt que tu le penses, je parie.

Il allait lui poser la question quand le *kivarna* lui donna la réponse.

— Par les dieux ! Quand ?

— Tu ne le savais pas ?

Il la regarda de plus près.

— Non. Même maintenant, je ne vois pas grand-chose... Tu es sûre ?

— Oui. Moi, je m'en aperçois ! Ma ceinture est nouée de plus en plus large... Je voulais te le dire quand je serais plus près de l'accouchement, mais Deirdre et Aileen s'en sont aperçues. Elles m'ont amenée chez une sage-femme. Dans trois mois, mon seigneur, nous aurons un bébé !

— Trois mois ?

— Oui. Je suis si grande et si large que le bébé est placé horizontalement au lieu de pointer vers l'avant.

— Ça veut dire... que nous étions encore à Erinn.

— Oui. Si j'en juge par les dates, ça c'est passé lors de notre première nuit !

— Et moi qui pensais que c'était la nourriture homanane...

— Tu l'avais donc remarqué ! Et tu étais trop poli pour mentionner que je devenais grassouillette... Crois-tu que ce sera un garçon ?

— Comment pourrais-je le savoir ?

— Si c'est une fille, nous aurons le temps de faire un petit plus tard... (Elle s'interrompit.) Aidan ! Regarde !

Il se retourna, alerté par l'inquiétude de Shona.

Un homme entra. Ses longs cheveux noirs grisonnant étaient sales et mal entretenus. Et ses cuirs cheysulis tachés et déchirés. Ses bras ne portaient plus d'or-*lir*, mais la marque des bracelets restait gravée dans sa chair.

De la même façon, la perte de son *lir* était inscrite dans son regard : Tiernan des *a'saii* était réellement fou.

Aidan porta la main à son couteau.

— Que voulez-vous ?

— Ce que j'ai toujours désiré. Es-tu la fille de Keely ? demanda l'homme, regardant Shona pour la première fois.

— Oui.

— Blais m'a dit à quoi vous ressembliez, toi et les autres. Mais peu importe.

Blais était le portrait de son père. Même taille, même teint... Maeve ne lui avait rien légué.

Sauf, j'espère, son bon sens...

— Ainsi, vous avez rencontré Blais. Que pensez-vous de votre fils ?

— Ce n'est pas mon fils, mais celui de Maeve. Elle a fait de lui un Homanan... ou un Erinnien.

— Ah, dit Aidan. Il vous a renié.

— Une sage décision, ajouta Shona.

— Elle aurait dû me le confier ! J'aurais fait de lui un guerrier cheysuli !

— Tordu comme vous ? Quoi que vous en pensiez, il *est* un guerrier cheysuli. Un vrai. Avec un *lir* et les droits liés aux clans. Votre *lir* est mort. Vous avez été chassé des clans. Tiernan, vous avez agi comme un imbécile. Pourquoi êtes-vous venu ?

— Pour le Lion. Niall est mort. Désormais, le trône m'appartient.

— Quelqu'un d'autre l'occupe déjà.

— Brennan ? Lui et moi sommes de vieux ennemis. S'il pense que le trône lui revient, dis-lui de me rejoindre *ici*.

— Que voulez-vous ?

— Qu'il vienne seul et qu'il affronte la Matrice de la Terre. Comme a fait Karyon quand il a voulu devenir Mujhar.

— Brennan est *déjà* Mujhar, Tiernan. Le Conseil d'Homana et celui des clans l'ont accepté comme tel.

— Seule compte la décision des dieux.

— J'en sais quelque chose, cousin ! dit Aidan en éclatant de rire. Mais vous ? Vous avez tourné le dos aux dieux et nié votre héritage. Ce faisant, vous avez tout perdu ! Comment pourriez-vous être digne de régner ?

Tiernan s'approcha de l'oubliette.

— En renaissant grâce à la Matrice, comme l'ont fait les Mujhars d'antan.

Aidan comprit soudain ce que l'homme voulait faire.

— Tiernan, non !

Debout au bord du gouffre, l'*a'saii* les regarda.

— Je suis un enfant des dieux. J'entrerai dans la Matrice, et j'en ressortirai Mujhar. On lit dans vos yeux que vous ne me croyez pas. Mais la grande *jehana* est fertile. Elle fera de moi le roi, comme elle le fit pour Karyon.

— Non ! cria Aidan.

Tiernan sourit et se laissa tomber dans l'oubliette.

Cette fois, la Matrice de la Terre resta stérile.

CHAPITRE VI

La prise de pouvoir du nouveau roi se fit avec peu de cérémonies. Niall avait régné près de cinquante ans. Bien que la période de deuil officiel fût terminée, Brennan savait que le chagrin de ses sujets ne s'éteindrait pas si vite.

Le Mujhar reçut des messages de condoléances des royaumes voisins. Il y répondit poliment, puis entreprit immédiatement d'exercer son influence sur le Conseil homanan.

Les changements furent progressifs, mais il devint vite évident que Brennan ne gouvernerait pas comme Niall. Sa politique, sans être agressive, était plus ferme que celle de son père. Les rois de Caledon, de Falia et d'Ellas furent contraints de renégocier d'anciens traités commerciaux.

Brennan informa Corin et Hart qu'ils régnaient désormais de façon autonome sur leurs royaumes, comme Niall l'avait toujours prévu.

Cependant, il les inclut dans ses plans pour Homana afin que la prophétie ne soit pas desservie par leur séparation. Pour unir les quatre royaumes, les trois frères devaient penser comme une seule entité.

Restait Erinn. Bien que marié à Keely, Sean ne devait rien à la prophétie.

Mais le Mujhar avait conclu une alliance commerciale grandement favorable à l'économie d'Erinn. La séparation aurait été au détriment des Erinniens. Grâce à l'influence de Keely, Sean accepta un nouveau traité améliorant l'ancien, tant pour Homana que pour Erinn.

L'étendue de la vision politique de Brennan fut révélée à Aidan le jour où son père le fit appeler dans ses appartements et lui dit qu'il devrait penser à fiancer son enfant.

Aidan le regarda, ébahi.

— Il n'est pas encore né ! Nous ignorons si ce sera une fille ou un garçon !

— Peu importe, car nous ne pouvons pas attendre. Tu es désormais le prince d'Homana. Nous devons assurer ta place dans la succession.

— Maintenant que Tiernan est mort, qui essaierait de m'évincer ?

— Il est vrai que les *a'saii* semblent s'être dispersés après la mort de leur chef. Mais il reste Blais. Nous ne pouvons être sûrs de rien.

— Blais a renié son père. C'est en partie pour ça que Tiernan s'est jeté dans la Matrice. Ce n'est pas parce que Blais refuse de venir à Homana-Mujhar qu'il complote contre nous ! Il est têtu, jc l'admets. Mais il est venu prendre sa place dans les clans, pas tenter de me voler la micnnc !

— Nous allons tout de même parler de ces fiançailles !

— Nous nous épousons entre cousins depuis des siècles. Peut-être faudrait-il regarder vers d'autres royaumes ? Nous sommes trop proches d'Erinn et de Solinde. Et Glyn, l'épouse de Corin, est stérile. Il me l'a dit avant mon départ.

Brennan haussa un sourcil, mais ne dit rien.

— Il reste Ellas, Falia et Caledon.

— A ma connaissance, seule la fille de Finn a épousé le plus jeune fils du Haut Roi de Caledon, il y a plusieurs décennies...

— C'est de l'histoire ancienne. Parlons plutôt des générations futures.

— Je ne suis pas sûr d'avoir envie de marier ma fille si loin d'Homana.

— Si l'enfant est un garçon, il restera ici et la princesse viendra l'y rejoindre.

— Comme Shona ? En parlant de ça, quand aura lieu mon mariage ?

— Je pensais que tu préférerais attendre un peu. Avec le décès récent de ton grand-père...

— Cela me serait égal, mais il reste deux mois avant la naissance. La cérémonie n'a pas besoin d'être grandiose. Cela dit, il vaudrait mieux que l'enfant naisse dans les liens du mariage. Vous connaissez les Homanans, *jehan*.

— Tu as raison. Je demanderai à Aileen et à Deirdre de mettre ça sur pied.

— Il y a une chose... J'aimerais emmener Shona à la Citadelle pour qu'elle y ait son enfant.

— Pourquoi ? Ne préférerait-elle pas rester à Homana-Mujhar ?

— Shona a grandi dans l'ignorance de son héritage, à part ce que Keely lui a enseigné. Elle a besoin d'en savoir plus sur l'histoire de notre peuple.

— Bien. Emmène-la si tu le juges nécessaire. Ta promise est cheysulie. Elle a le droit de connaître tout ce qui concerne notre race.

— Je vais lui dire de se préparer pour le mariage, puis nous partirons pour la Citadelle.

— Tu devrais d'abord lui demander ce qu'elle en pense ...

— Vous oubliez, *jehan*, qu'avec le *kivarna* entre nous, je ne peux pas lui cacher grand-chose !

— Une chance que tu ne sois pas menteur de nature !

— Je crois qu'il est temps que je dresse mon propre pavillon à la Citadelle. Un cadeau pour l'enfant...

— Plutôt pour *toi*, dit Brennan.

— *Jehan ?*

— Tu perdras beaucoup de liberté dans les années à venir. Le Lion t'avalera tout entier, comme nous. Les Cheysulis n'aiment pas les murs... Le Lion est homanan, mais nous ne sommes pas que cela. Quand tu dresseras ton pavillon, qu'il soit conçu pour toi. En l'honneur de tes ancêtres. De ce que tu es. De ce que nous avons été.

Aidan hocha silencieusement la tête.

Puis il quitta la pièce.

La cérémonie fut des plus simples. La famille se réunit dans la salle d'apparat, chacun ayant choisi ses plus beaux atours.

Shona entra, vêtue d'une robe d'un vert profond, ornée d'une fine broderie d'or et d'une ceinture d'émeraude.

Aidan la conduisit jusqu'à l'estrade où le prêtre les attendait. Ils prononcèrent leurs vœux d'une voix tranquille. Puis Aidan plaça autour du cou de son épouse le collier représentant son *lir* et un chien-loup.

Désormais prince et princesse d'Homana, *cheysul* et *cheysula*, Aidan et Shona se mêlèrent aux invités.

Shona râla contre les jupes qui l'empêchaient de parcourir la salle à grandes enjambées et la forçaient à marcher comme une pucelle effarouchée. Aidan lui répondit qu'il ne l'avait jamais vue effarouchée, et qu'il était évident qu'elle n'était plus pucelle depuis un certain temps.

Shona lui jeta un regard noir.

Mais le *kivarna* révéla la vérité à Aidan : son épouse était aussi émue que lui, car ils étaient liés par quelque chose de bien plus puissant que les vœux qu'ils venaient de prononcer.

Les femmes emmenèrent Shona loin d'Aidan, qui se retrouva momentanément seul.

Deirdre vint le rejoindre. Vêtue d'une robe élégante, elle avait pourtant vieilli de dix ans en trois mois.

Aidan craignit qu'elle ne tardât point à suivre Niall dans la mort.

— Grand-mère, dit-il en lui offrant une coupe de vin, j'ai été négligent. Je ne vous ai pas rendu visite assez souvent ces derniers temps.

— Tu avais beaucoup à faire. Un nouveau titre, une épouse... bientôt un enfant. Tu comprendras ce que ton grand-père et ton père ont eu à affronter toutes ces années : une Erinnienne fière de son franc-parler !

Il lui prit la main et la baisa.

— Vous êtes la plus belle d'entre toutes, aujourd'hui.

Elle sourit.

— Comme tu es doux, Aidan. J'oublie parfois combien tu es différent des enfants de Niall... Ce doit être le *kivarna*... Tu comprends ce que les autres ressentent, conscient qu'une parole irréfléchie peut faire du mal. Tu as toujours été ainsi, et je t'en ai toujours été reconnaissante.

— Pour quelle raison ?

— Cette Maison est remplie de guerriers. Je n'ai rien contre cela... Niall a élevé ses enfants pour qu'ils soient forts, et c'est normal. Tu es aussi un guerrier, mais il y a autre chose en toi...Tu penses plus aux gens qu'aux traités ou à la guerre. C'est important, Aidan. Sois toi-même, pas ce que veulent les autres.

— Malgré tout, je suis tenu par la prophétie. Plus que n'importe lequel d'entre nous...

— Pauvres Cheysulis... Parfois, je me dit que vous n'avez aucune liberté.

— Les dieux nous ont donné le libre arbitre, grand-mère.

— Vraiment ? Dans ce cas, suis ton intuition. Ne laisse pas l'histoire de tes ancêtres te détourner de ton chemin.

Elle parlait un peu comme le Chasseur ou Ashra.

Cela intrigua Aidan.

— Que voulez-vous dire ?

— Qu'il est temps que votre race arrogante lâche un peu de lest et vous laisse *respirer.* J'ai vécu avec un guerrier cheysuli pendant plus de quarante ans. Et j'ai aidé à en élever quatre, en comptant Keely. Je comprends bien la situation, Aidan. Votre race est beaucoup trop liée par les coutumes, et les clans refusent tout changement. Mais il est *sain* d'évoluer !

Aidan toucha les maillons. passés à sa ceinture. Il portait ce changement en lui, il le savait. Sinon, pourquoi aurait-il été différent ? Pourquoi les dieux auraient-ils pris la peine de lui parler ?

Etait-il différent au point de modifier les traditions de sa race ?

— Trop de changements peuvent être dangereux.

— Il ne faut rien précipiter. Mais tu as l'habitude de réfléchir avant d'agir. Je crois que tu ne seras pas un Mujhar comme les autres. Mais ce sera un bien.

— Et mon *jehan* ?

— Il est le roi dont Homana a besoin aujourd'hui. Ton tour viendra, Aidan. Quand ce sera le moment, fais ce qu'il faudra !

CHAPITRE VII

— Pourquoi êtes-vous venus me voir ? demanda Burr. Je suis le plus jeune *shar tahl* de la Citadelle...

Aidan sourit.

— C'est pour ça que nous nous adressons à vous. Parce que vous êtes différent des autres.

— Et parce que vous êtes le seul à avoir parlé de son père à Blais, ajouta Shona.

— Oui. Je crois que mes pairs ont eu tort. Mais, Tiernan ayant été effacé des registres de naissance, comment auraient-ils pu évoquer un guerrier qui n'existait plus ?

— Pourtant, *vous* lui avez répondu.

— Je le devais. Si j'avais refusé ces informations à Blais, j'aurais failli à un de mes devoirs : servir les Cheysulis pour tout ce qui touche aux coutumes, à leur héritage et à la tradition... J'ai interprété mes devoirs différemment des autres *shar tahls*, c'est tout.

— Ainsi, dit Shona, nous vous avons posé la question. Allez-vous nous répondre ?

— Bien sûr. Vous pouvez avoir un pavillon dans la Citadelle. Pourquoi vous le refuserais-je, alors que j'ai donné la permission à Blais ? Il est absent pour le moment, mais vous aurez l'occasion de le revoir. Avez-vous l'autorisation du chef du clan ?

Shona éclata de rire.

— Il l'a donnée aussitôt ! Aurait-il osé refuser au fils du Mujhar ?

— Il en aurait eu le droit. Mais il pense sans doute qu'Aidan saura ainsi ce que c'est d'être un guerrier lié aux clans. Il l'apprendrait encore mieux s'il étudiait son héritage avec un *shar tahl.*

— Puis-je choisir lequel ?

— C'est d'accord, dit Burr. Installez votre pavillon, puis venez me voir tous les jours.

— *Leijhana tu'sai.*

Aidan se leva, aidant Shona à faire de même.

— Vous avez dit un jour que j'avais votre sympathie. Est-ce toujours le cas ?

— Entre autres choses..., dit Burr.

Aidan savait qu'il était inutile d'en demander plus.

Soupirant, il tint le rabat de la tente ouvert pour laisser passer Shona.

Trois jours durant, ils préparèrent le tissu et le cousirent. Puis ils peignirent un corbeau noir sur ce qui serait les côtés.

Avec l'aide de trois guerriers, ils érigèrent enfin le pavillon.

— Il est à nous, dit Shona, quand leurs compagnons les eurent quittés.

Aidan lui passa un bras autour de la taille.

— Quelque chose que nous avons construit *ensemble*, continua-t-elle. Il règne ici une telle paix... Je pourrais y vivre pour toujours.

— « Pour toujours », c'est bien long ! Et tu ne sais pas ce que c'est d'être cheysuli.

— Pas encore. Mais je ne mens pas quand je dis que je sens la paix et la sécurité qui règnent ici. Laisse-moi les savourer un peu avant d'imposer tous les changements dont tu parles...

— Je ne veux pas tout modifier, dit-il, seulement des abominations comme l'exclusion... De toute façon, je ne suis pas encore Mujhar. Et les Cheysulis sont surtout gouvernés par les dieux, pas par les rois. Rien ne dit que je serai capable de les convaincre...

Aidan posa les mains sur le ventre de Shona, contrainte d'abandonner les braies pour des jupes amples quelques semaines plus tôt.

Il sentit la chair tendue sous la douceur de la laine.

— Nous avons monté notre tente à temps, je crois !

— Il sera cheysuli avant toute autre chose, dit Shona. Tu dois le sentir, Aidan : j'ai connu la liberté à Kilore. Mais pour la première fois, je me sens *vraiment* libre. Et entière. Cet endroit est mon foyer !

— Il y a aussi Homana-Mujhar.

— Je sais que nous ne pourrons pas vivre ici en permanence. Mais j'aimerais que nous y restions aussi longtemps que possible...

— Nous resterons... autant que nous le pourrons. Et nous donnerons à notre enfant les bases que tu n'as pas eues. Et qui me manquent aussi, car j'ai été élevé à Homana-Mujhar.

Tu es étrangement satisfait de toi, dit Teel. *Je ne crois pas que le pavillon y soit pour grand-chose.*

Je suis trop heureux pour polémiquer. Il y a le pavillon, cette femme...

... Et l'enfant à venir.

Oui, lir. *Toutes ces choses ! Simples et magnifiques.*

Aidan serra Shona dans ses bras.

— Commençons par allumer un feu. Il fait sacrément froid ici à mon goût !

CHAPITRE VIII

Il rêva.

Les portes d'argent martelé de la salle d'apparat d'Homana-Mujhar s'ouvrirent en grand. Sur l'estrade, le Lion le fixait de son regard mauvais.

Le Lion vivait. Aidan le voyait respirer !

La bête maléfique se leva. Elle n'était plus de bois, mais de chair et ouvrit une gueule immense...

— *Aidan !* Ce bruit ? Que se passe-t-il ?

Il s'éveilla en sursaut, trempé de sueur.

Lir... lir... *des Ihlinis... Partout...*

Il se leva d'un bond.

— Teel ?

Les Ihlinis... Les Ihlinis...

— Dieux ! Des Ihlinis, à la Citadelle !

Ils entendirent des cris.

Si les Ihlinis avaient envahi la Citadelle, ils détruiraient tout.

Shona passa en hâte une paire de bottes tandis qu'Aidan entrouvrait le rabat. Il se tourna aussitôt vers son épouse.

— Il faut fuir. Tout de suite. Ils brûlent tout.

Lir... Lir... *Les Ihlinis...*

Dans toute la Citadelle, les *lirs* hurlaient leurs avertissements. Aidan entendit des cris de femmes et d'enfants.

— Ils tuent les enfants, *meijhana.*

Shona prit un manteau et le mit sur ses épaules. Elle ne perdit pas de temps à prendre autre chose. Aidan saisit son arc de guerre et son couteau.

Ils sortirent du pavillon, situé non loin du mur d'enceinte.

— Nous devons aller vers le portail et nous glisser dehors.

— Ou grimper au mur, dit Shona.

— Tu ne peux pas !

— Je me débrouillerai.

La nuit était éclairée par les flammes froides provenant du monde cauchemardesque du Seker.

— Vers le mur, dit Aidan.

— Les enfants..., gémit Shona.

Teel ?

Ils sont partout. Au-dessus de toi, lir. *Des Ihlinis partout...*

Des arbres prirent feu autour d'eux.

Shona s'attaqua au mur. Il n'était pas difficile à escalader, car ses pierres sans mortier laissaient des prises aux mains et aux pieds.

Mais la jeune femme était alourdie et déséquilibrée par l'enfant qu'elle portait.

Aidan essaya de l'aider en la poussant.

— Grimpe, Shona !

Lir *! Un Ihlini !*

— Shona ! Tiens bon !

Se retournant, Aidan vit un cavalier le charger, épée au clair.

Il ne prit pas le temps de réfléchir et encocha une flèche sur son arc.

Derrière lui, le pavillon au corbeau s'enflamma.

Les cris et les appels faisaient un contrepoint sinistre à la danse macabre qui se déroulait entre Aidan et le cavalier inconnu.

Shona était toujours accrochée au mur.

Aidan vit son visage livide à la lueur du pavillon en flammes.

La flèche transperça la gorge du cheval, qui tomba en hurlant.

Le cavalier se dégagea et avança vers Aidan, enveloppé du *feu de dieu.*

— Shona, vite ! cria Aidan.

— Je n'y arrive pas, dit-elle en redescendant sur le sol.

Aidan jura. Il ne pouvait pas se laisser distraire par Shona. Pourtant, il lui était impossible de se fermer à ses émotions : la peur, mais surtout la colère.

Une rage froide et mortelle, provoquée par les Ihlinis.

Qui tuaient des enfants.

Aidan encocha sa dernière flèche.

A cc moment, il reconnut le visage de son ennemi, éclairé par les flammes

— Tevis !

— Lochiel, corrigea l'homme avec un sourire glacial.

Aidan tira sa flèche. Lochiel la coupa en deux d'un coup d'épée.

Il ne peut pas être aussi rapide !

Jetant l'arc, Aidan sortit son couteau.

Il n'avait rien d'autre.

Shona courut vers le pavillon en flammes. Avant qu'il ait eu le temps de protester, elle en ressortit et lui mit dans la main l'épée de Keely.

Il la prit et lui donna son couteau.

— Passe par le portail, et cache-toi dans les bois...

Il n'eut pas le temps d'en dire plus. Lochiel se jeta sur lui.

Shona partit en courant, ralentie par le poids de l'enfant.

La lame était une arme de femme, fine comme une branche de saule. Mais c'était mieux que rien.

Lochiel se révéla rapide et infatigable.

Aidan parait de son mieux.

Du coin de l'œil, il vit Shona cesser de courir puis revenir vers lui.

Le *kivarna* lui apprit ce qu'elle ressentait : elle ne supportait pas de le laisser et de ne pas savoir s'il allait vivre ou mourir.

— Fuis ! cria-t-il.

La lame se brisa entre ses mains.

Lochiel éclata de rire. Il sortit son couteau et le lança.

La lame s'enfonça dans la poitrine de Shona.

Aidan hurla. Le *kivarna* qui les liait disparut d'un coup quand le couteau traversa le cœur de la jeune femme. Aidan se jeta sur Lochiel, mais l'Ihlini fit un pas de côté, leva son épée et la planta dans l'épaule d'Aidan.

La douleur l'envahit, amplifiée par le *kivarna*.

Par ce qui avait été fait à Shona !

Ses jambes refusèrent de le porter et ses bras ne voulurent plus bouger. Il sentit la lame grincer contre l'os quand Lochiel retira l'épée.

Puis le sang coula comme une fontaine chaude et gluante.

Shona.

Il tomba à genoux, le bras gauche inutilisable.

Lochiel passa à côté de lui, gracieux comme un danseur. Les cris s'étaient éteints, remplacés par un silence de mort.

Lochiel s'agenouilla près de Shona. Il retira le couteau de son dos, puis écarta la tunique du cadavre.

Aidan comprit ce qu'il allait faire.

Mobilisant toute son énergie, il se leva, tenta de courir et retomba sur le sol. Il n'avait rien. Ni épée, ni couteau. Seulement son désespoir et la rage mortelle qui l'animait.

— *Ne pose pas tes mains sur elle !*

Lochiel lui jeta un coup d'œil méprisant, puis se remit à l'œuvre.

Lochiel retira le bébé, coupa le cordon ombilical et enveloppa l'enfant dans le manteau de Shona. Il posa le petit paquet sur le sol à côté de la morte.

Puis il se leva, faisant face à Aidan.

— Je veux la lignée, dit-il. Je la ferai *mienne*.

Ses jambes cédant sous lui, Aidan retomba sur le sol.

— Shona !

— Il n'est plus temps, murmura Lochiel

De l'obscurité brûlante jaillit la lueur d'une lame.

Le crâne dans lequel elle avait pénétré se fendit.

CHAPITRE IX

Les cendres boueuses collaient aux bottes de Brennan. Il préférait ne pas savoir si elles provenaient du bois ou des os et de la chair brûlés.

Aidan avait failli mourir. Il n'était pas encore certain qu'il survivrait.

La Citadelle était en ruine. Si les murs restaient debout, presque tous les pavillons avaient brûlé.

Un homme se pencha, ramassant une petite boule de fourrure calcinée.

— Mon *lir*, murmura-t-il.

Il avait passé la matinée à chercher tandis que Brennan inspectait les décombres.

Le Mujhar le regarda partir. Privé de son *lir*, le guerrier ne vivrait plus longtemps.

— Quel gaspillage ! murmura Brennan, en voyant l'homme se diriger vers la forêt pour y pratiquer le rituel de mort.

— Brennan, dit Ian, ils l'ont trouvée le lendemain du massacre. On s'est occupé d'elle. La Cérémonie des Défunts s'est déroulée il y a six jours. Nous ne pouvons plus rien faire, sauf le dire à Aidan quand il s'éveillera.

— S'il s'éveille un jour.

— Avec du temps...

— Tu crois que le temps y changera quelque chose ? Tu l'as vu. Tu l'as entendu. Quand l'Ihlini lui a fendu le crâne, son esprit s'est enfui par le trou !

— Tu es injuste envers lui.

— Par les dieux, *su'fali* ! Il est fou ! Quand on tire une phrase de ce qu'il raconte, elle n'a aucun sens ! Je suis le premier à souhaiter qu'il recouvre la raison... Mais je sais ce que j'ai entendu.

— J'ai vu des hommes frappés à la tête dire et faire des choses bizarres...

— Des prophéties ?

Ian soupira.

— Non.

— Dieux ! s'écria Brennan. Pourquoi nous l'avoir donné si c'était pour nous le reprendre ainsi ? Enfant, il est si souvent passé près de la mort ! Nous tentions de nous y préparer... Maintenant qu'il est devenu un homme en bonne santé, ils nous le reprennent !

— *Harani...*

— Je n'aurais jamais dû les laisser venir ici...

— Tu n'aurais pas pu l'empêcher. Aidan est adulte, Brennan. Il prend ses décisions lui-même. Shona et lui avaient le droit de faire ce qu'ils désiraient.

— Regarde ce qui est arrivé !

— Le *tahlmorra*, dit Ian à voix basse. Viens, *harani*. Il est temps de rentrer. Aileen aura besoin de toi. Et ton fils aussi.

— Ils ont détruit mon fils, murmura Brennan. Même s'il survit, ce ne sera plus le même homme...

Il s'aperçut qu'il hurlait. Sa gorge brûlait, mais il était incapable de former des mots cohérents.

Ses membres se tordirent et le feu envahit sa tête.

Il cria. Puis il entendit les voix qui tentaient de le calmer, mais les mots n'avaient aucun sens.

Les convulsions s'aggravèrent. Quelqu'un fourra un morceau de bois enveloppé de tissu dans sa bouche. Ses mâchoires se crispèrent jusqu'à ce que le bois éclate sous la pression.

Quand la crise cessa, il se laissa retomber sur le matelas, frissonnant de faiblesse. Personne ne lui parlait plus.

Sans doute avaient-ils compris qu'il n'avait pas les moyens de répondre.

Les souvenirs tourbillonnèrent dans sa tête comme des ballons d'enfant.

Des flammes, des cris. La puanteur de la chair brûlée.

Souvenir de mort.

Tous les jours, quelqu'un approchait une chandelle de ses yeux, mais il était incapable de les fermer. Et il ne pouvait pas faire comprendre à son bourreau que la lueur le torturait.

S'il essayait de lever une main pour se protéger, des spasmes le saisissaient, et on le maintenait immobile.

Quelqu'un lui avait fendu le crâne, comme on briserait la coquille d'un œuf.

Il rêva d'un homme jeune, splendide, fort et plein de vie. Son pouvoir était tangible, mais pas encore mis à l'épreuve.

Il avait les yeux gris. Ses cheveux noirs et épais encadraient un visage d'une beauté austère exprimant une autorité qui dépassait celle de n'importe quel monarque.

Le jeune homme courait dans les rêves d'Aidan avec la grâce d'un puma.

Il n'était pas cheysuli. Ni ihlini. C'était un homme venant de toutes les lignées, forgé au cœur des guerres et martelé sur l'enclume de la paix.

Ses dons étaient inimaginables.

Aidan murmura :

— Le Premier Né.

Renaissance.

Mort.

La fin de tout ce qu'il connaissait. Le début d'une ère nouvelle.

Il recula devant la vérité ; devant l'homme qui hantait ses rêves.

Au plus profond de lui, quelque chose s'éveilla.

Il parla.

Il vit leurs visages effrayés et l'horreur dans leurs yeux.

Il était fou, n'est-ce pas ?

Les convulsions recommencèrent, puis cessèrent.

La tête fracassée guérit.

Il s'éveilla, agenouillé sur le sol.

Ils arrivèrent à la course. Cette fois il comprit ses propres paroles.

— Je suis l'épée ! Je suis l'épée, l'arc et le couteau ! Je suis la lumière et l'obscurité, le bien et le mal. Je suis mâle et femelle, enfant et vieillard. Je suis le loup et l'agneau.

« Né d'une prophétie, je viens en annoncer une autre. Pour lier quatre royaumes en un, et pour lier les huit en quatre. Je suis l'enfant de la prophétie, né de l'ombre et de la lumière.

« Je suis Cynric, l'épée, l'arc et le couteau. L'enfant de la prophétie, le Premier Né revenu à la vie.

Il se tut.

Il n'avait plus de mots.

Il était vide, creux et en paix.

Aidan tomba, accueillant avec joie l'obscurité.

Mais des mains le relevèrent et le poussèrent vers la lumière.

La porte était entrouverte, comme toujours. Deirdre avait fait huiler les charnières pour ne pas déranger Aidan. Elle entra doucement dans la chambre.

Aileen était assise près du lit, une poignée d'herbes écrasées dans les mains.

— Par les dieux, Aileen ! Essayais-tu d'appeler les *cileann* ? Ils n'ont pas leur place ici. Nous sommes trop loin de leur domaine.

— Rien d'autre n'a eu d'effet ! Je me suis dit...

Deirdre observa sa nièce. Elle avait maigri depuis qu'on avait ramené Aidan à Homana-Mujhar. Car elle avait peu mangé et encore moins dormi.

— Tu ne devrais pas gaspiller tes forces maintenant, Aileen. Cela a été dur, je sais, mais il aura besoin de toi quand il s'éveillera. Tu dois te nourrir et te reposer, afin qu'il te reconnaisse. Il s'attendra à voir sa *jehana*, pas un sac d'os aux cheveux sales avec des poches sous les yeux !

— Et s'il ne s'éveille jamais ? dit Aileen.

— C'est possible. J'ai entendu parler de ce genre de chose. Il peut continuer à dormir ainsi jusqu'à sa mort. Mais Aidan est très fort et très têtu. Si les dieux avaient décidé sa fin, il ne serait déjà plus en vie.

— Brennan dit...

— Brennan ne sait pas tout. Il est aussi troublé que toi. Ne lui en veux pas de proférer des bêtises.

— Il est inquiet pour la succession. Si Aidan meurt, ou devient fou, qu'adviendra-t-il d'Homana ? Il faut un héritier au Lion.

— Il y a déjà un héritier...

Les yeux d'Aileen se voilèrent.

— S'il vit...

Aidan vécut.

Il s'éveilla avec un cri étranglé, et resta lucide.

Lir, dit Teel, *je suis là ! Je vais bien et je suis au-dessus de toi, sur le montant du lit.*

Le soulagement submergea Aidan, qui commença à trembler.

Il se demanda si les convulsions le reprendraient.

Il avait mal partout.

Et il se souvenait de chaque spasme avec une intensité et une clarté hallucinantes.

Sa langue était gonflée à force d'avoir été mordue, mais il se sentait parfaitement sain d'esprit.

Je ne suis pas fou. N'est-ce pas ?

Aidan tenta de bouger ; il s'aperçut qu'il était attaché au lit.

Un mouvement attira son attention. Il vit sa mère, endormie dans un fauteuil.

Des souvenirs lui revinrent.

Les cris. Le feu. La mort.

Aidan se figea.

Il revit Lochiel, arrachant l'enfant du ventre de sa mère morte.

— Non ! Non ! NON !

Aileen s'éveilla en sursaut. Elle se précipita vers le lit.

— Non ! cria de nouveau Aidan.

— Aidan, je t'en prie !

— Il l'a tuée ! Il l'a tuée et il lui a ouvert le ventre...

— Aidan, calme-toi, je t'en prie ! Ta pauvre tête ne peut pas en supporter davantage !

La douleur l'envahit.

— Shona, murmura-t-il.

Brennan entra, fou d'anxiété.

— Il est conscient, dit Aileen. Et il se souvient de tout.

Brennan s'approcha du lit, où Aidan luttait de nouveau contre ses liens.

— Ne résiste pas pour le moment, fils. Nous t'avons attaché pour de bonnes raisons. De quoi te souviens-tu ?

Aidan aurait voulu répondre, mais il sentit une crise arriver. Il n'était plus maître de ses membres.

Brennan se pencha sur lui et le maintint contre le matelas.

— Non, dit-il. Ne nous quitte pas de nouveau. Reviens à nous, normal et sain, tel que tu étais. Pas ce prophète dément... Je veux qu'on me rende mon fils !

Entre ses dents serrées, Aidan parvint à murmurer :

— Shona...

— Aidan, je suis désolé...

Aidan se sentit sans forces.

Les spasmes cessèrent aussi.

— Shona...

Aileen pleura en silence.

Brennan sortit son couteau et coupa les sangles qui entravaient son fils. Puis il lui massa les poignets.

— La Citadelle ? demanda Aidan.

— Pratiquement détruite. Même la forêt a été brûlée. Heureusement, il a plu à torrents deux jours plus tard...

— Combien de morts ?

— Cent quatre. Surtout des femmes et des enfants.

— Lochiel..., murmura Aidan.

— Il a envoyé un message, dit Brennan. Il entend faire ce que son père et son grand-père n'ont pas réussi : détruire la prophétie. Et nous détruire !

— Le fils de Strahan, murmura Aidan. J'ai entendu les femmes et les enfants hurler... N'avais-je pas une blessure à l'épaule ?

— Nous l'avons guérie avec la magie de la terre. Ainsi que les os de ton crâne...

— Mais pas mon bon sens ? Me suis-je comporté si bizarrement ?

— Tu ne te souviens de rien ?

— Sauf en ce qui concerne Shona. Lochiel aime faire du mal aux enfants. Il a commencé par tuer le fils de Hart, puis il a attaqué le mien avant même qu'il soit né !

— Ne t'agite pas, dit Aileen. Tu as été très malade. Il faut te reposer.

Aidan ne voulait pas dormir. Il avait peur du sommeil et des rêves qui risquaient de le visiter.

Sa tête le faisait atrocement souffrir, mais les souvenirs refusaient de le quitter.

— Il le voulait, murmura-t-il. Dans un but précis.

— Repose-toi, Aidan, supplia Aileen.

— Lochiel a pris mon enfant.

— Boucher ! marmonna Brennan. Même Strahan n'était pas tombé si bas.

— Il l'a pris. Il l'a volé au cadavre de Shona.

— Aidan, repose-toi, dit Aileen.

— Aidan, Shona est morte, et l'enfant aussi...

Ils ne comprenaient pas !

— Non. Il a pris l'enfant dans le corps de Shona, *vivant* ! Il le veut. Il a un but.

Horrifiée, Aileen se couvrit la bouche d'une main.

— Un enfant ne peut pas survivre à une telle chose, dit Brennan.

Aidan ne les écoutait plus.

Ils ne comprenaient pas !

— Il l'a pris. Il a dit qu'il voulait notre lignée, pour la faire sienne.

— Aidan, non...

— Lochiel a volé mon enfant ! Il faudra le récupérer, marmonna Aidan avant de sombrer de nouveau dans l'inconscience.

CHAPITRE X

Sa convalescence fut ralentie par des accès de fièvre et des crises de convulsions. Les blessures étaient guéries, mais Aidan restait conscient de la précarité de son équilibre.

Le temps passa. Les Cheysulis de la Citadelle travaillèrent à reconstruire ce qu'ils avaient perdu.

Aidan, prisonnier d'Homana-Mujhar, supportait mal l'hiver et la faiblesse qui le tenaient enfermé.

Des maux de têtes terribles le prenaient à l'improviste. De temps en temps, il se réveillait en parlant un langage qu'il ne connaissait pas. Il rêvait tout éveillé, se retrouvant dans les endroits les plus bizarres du palais sans savoir comment il y était arrivé.

Il parvint à persuader Ian de l'entraîner au maniement du couteau.

Aidan avait besoin de retrouver ses capacités pour le printemps, afin de partir arracher son enfant aux griffes de Lochiel.

Il découvrit rapidement que ses réflexes étaient lents et maladroits.

— Je ne serai jamais plus le même ! lança-t-il amèrement à la face de Ian.

— C'est vrai, répondit son oncle. Tu as été gravement blessé dans ta chair et dans ton esprit. N'espère pas redevenir celui que tu étais.

— Au moins, vous êtes honnête, fit Aidan d'une voix grinçante. Tout le monde me conseille d'attendre, de laisser le temps agir...

— Ils mentent pour te réconforter. Les pauvres ne connaissent pas d'autre moyen, *harani.* Tu veux partir à la recherche de Lochiel, et ils se demandent comment tu feras. Tu n'es plus l'homme que tu étais. Personne ne sait à quoi s'attendre désormais. Cela les rend nerveux. Il y a quelqu'un d'autre en toi, qui parle des langages étranges et énonce des prophéties. Tu as toujours été différent, mais c'est plus évident maintenant...

Aidan hocha la tête en silence.

— T'es-tu regardé dans un miroir depuis l'attaque ? demanda Ian.

— Non. *Jehana* craint que je ne me coupe en me rasant. Un serviteur le fait pour moi. Je n'ai pas eu besoin du miroir de cuivre poli.

— Tu devrais aller jeter un coup d'œil. (Il se hâta de rassurer son neveu.) A part un détail, tu es comme avant. Mais c'est un détail que les gens remarquent.

— D'accord, je vais aller voir, dit Aidan.

— *Harani*, je sais pourquoi tu veux t'entraîner au couteau. Tu entends récupérer ton enfant. Mais n'y va pas seul. Emmène quelqu'un.

— Vous ?

— Je suis trop vieux pour ça. Choisis ton *jehan.*

— C'est le Mujhar. Il n'a pas de temps pour ce genre de choses !

— Un homme qui n'a pas le temps de sauver l'enfant de son fils n'est pas digne du royaume. Ne le juge pas si durement. Tu n'es pas le seul à avoir souffert.

La colère submergea Aidan.

— Vous n'étiez pas là ! Aucun de vous n'était là ! Vous ne savez pas ce que...

— Elle est morte, Aidan. Rien ne la ramènera. Crois-tu que j'ignore la douleur de perdre un être aimé ?

Le *kivarna* d'Aidan lui apprit que Ian ne mentait pas. Le prince lâcha le couteau.

— Je suis l'épée, murmura-t-il, je suis l'arc et le couteau. Je suis Cynric...

— Arrête, Aidan ! Cesse ces folies ! Utilise la magie de la terre ! Bloque ce délire !

— Je suis Cynric. Huit deviennent quatre et quatre deviennent un. Je suis le Premier Né revenu à la vie, et les autres naîtront de moi...

— Arrête cette folie !

Les spasmes cessèrent.

D'une voix distante, Aidan demanda :

— Comment pourrais-je être fou alors que les dieux parlent par ma voix ?

Ian le lâcha, livide.

— Qu'es-tu devenu, Aidan ?

Toujours à genoux, le jeune homme comprit. Il avait survécu au premier sacrifice. La tâche était en cours d'exécution.

— Un serviteur des dieux choisi entre tous. Je n'ai aucun autre maître et pas de *tahlmorra*.

— Aidan !

— Ils ont besoin de moi. Ça ne laisse pas de place pour une épouse ou un enfant... Ni même pour le Lion.

Ian lui prit le bras.

— Viens. Je te ramène chez toi.

Il suivit son grand-oncle sans protester, plus faible qu'un nouveau-né. Comme toujours après une crise, il avait mal à la tête, mais il se sentait parfaitement lucide.

Il savait ce qu'il lui restait à faire.

Une fois dans sa chambre, Aidan vint se placer devant le miroir de cuivre poli pendu au mur.

Ian n'avait pas menti. Son visage était identique, à part sa pâleur inhabituelle. Mais là où l'Ihlini avait frappé, ses cheveux avaient repoussé... entièrement blancs !

Aidan sourit.

— *Leijhana tu'sai*, Ihlini. Ainsi, je ne risque pas d'oublier !

Frissonnant, il alla se coucher.

Et rêva d'une chaîne qui se brisait entre ses mains.

CHAPITRE XI

— Aidan, dit Aileen, tu n'as pas l'intention de les garder tous ici ! Nos chenils sont très propres. Ils leur conviendront parfaitement.

Aidan, allongé sur son lit, les bras croisés derrière la tête, fixa tranquillement sa mère.

— Pardonnez-moi, *jehana*. J'ai besoin d'être seul.

— Aidan, ces chiens...

Aileen regarda autour d'elle. Toutes les affaires de Shona n'avaient pas encore été déballées, tant ils étaient partis rapidement pour la Citadelle.

Baissant la tête, elle quitta la pièce.

Les chiens se rassemblèrent autour d'Aidan, le reniflant et l'acceptant. Il les toucha tous, absorbant leur douleur d'avoir perdu leur maîtresse.

Seul le grand mâle refusa le contact mental. S'étant lié à Shona quand il était encore un chiot, il n'accepterait rien d'autre.

Aidan ne se sentait pas fatigué et ce n'était pas encore la nuit.

Pourtant, il s'allongea sur le lit. Immobile, il regarda la toile du baldaquin.

Il se souvint des paroles de Sean.

Pour castrer un homme, il y a d'autres moyens que le couteau...

Tant de femmes... Et aucune d'elles ne pourrait jamais plus le satisfaire.

Il n'y avait que Shona.

Shona.

Le grand mâle s'approcha de lui et posa la tête sur sa poitrine.

Il regarda Aidan et gémit.

Aidan toucha le museau allongé et le crâne puissant du grand chien. Il éprouva une profonde compassion pour l'animal. Lui, il comprenait ce qui était arrivé. Le chien ne pouvait pas ; il savait seulement que sa maîtresse avait cessé de venir le voir.

— Oui, mon vieux, murmura Aidan. Il nous l'a prise. Mais ce qui reste à faire est *ma* mission, quoi qu'en disent les autres. Je dois récupérer mon enfant.

Aidan partit à cheval, incapable de faire confiance à sa forme-*lir* pour l'instant. Il sentait que la force nécessaire lui reviendrait un jour, mais pas pour le moment.

Et ce voyage était trop important.

Si l'enfant est encore en vie...

L'hiver était presque terminé, mais il chevaucha enveloppé de fourrure, car il craignait davantage le froid qu'avant.

Il se demanda s'il redeviendrait jamais normal...

Il atteignit la rivière DentBleue et la traversa en direction de Solinde, jusqu'au col de Molon, le portail de Valgaard.

Il leva les yeux vers le ciel, cherchant Teel du regard.

Il te faudra m'attendre ici.

Est-ce ton choix ?

Je n'ai pas de choix.

L'Ihlini pourrait te tuer.

C'est possible. Il y arrivera peut-être. Mais il voudra d'abord profiter de sa victoire, et cela me donnera le temps de faire ce que je dois faire.

Teel resta silencieux un long moment.

Ma foi, j'ai vécu une longue vie...

Et tu continueras si je réussis.

Si tu réussis...

Aidan traversa le défilé et le champ de bêtes de pierre semé de déchirures béantes qui donnaient accès à l'Autre Monde, celui du Seker. Il ne s'était jamais senti si vulnérable, et pourtant il savait qu'il devait continuer. Il ne lui vint pas à l'idée de rebrousser chemin.

Des gardes étaient postés à l'entrée.

Aidan avança vers eux.

— Je veux voir Lochiel. Dites-lui mon nom : Aidan. Il acceptera de me recevoir !

Ils lui enlevèrent ses armes, puis l'emmenèrent dans une petite pièce de la tour et l'y laissèrent seul.

Lochiel entra.

Il était tel qu'Aidan s'en souvenait : mince, élégant, les traits purs.

Il eut l'impression qu'il lui rappelait quelqu'un.

Le *kivarna* d'Aidan lui apprit que l'Ihlini avait été surpris par son arrivée, car il n'avait pas pensé qu'il survivrait.

Lochiel n'était pas ravi, mais il le cacha.

Il baissa les paupières. Ses longs cils ressemblaient à ceux d'une femme. A nouveau, il lui rappela quelqu'un.

Lillith ? Non... Quelqu'un d'autre...

Même aidé par le *kivarna*, Aidan eut du mal à résoudre l'énigme que représentait l'Ihlini.

Soudain, dans l'esprit d'Aidan, les yeux marron de Lochiel changèrent de couleur et devinrent gris.

Il comprit qui il lui rappelait.

— Avez-vous un fils ? demanda-t-il.

Lochiel sourit.

— Pas à moi. Mais j'ai *le vôtre.*

Aidan se raidit de colère.

Il contrôla sa réaction, parce que c'était celle que Lochiel attendait.

— Connaissez-vous un homme appelé Cynric ?

— Non. N'espérez pas me troubler avec vos histoires, je sais que vous êtes fou.

— Qu'avez-vous fait de mon fils ? demanda Aidan.

Lochiel sourit.

— Je ne lui veux aucun mal. Au contraire. Je l'élèverai comme mon enfant. Comme tout Cheysuli, il saura quelle est sa place dans la prophétie. Puis il m'aidera à la détruire. Je le détournerai de son *tahlmorra* et je le contraindrai à servir mes intérêts.

— C'est impossible.

— Vraiment ? Cela a pourtant été fait avec une Cheysulie. Gisella, une parente à vous, si je ne m'abuse ?

— Je vous en empêcherai, dit Aidan en haussant les épaules.

— Vous ? Avec quel pouvoir ? Vous n'en avez aucun ici, Aidan. Valgaard est le royaume du Seker, où se trouve le Portail des Enfers.

— Vraiment ? Demandez à Lillith de quels pouvoirs je dispose.

Lochiel frémit.

— Les dieux répondent à mes appels, dit Aidan en souriant.

— Nous sommes quand même à Valgaard !

Aidan pencha la tête.

— Voulez-vous une démonstration ?

— N'oubliez pas que votre fils est en mon pouvoir.

— Mes dieux ne lui feraient pas de mal.

— Le mien n'hésiterait pas.

— Voulez-vous que j'appelle mes dieux afin qu'ils affrontent le vôtre ? Les divinités de la lumière contre celle de l'obscurité.

— Est-ce pour cela que vous êtes venu ? Pour lâcher vos dieux sur moi et récupérer votre fils ? J'ai compris : votre seule arme est la foi ! Vous pensez que vos dieux peuvent gagner, même à Valgaard !

Aidan se demanda s'il n'avait pas commis une erreur. Sa détermination avait été si grande, sa conviction si absolue...

J'ai confiance en eux. Ils m'ont répondu quand j'ai affronté Lillith.

— Je ne serais pas si confiant à votre place, Aidan. Si nos dieux s'affrontent, ils risquent fort de nous détruire dans la foulée. Nous ne sommes que des hommes, après tout ! La chair est fragile, et je n'ai pas envie de mourir comme ça...

Aidan sentit de la peur dans l'esprit de Lochiel.

Il avait désormais l'avantage, car il pouvait l'utiliser contre lui.

Il haussa les épaules, affectant un détachement qu'il était loin de ressentir.

— Je ne vois pas d'autre façon de régler nos comptes, Ihlini. Appelez votre dieu, et moi les miens. Nous les laisserons décider du résultat.

Lochiel regarda Aidan.

— Vous rappelez-vous avec quelle facilité j'ai tué le fils de Hart, sans le toucher ? Je peux faire la même chose au vôtre.

— Non ! cria Aidan, se maudissant d'avoir montré sa faiblesse.

— Venez, mon seigneur. Je vais vous présenter votre héritier.

Lochiel le précéda dans une petite pièce.

Il lui montra un berceau qui contenait deux enfants.

— Je n'ai pas de fils, mon seigneur, mais j'ai une fille. Saurez-vous me dire lequel de ces enfants est le vôtre ?

Aidan regarda les bébés endormis. Son *kivarna* resta étrangement silencieux.

— Mélusine, mon épouse, a donné naissance à ma fille au moment où j'arrachais votre fils du ventre de la princesse morte. Elle le nourrit au sein, comme sa propre fille. Ils partagent le même berceau. Votre fils croira que je suis son père. Ou devrais-je dire son *jehan* ?

Lochiel se pencha et murmura des mots tendres aux bébés. Quand il se releva, ce fut avec la grâce de l'être qu'Aidan avait vu en rêve.

Cynric !

— Je pourrais en tuer un, et vous laisser deviner si c'était votre fils, ou ma fille...

Aidan faillit éclater de rire.

— Me croyez-vous assez naïf pour penser que vous tueriez votre propre enfant ?

— Je peux en faire d'autres... Choisissez un bébé, Aidan.

La tête d'Aidan commença à le faire souffrir. Il essaya d'ignorer la douleur. En vain. S'il sentit venir l'attaque, il fut impuissant à l'empêcher.

Lochiel s'en aperçut. Il remarqua aussi la mèche blanche dans sa chevelure rousse.

— Le coup d'épée, fit-il.

— Et notre marché ? demanda Aidan, sentant les premiers spasmes monter.

— Quel marché ?

— Vous avez dit que je pouvais choisir.

Lochiel rit.

— Je vous ai privé de votre santé en plus de votre sexualité. Oui, je sais tout de l'effet du *kivarna*. C'est pour cela que je l'ai tuée devant vous, sachant à quel point sa perte vous affecterait. Vous avez survécu, mais comme un castrat. Plus de gymnastique au lit pour le prince d'Homana ! Et plus d'héritier. Le seul qui existe est en ma possession. Quel bien ferez-vous au Lion, dans cet état ?

Aidan sentit ses forces le quitter. Les convulsions le jetteraient bientôt à terre devant son ennemi...

Non. Pas sous les yeux de Lochiel.

— Je ne vous tuerai pas, après tout, dit Lochiel comme s'il venait de faire une découverte. Vous nuirez plus à la prophétie vivant que mort !

Les jambes d'Aidan se dérobèrent ; il se retrouva à genoux devant l'Ihlini.

— Choisissez, ordonna Lochiel.

Tremblant, Aidan s'accrocha au bord du berceau.

— Pourquoi ?

— Ce n'est pas un jeu. Choisissez. Puis quittez Valgaard. Libre !

— *Pourquoi ?*

— J'entends que vous montiez sur le trône du Lion. afin que chacun voit ce que vous êtes. Un homme en proie à la folie... Ou aux démons ? Mais je sais que vous ne partirez pas sans un enfant. Donc, choisissez-en un et partez.

— Et si je prends votre fille ?

— Que m'importe ? Si c'est elle, vous devrez élever une sorcière ihlinie au sein d'Homana-Mujhar. Pour détruire la prophétie, je suis prêt à risquer ma fille. Mais êtes-vous disposé à risquer votre fils pour la sauver ?

— Est-ce tout ? demanda Aidan, se remettant debout au prix d'un effort surhumain.

— Je veux la chaîne.

— Vous voulez... *ça* ? dit Aidan en saisissant un maillon.

— Oui. Cela ne vaut-il pas de récupérer un enfant qui sera peut-être votre fils ?

— Pourquoi la convoitez-vous ?

— Parce qu'elle représente les hommes qui vous ont précédés et le premier de ceux qui suivront.

Lochiel *savait.*

— Allez-vous la rompre ?

— Seulement un maillon. Cela ne suffira pas à détruire la prophétie, mais c'est un début.

Aidan n'avait pas le choix. S'il refusait, Lochiel le tuerait, l'éliminant de toute façon de la chaîne.

S'il quittait Valgaard avec son fils, il garderait la lignée et la prophétie en vie.

Et le maillon humain, pensa-t-il, était plus puissant que celui fait de métal.

Et si je choisis sa fille ?

Aidan connaissait la réponse.

Tout choix était accompagné d'un risque.

Il défit sa ceinture et en retira la chaîne, qu'il regarda intensément.

Tant de maillons brisés...

Soudain, Aidan comprit ce qu'il devait faire.

Il saisit la chaîne aux deux extrémités.

Regardant Lochiel droit dans les yeux, il tira.

Le maillon faible se brisa et tomba sur le sol.

Le prince le regarda devenir de la poussière, certain que son nom était Aidan.

Il posa dans le berceau les deux morceaux de la chaîne. Puis il choisit un des bébés sans essayer de faire appel au *kivarna*, aussi mort que le reste de son âme.

— Partez, dit Lochiel. Vous avez mon autorisation.

Aidan s'en alla, serrant contre sa poitrine le fils qui régnerait peut-être sur Homana.

Ou la fille qui la détruirait.

ÉPILOGUE

Le vent sifflait dans le défilé quand Aidan sortit du canyon. Souriant, il s'approcha du cheval près duquel l'attendaient Teel et l'homme brun appelé le Chasseur.

Le dieu lui rendit son sourire.

— Tu as regardé l'enfant, Aidan.

— Oui.

— Qu'as-tu découvert ?

— Mon fils.

— Crois-tu que le lait qu'il a bu au sein de l'Ihlinie empoisonnera son esprit ?

— Je ne pense pas...

— Bien, dit le dieu. Assieds-toi, Aidan, et dis-moi ce que tu as appris.

— Il fait trop froid ici pour l'enfant.

Le Chasseur fit un geste. Des lichens et de l'herbe apparurent, couvrant les rochers. Un été magique remplaça l'hiver perpétuel du Seker.

Aidan s'assit.

— J'ai appris qu'il est pure folie pour un homme d'essayer de comprendre ce que les dieux attendent de lui. Chasseur, j'ai passé ma vie à tenter d'interpréter les rêves qui me troublaient, m'offrant une chaîne que je ne parvenais pas à garder entière. Aujourd'hui, je sais à quel point un homme est impuissant quand les dieux se mêlent d'intervenir dans sa vie.

— Intervenir ? Est-ce ce que nous faisons ?

— Oui. C'est votre façon d'être, je suppose. Je n'ai pas à vous en tenir rigueur.

— Tu as aussi appris à nous considérer avec une certaine... distance, à en juger par tes paroles.

— Pas vraiment. J'ai *abandonné*, c'est tout. Vous ferez de moi ce que vous voudrez, quels que soient mes souhaits. Je ne vous causerai plus de problèmes...

— Nous ne pouvons pas te *dire* ce que tu dois faire. Nous ne l'avons jamais voulu.

— Non. Mais vous retirez de ma vie ce qui l'encombre. Comme Shona.

Le Chasseur eut un regard attristé, puis il reprit son expression impassible.

— Il y a une autre façon de voir les choses...

Le chagrin manqua submerger Aidan, mais il se reprit. Il ne pouvait pas se permettre de perdre son contrôle pour le moment.

— Laquelle ? Elle est *morte* !

— Elle est morte, oui. Mais ne crois pas que nous la considérions comme une gêne pour toi. Elle ne l'était pas, et nous ne sommes pas responsables de son départ. Notre seule intervention a été de te faire connaître entre ses bras un tel bonheur que tu ne voudrais plus jamais aimer une autre femme. N'en valait-elle pas la peine, Aidan ? Même pour un temps si court ?

— Elle valait tous les sacrifices...

Le Chasseur hocha la tête.

— Il n'en reste pas moins que nous ne pouvons pas te dire quoi faire.

— Je n'en ai plus besoin. Désormais, je le sais.

— Vraiment ? Que dois-tu faire ?

Aidan enleva le gant de sa main droite.

La chevalière au rubis scintilla à son doigt.

Il la retira.

— D'abord, je me débarrasse de ce bijou et du titre qui va avec.

— Ce faisant, tu renonces à ton rang.

— C'est exact.

— Un rang que beaucoup d'hommes t'envieraient... Certains tueraient pour l'obtenir. Or, il s'agit d'un titre honorable, qui fut détenu par tous tes ancêtres. Es-tu sûr de ce que tu fais ?

— Oui. Je le sais parfaitement.

— Le fais-tu volontairement ou parce que cela semble la voie de la facilité ?

Aidan éclata de rire.

— N'en avons-nous pas terminé avec les épreuves ? Me posez-vous enfin les questions que je souhaitais ? Et me donnerez-vous les réponses, maintenant ?

— Pour l'instant, réponds à *ma* question.

Aidan s'humecta les lèvres.

— Je renonce à mon rang et à mon titre volontairement, en ayant conscience de ce que je fais.

— Pour quelle raison ?

— Pour le bien de la prophétie, que j'ai toujours servie sans le savoir. Car je continue à la servir, mais en le *sachant*.

— Tu te retires de la succession au trône d'Homana.

— Oui.

— De nouveau, je te le demande : pour quelle raison ?

Aidan sourit.

Il rangea la bague dans sa bourse.

— Il existait une chaîne, dieu des rêves, qui se brisait dans mes mains, puis qui devint un jour entière. J'ai cru que ma mission avait été remplie. En affrontant Lochiel, j'ai compris que cela n'était pas vrai. Rendre la chaîne complète, même si cela n'était pas précisément *mal*, n'était pas le but recherché.

— Quel était ce but ?

— *La rompre*. La chaîne était destinée à être brisée — par moi —, afin d'améliorer le maillon suivant. Pour lui donner (il regarda l'enfant endormi sur ses genoux) la force nécessaire à l'accomplissement de la prophétie.

— Quoi d'autre, Aidan ?

La réponse était facile.

— Guerrier enchaîné, prince enchaîné, corbeau enchaîné... Enchaînée, la vie continue. Brisée, elle est libérée. La chaîne est brisée. Ma décision demeure. Je souhaite ma liberté.

— La liberté n'est pas exempte de responsabilité.

— Je le sais, dit Aidan.

Puis il éclata de rire.

Il se sentait libre pour la première fois de sa vie.

Quand son rire cessa, il regarda le dieu.

— Lochiel a perdu, finalement.

Le Chasseur sourit.

— Que vas-tu faire ?

— Emmener mon fils à Homana-Mujhar et le laisser à son *tahlmorra*. Le mien est ailleurs.

— Ainsi, tu as compris que tu n'as pas renoncé à ton *tahlmorra* à Valgaard.

— Au contraire ! J'ai enfin su ce qu'il était.

— Qu'adviendra-t-il de toi, Aidan, quand ton fils sera nommé héritier ?

— Le trône du Lion ne m'a jamais été destiné. Gisella avait raison de dire que je serais un roi sans couronne. Mais je suis en route pour un autre royaume et un autre Lion. Une île au milieu de la brume, où m'attend un autel en ruine dans une chapelle détruite. Mon rôle est de la restaurer afin qu'elle serve de nouveau de refuge aux Cheysulis qui en auront besoin.

— Ils t'appelleront *prêtre*, prévint le chasseur. Demi-homme. Guerrier sans âme. Et même couard et castrat.

Un instant, Aidan eut un pincement au cœur. Puis cela passa, comme le désir l'avait quitté à la mort de Shona. Il se sentait en paix avec lui-même, satisfait de ce qu'il était.

— C'est possible... Peu importe. Il est temps de ramener la lumière sur l'Ile et d'en chasser l'obscurité. De plus, les Cheysulis me donneront un autre nom.

— Lequel ?

— *Shar tahl.* Comme Burr, mais en pire, je leur enseignerai des choses qu'ils ne veulent pas entendre. Je dénouerai les antiques nœuds, leur montrant que les nouvelles voies sont aussi honorables que les anciennes. Et je ferai des prophéties.

— Pour qui ?

— Cynric.

— Qui est Cynric ?

— L'enfant de *la* prophétie. L'épée, l'arc et le couteau. Le Premier Né, revenu à la vie.

Le Chasseur désigna l'enfant blotti dans les bras d'Aidan.

— Est-il Cynric ?

— Ce petit ? Non. Il se nomme Kellin, prince d'Homana. Il est le septième maillon. Cynric viendra plus tard. Il sera le début d'une nouvelle chaîne.

— Et *toi*, qui es-tu ?

— Simplement... Aidan.

Le Chasseur sourit et se leva.

Aidan le suivit, serrant dans ses bras le bébé qui régnerait un jour sur Homana.

— N'y a-t-il rien d'autre ?

— Tu as découvert ton *tahlmorra* et tu l'as accepté. C'est suffisant...

Il posa la main sur la tête de Kellin.

— Veille sur lui, *shar tahl.* Il lui reste à découvrir quel *tahlmorra* l'attend.

Aidan hocha la tête.

Le Chasseur sourit et posa son autre main sur la tête d'Aidan.

— Vole avec confiance, corbeau libéré. Tu es tout ce que nous espérions.

Aidan se retrouva seul avec son fils.

Le Chasseur avait laissé l'été derrière lui. Ne craignant plus le froid, Aidan découvrit le visage du bébé. Il regarda son front délicat et suivit du doigt la ligne de ses sourcils.

— Nous t'avons fait, murmura-t-il, ma belle et courageuse Erinnienne et moi.

L'esprit de Shona survivrait dans son fils.

Aidan inspira à fond. Il ne lui restait plus qu'à rentrer à Homana. Pour l'instant, l'enfant dormait, mais cela ne durerait pas tout le chemin.

Aidan leva les yeux et aperçut Teel.

Son sourire disparut.

— As-tu toujours su ?

Pas de réponse.

— Tu m'as toujours dit que les *lirs* sont au courant de bien des choses.

Y compris de la douleur et de la peur. C'était nécessaire.

— Qu'est-ce qui était nécessaire ?

Que l'objectif soit obscur. Te mettre en colère, te faire affronter quelque chose, même un lir *exaspérant.*

— Autrement, j'aurais abandonné, comprit Aidan. La colère était une façon de me garder dans le droit chemin.

Un guerrier qui parle avec les dieux et les rois morts n'a pas un destin aisé. J'étais censé t'amener à choisir cette voie.

— M'y *amener* ?

Teel réfléchit.

Te la suggérer *par tous les moyens à ma disposition.*

— Ne change jamais, *lir.* Je suis habitué à ton caractère infernal !

Je n'en avais pas l'intention, affirma Teel. *Pourquoi abandonner mes prérogatives ?*

Aidan éclata de rire.

Puis il saisit les rênes et dirigea le cheval vers le sud.

— Qu'importe ! La Roue de la Vie a tourné.

Il guida sa monture d'une main, l'autre tenant Kellin serré contre lui.

— Et les chiens adoreront l'île !

Le corbeau s'envola vers Homana.

Et vers une île où les pierres tombées d'un autel détruit attendaient le *shar tahl* qui les remettrait debout.

Achevé d'imprimer en août 1999
sur les presses de l'Imprimerie Bussière
à Saint-Amand (Cher)

POCKET - 12, avenue d'Italie - 75627 Paris Cedex 13
Tél. : 01-44-16-05-00

— N° d'imp. 1864. —
Dépôt légal : septembre 1999.

Imprimé en France

Les Galaxies de la Science-fiction

HERBERT
La maison des mères

Les Planètes de la Science-Fantasy

McCAFFREY
Le dragon blanc

Les Univers de la Fantasy

MOORCOCK
La quête de Tanelorn

Les Abîmes de la Dark Fantasy

LOVECRAFT
La trace de Cthulhu